最新英語科教育法入門

土屋澄男・秋山朝康・大城 賢・千葉克裕・望月正道 著

《英語・英米文学入門シリーズ》

研 究 社

は し が き

　「英語科教育法」というと、日本および諸外国における外国語教育の歴史と、これまでに提案された各種の教授法の解説がその主な内容だと考えている人が多いかもしれません。むろんそのような知識も必要でしょう。しかし、教師にとってもっと大切なのは、自分に与えられた現実をしっかりと見きわめ、その中から自分にとって最善の方策を生み出す能力ではないでしょうか。なぜなら、教師が出合うクラスは千差万別であり、そこにいる生徒たちもひとりひとり違っており、全く同一のクラス、同一の生徒はどこにも存在しないからです。

　そこで教師は、まず、実際の英語学習指導にどのようなファクターがどのように作用しているかを見きわめることができなくてはなりません。そうして、それぞれのクラスのそれぞれの生徒に、各自の持っている潜在力を学習場面で最大限に発揮させるにはどうしたらよいかを考え出さなければなりません。これからの教師に要求されるのは、とてもむずかしいことですが、そのようなことができる能力だと思います。それは単に既成の知識を記憶することから得られるものではなく、自分の目で物を見、自分の頭で考えることから得られる力です。

　これまでの 30 年余にわたる英語教育の実践と研究から、著者は以上のような結論に達し、大学での最近の「英語科教育法」や「英語科教育研究」の授業もそのような考えから組織し、実践するように努めています。そこでは、教師が一方的に講義をするのではなくて、学生に問題を提起し、資料を提供し、それに基づいてどうすべきかを考えさせるわけです。この授業のやり方は、考えることの好きな学生から好評であり、また教師である自分にとっても非常に良い勉強になっています。

　そんなところに、たまたま研究社出版の浜松義昭出版部長から本書の出

版のお話があり、喜んで引き受けさせていただいた次第です。もともと大学での「英語科教育法」のテキストとして書いたものですから、トピックがかなり広範囲にわたっており、専門家や現場の先生方がご覧になると、やや突っ込みのたりないところや説明不足もあるかと思います。そのような箇所は、各章の末尾に掲げた参考文献などで補っていただけると幸いです。

　最近のわが国の英語教育界は、世界における第2言語習得に関する活発な研究に刺激されて、たいそう幅広く興味ある研究が続々と現われています。研究が広い範囲にわたって深まれば深まるほど、さまざまなファクターが互いに影響し合っていることが理解されてきますから、こうすれば必ず成功するというような絶対的、画一的指導法は存在し得ないことがわかります。各章の終わりに掲げた「研究課題」のいくつかは、学生の卒業論文や卒業研究の課題として、また現場の先生方の研究課題として、そのまま使えるのではないかと思います。本書がそのような研究のきっかけを幾人かの読者に与えることができたとしたら、著者としてこれ以上の喜びはありません。

　なお付録に載せた「英語教育要語解説」は、『現代英語教育』創刊 20 周年記念号（研究社出版、1984 年 3 月）の「英語教育要語小事典」を一部加筆修正したものです。この小事典は著者が筑波大学附属中学校教諭・広野威志氏と同高等学校教諭・新里眞男氏の協力を得て作成したものですが、これの使用をお許しくださった両氏ならびに研究社出版に厚く御礼申し上げます。

　1990 年 10 月

著　　者

最新版への序

　土屋澄男先生が 1990 年に『英語科教育法入門』を上梓されてから 29 年の歳月が流れました。その後指導要領改訂のタイミングに合わせて 2000 年に広野威志先生との共著で、2011 年に秋山、千葉、蒔田、望月の 4 名を加えての 5 人の共著で改訂を重ねてきました。長年多くのご支持をいただくことができ、この度 3 度目の改訂をすることができました。

　文部科学省は指導要領を改訂し、小学校・中学校の学習指導要領が 2017 年 3 月に、高等学校が 2018 年 3 月に公示されました。そこで本書もそれらに対応して改訂を行うことになりました。前の指導要領で導入された小学校の外国語活動に加え、今回から小学校 5・6 年生での外国語の教科化はこれまでの英語教育を大きく転換させるものとなり、中学校、高等学校での指導内容にも大きな変化をもたらしています。本書では小学校、中学校、高等学校の各指導要領改訂に対応できるよう改訂しました。大きな変更点として、既存の 2 章を改廃し次の 2 つの章を新設しました。

　・第 7 章　指導法の変遷 2
　・第 20 章　教授・学習形態の多様性

　また、「第 22 章　小学校の英語教育」については、外国語の教科化にともない全面的に書き直しました。本書における各章の中身は、最新の第 2 言語習得理論や外国語教育の研究成果や、ICT の発達などを反映させて加筆・修正しました。ただし、これまでの編集方針を踏まえて英語教育専攻でない学生も理解できるように平易な記述を心がけたことは前の版と同様です。

　今回の改訂は新学習指導要領の精神を反映し、スキルを身に付け、考え、意見を述べるというスタイルを取り、「Warm-up」で学ぶためのスキーマを活性化し、「本文」で学んだ後に「Discussion」で意見を交わし、「参考

[v]

文献」を頼りにさらに学びを深めるという形にしました。特に「Discussion」では単に学んだことを確認するための質問だけではなく、学んだことから英語教育を取り巻く問題について類推したり、その問題に対して意見を述べたりしていくための質問を配することに腐心しました。

　本書の改訂案が出たのは小中学校の指導要領が改訂された 2017 年 9 月のことです。高等学校の指導要領改訂を待って改訂しようと話し合っていた矢先、その年の 11 月に土屋澄男先生が逝去されたため、新たなメンバーを迎えて 4 人での改訂となりました。初版から 30 年を経て今回が 3 度目の改訂となります。その都度時代に合った新しい知識を加えてきましたが、初版を見ると今回の改訂版にも土屋先生が書かれた記述が随所に残っていることがわかります。この本が長年読み継がれてきた最大の理由は、時代や指導要領が変わっても決して変わることのない言語習得や英語の授業に対する土屋澄男という英語教師の深い洞察によるものと考えます。

　敬虔なキリスト者であった土屋先生の偉業に対してマタイの福音書の一粒の麦の喩えで賞賛したいと思います。彼の蒔いた一粒の麦は豊かな実を結びつづけ、この版も加えるとおそらく数万人の英語教師を育てたことになるでしょう。おそらく今回の改訂が最後の改訂になると思われます。しかし、どんなに指導要領が変わっても、本書に記された変わることのない英語科教育法のエッセンスが長く読み続けられることを願って最新版への序とします。

　末筆ながら、ここまで改訂を重ねて下さった研究社と、この本の実務を担当して下さった津田正氏に著者一同心から御礼を申し上げます。

2019 年 11 月

著 者 一 同

目　　次

はしがき　iii
最新版への序　v

《英語教育の基本問題》

第1章　英語を学ぶこと、教えること 4
　1.　国際語としての英語　4
　2.　言語の機能とその教育的価値　6
　3.　学習指導要領と小・中・高における英語　7
　4.　学習指導要領の法的拘束力　9

第2章　英語の指導目標と内容 11
　1.　4技能と言語活動　11
　2.　中学校における英語の目標と内容　13
　3.　高等学校における英語の目標と内容　16
　4.　より具体的な言語活動の設定　19

第3章　学習者の要因 21
　1.　外国語学習と年齢　21
　2.　外国語の適性　24
　3.　良い学習者のストラテジー　25

第4章　良い教師の条件 28
　1.　教師の役割　28
　2.　良い英語教師の条件　29
　3.　英語教員の資格　32

第5章　言語習得の理論上の諸問題 ……………………… 36

1. 第1言語の役割　36
2. 文法学習とコミュニケーション能力　38
3. インプットとアウトプット　39
4. 心理的要因：第2言語学習不安と動機づけ　41

第6章　指導法の変遷1：
文法訳読式からオーディオ・リンガル法まで ………… 44

1. 「指導法」概観　44
2. 全般的指導方法　45
3. 各指導法の特徴　46

第7章　指導法の変遷2：
コミュニカティブ・アプローチ以降 ……………………… 52

1. 「指導法」概観　52
2. 各指導法の特徴　53

《英語スキルの習得と指導》

第8章　発音の指導 ………………………………………………… 62

1. 英語の標準的な発音　62
2. 英語の母音システム　63
3. 英語の子音システム　64
4. リズムとイントネーション　66
5. 発音の指導法　67

第9章　文字と綴り字の指導 ………………………………… 70

1. 英語の書き方——8つの約束事　70
2. 綴り字の不規則性　71
3. 綴り字の規則性——フォニックス　72
4. 英語の字体と綴り字の指導　75

目　　次　**ix**

第10章　語彙の指導 77

1.　語彙知識の3つの次元　77

2.　語彙の習得　78

3.　指導すべき語彙の選定　79

4.　語彙の指導法——新語の導入と未知語の推測　80

5.　語彙の指導法——定着と発展　84

第11章　文法の指導 86

1.　文法とは何か　86

2.　文法の習得　87

3.　学習指導要領の文法事項　88

4.　文法の指導——新出事項の導入　90

5.　定着練習とコミュニケーションにつなげる活動　91

第12章　リスニングの指導 95

1.　リスニングの基本問題　95

2.　リスニングの過程　96

3.　リスニングの言語活動　98

4.　リスニング指導の留意点　99

第13章　スピーキングの指導 102

1.　スピーキングの基本問題　102

2.　スピーキングに求められる能力　103

3.　スピーキングの言語活動　104

4.　スピーキングの活動例　106

5.　スピーキング指導の留意点　108

第14章　リーディングの指導 110

1.　リーディングの基本問題　110

2.　リーディングの心理的過程　111

3. リーディングの言語活動――黙読　113

4. リーディングの言語活動――音読　115

5. リーディング指導の留意点　116

第15章　ライティングの指導 119

1. ライティングの基本問題　119

2. ライティングの過程　120

3. ライティングの言語活動　122

4. ライティング指導の留意点　125

第16章　言語技能を統合した指導 127

1. 言語技能を統合する指導の必要性　127

2. 言語技能を統合する方法　129

3. 指導の留意点　134

《指導実践の諸問題》

第17章　教材研究と授業の準備 138

1. 教材研究の方法　138

2. 指導事項の精選　140

3. 言語活動の計画　142

第18章　授業案の作成と授業の進め方 146

1. 授業案の作成　146

2. 授業の進め方　149

第19章　ICT を活用した授業 152

1. 教科書以外の教材と利用法　152

2. 機器の種類と特徴　156

3. コンピュータの利用　159

4. デジタル教科書と電子黒板　160

5. 機器利用の留意点　161

目　　次　**xi**

第20章　教授・学習形態の多様性 164

1. 目的に応じた教授・学習形態　164
2. 一斉授業　165
3. 個別学習　166
4. ペアワーク　168
5. グループワーク　169
6. 適切な教授・学習形態の採用　171

第21章　テストと評価 174

1. テストや評価に必要なこと　174
2. 学校で使われるテストの種類　175
3. テストの作成方法　177
4. 成績表の評価　181

第22章　小学校の英語教育 184

1. 小学校への英語教育導入の経緯　184
2. 小学校学習指導要領(外国語活動・外国語)　187
3. 教員研修と教員養成　193

《付　　　録》 195

1. Lesson Plan の見本　196
2. 英語教育要語解説　199

索　　引　216／著者紹介　227

最新英語科教育法入門

《英語教育の基本問題》

第1章　英語を学ぶこと、教えること

《**Warm-up**》
- 「なぜ日本人が英語を学ぶ必要があるの?」と生徒に訊かれたらなんと答えますか。
- 英語を教えることの教育的価値とはなにか考えてみましょう。
- 学校の教育課程で英語はどのように位置づけられているのでしょうか。

1.　国際語としての英語

　英語は国際語（an international language）であり、近年は世界英語（World Englishes）と言われる。その理由は、英語が母語としてだけでなく第2言語、あるいは外国語として世界で広く使用されているからである。

　現在、英語は70以上の国の主要言語または公用語である。さらに、英語は国際的なビジネスや学術会議や観光旅行で最もよく用いられる。科学技術や学問に関する情報のほとんどが英語であり、インターネット情報の半数以上が英語であると言われている。

　英語がこのような地位を獲得した原因は、次の2つのファクターによる。第1は、17世紀に始まり19世紀後半にピークに達した英国（UK）の世界における植民地支配であり、第2は、20世紀における米国（USA）の圧倒的経済支配である。21世紀に入って中国の経済成長が目覚ましいが、米国の世界における政治的・経済的影響力は依然として大きい。

　英語を母語として使用している人の数は3億3,000万ないし4億で、その主な国の使用人口は表1.1のようである。この数は中国語の10億人余、スペイン語の3億人余に比べてさほど大きなものではないが、英語の特徴

[4]

第 1 章　英語を学ぶこと、教えること　**5**

〈表 1.1〉　国別の英語母語話者数（上位 8 か国）

United States	215,424,000
United Kingdom	58,190,000
Canada	20,000,000
Australia	14,987,000
Ireland	3,750,000
South Africa	3,700,000
New Zealand	3,700,000
Jamaica	2,600,000

〈注〉　Crystal（2nd edition 2003）による。

は、それを第 2 言語または外国語として使用する人の数が他の言語に比べて圧倒的に多いことにある。英語を第 2 言語として学んだ人の数は正確には把握されていないが、さまざまな統計から 4 億 3,000 万くらいと推定される。それらの国の多くは、インドやナイジェリアやフィリピンなど、かつて英国または米国の植民地であった国または地域である。また、外国語として英語を学んでいる人の数は拡大しつつあり、その数は十分に把握されてはいないが、英語をある程度話すことのできる人の数はおよそ 7 億 5,000 万と推定されている。すると、英語の母語話者数よりも、それを第 2 言語または外国語として使用する人の数のほうがはるかに多いことになり、その比率は今後ますます拡大すると考えられる。

　以上のように、世界における英語使用者は、その母語話者と第 2 言語または外国語としての英語使用者を総計すると約 15 億人に達する。これは世界人口のおよそ 4 分の 1 に当たる数で、英語が今や世界語の様相を呈しているという事実を否定することは困難である。しかし、それだからと言って、英語以外の言語が重要でないということではない。世界には英語を使用しない人の数が全体の 4 分の 3 を占めていることもまた厳然たる事実である。そしてそれぞれの言語は、それを使用する人びとの文化とアイデンティティにかかわるものなので、英語と同様に尊重されなければならないのは当然のことである。

2. 言語の機能とその教育的価値

　言語がコミュニケーションの重要な手段であることは間違いない。近年のわが国の教育行政が英語によるコミュニケーション能力の育成を強調するのは時代の要請でもあり、今後の英語教育の方向を示すものと考えてよいであろう。

　しかし同時に、言語はコミュニケーションのためにのみあるわけではない、ということをも考慮する必要がある。言語は次の4つの主要な機能をもつ。

(1)　情報交換
(2)　認識・思考
(3)　思想表現
(4)　文化の創造と伝承

　言語は情報（事実、知識、経験など）を交換する手段として用いられるだけではない。それは認識や思考の道具でもある。特にわれわれの思考の大部分は言語によって行われている。したがって、言語がなくては、われわれの思考活動の大部分は停止してしまうであろう。

　言語はまた思想表現の手段でもある。それは最終的には他人に理解してもらうこと（つまり他者とのコミュニケーション）をめざすものではあるが、偉大なる思想はしばしば他人に理解してもらえないで終わってしまうことがある。かくて言語はときに自己表現のためにあり、必ずしも他者とのコミュニケーションを意図しないこともある。

　言語はまた、詩歌や文学に見られるように、それ自体が目的であり、文化の創造に寄与するものである。あるいは、歴史や法律に見られるように、それぞれの時代の文化の記述や伝承、あるいは社会道徳の規範の確立に貢献するものである。

　これらの言語機能は互いに密接に関連し合い、判然と分けることができない場合もあるが、言語を単にコミュニケーションの手段、あるいは情報交換の道具とみなすのは、あまりにも単純で偏った見方である。

言語が認識・思考の手段でもあり、また思想表現の手段でもあるということは、われわれが英語教育を考える場合に無視してはならない点である。なぜなら、新しい言語を学ぶということは、自分の母語とは異なる新しい物の見方、考え方、表現法を学ぶということであり、そのことは、ひいては、言語と文化の相対性についての新しい認識に導くからである。つまり、世界にはさまざまな人びとがさまざまな言語と文化をもって暮らしており、自分たちとは全く異なる視点から物事を見ていることに気づくのである(今井 2010)。

3. 学習指導要領[1]と小・中・高における英語

英語という言語は、わが国の小学校・中学校・高等学校の教育課程において、どのように扱われているであろうか。

まず小学校であるが、2017 年度の学習指導要領の改訂により、小学校第 3 学年および第 4 学年に年間 35 単位時間(週 1 コマ)の「外国語活動」が導入され、外国語を用いて積極的にコミュニケーションを図ろうとする態度を育成することになった。また、第 5 学年および第 6 学年に年間 70 単位時間(週 2 コマ)の教科としての「外国語」が設けられ、本格的に英語が指導されることになった。本書では、第 22 章「小学校の英語教育」において、これに関連する諸問題を取り上げることにしている。

中学校および高等学校においては、英語は従来から学習指導要領の中で教科として位置づけられている。教科の正式な名称は、中学校・高等学校ともに「外国語」である。しかし中学校学習指導要領では、「指導計画の作成と内容の取扱い」において、「外国語科においては、英語を履修させることを原則とする」と記しているので、中学校では「外国語」は実質的に「英

---

1) 文部科学省は、2017 年 3 月に小学校および中学校学習指導要領の改訂を、2018 年 3 月に高等学校学習指導要領の改訂を告示した。新学習指導要領は、小学校では 2020 年度から、中学校では 2021 年度から、高等学校では 2022 年度からそれぞれ全面的に実施される。それまでは移行期間ということになっているが、本書で「学習指導要領」という時には、特に断わる場合を除いて、この改訂版をさす。

語」である。また高等学校指導要領の「外国語」についても、「中学校における学習を踏まえた上で、五つの領域別の言語活動及び複数の領域を結び付けた統合的な言語活動を通して、五つの領域を総合的に扱うことを一層重視する必履修科目として『英語コミュニケーションⅠ』を設定し」（『解説』）とあり、高等学校でも「外国語」は実質的に「英語」であることがわかる。「英語」が圧倒的に第1外国語の地位を占めている。英語以外の外国語を第1または第2外国語として履修させている学校もあるが、その数は非常に少ない。大学入試センターの近年の外国語受験者数を見ると、英語の約50万人に対して、英語以外の外国語（ドイツ語、フランス語、中国語、韓国語）は1,000人にも達していない。

　中学校の外国語（英語）は第2次大戦後ずっと選択科目であったが、1998年に改訂された学習指導要領で必修科目とされた。これは英語が国際語の地位を占めている実情を考慮してのことであった。今回の学習指導要領の改訂においても「必修」は引き継がれている。また外国語の授業時間数は、今回の改訂でも各学年140単位時間（週4コマ）であり、前回（2008年）の学習指導要領の時間数と同じとなっている。

　次に高等学校の外国語（英語）は、今回の学習指導要領の改訂で、その科目が大幅に改訂され、表1.2のように6科目が設定された。従来の「コミュニケーション英語基礎」が廃止され、「コミュニケーション英語」は「英語コミュニケーション」に名称が変更されている。また、それらの科目のうち「英語コミュニケーションⅠ」（3単位）が必修となっている。

〈表 1.2〉　高等学校「外国語」の科目と標準単位数

科　　目	標準単位数
英語コミュニケーションⅠ	3
英語コミュニケーションⅡ	4
英語コミュニケーションⅢ	4
論理・表現Ⅰ	2
論理・表現Ⅱ	2
論理・表現Ⅱ	2

4. 学習指導要領の法的拘束力

　以上に概観したように、わが国の小・中・高における英語教育は、学習指導要領によって方向づけられているのが特徴である。この学習指導要領は法的拘束力をもつ。それが法的拘束力をもつに至った経過は、およそ次のようである。

　学習指導要領は、第2次大戦後の1947年に米国教育使節団の報告書に基づいて、初めて「学習指導要領　英語編（試案）」として作成され、発行された。その後1951年になって、新たに「中学校・高等学校学習指導要領　外国語科英語編Ⅰ，Ⅱ，Ⅲ（試案）」が作成され、発行された。これは原本が英語で書かれ、3分冊759ページにもなる膨大なものであった。この2つの学習指導要領がいずれも「試案」となっていたのは、当時の文部省が教員のための参考書として編纂したものであることを示している。

　しかし、1958年度版「中学校学習指導要領」および1960年度版「高等学校学習指導要領」からは「試案」の文字が消え、これ以後のものは、学校教育法施行規則の規定に基づき、文部大臣の名によって公示されることになった。これは、戦後の連合軍による占領が終わって、文部行政がその影響から独立を取り戻したことを表している。これによって学習指導要領は「法的拘束力」をもつものとなり、その後約10年ごとに改訂がなされて今日に至っている。

　学習指導要領が法的拘束力をもつということは、それが法令に基づいて国が定めた教育課程の基準であって、各学校の教育課程と指導方針はそこからの大きな逸脱を許されないということである。まず、教科書検定がこの基準によって行われる。各学校の教育課程はこの基準によって定められる。また、教師の教室での学習指導については、学習指導要領とは別に発行される「解説」または「指導書」によって示され、大綱はそれに沿って行われることになる。したがって、当初、学校教育の自主性が著しく損なわれるという批判があった。この問題は現在さほど大きな声にはなっていないが、これからの複雑な社会を生きていく子どもたちの自主性や自律

性を尊重する教育をめざすならば、教師自身の自主性や自律性も大いに議論されるべき問題である。

《**Discussion**》

1. 英語が国際語として現在の地位を占めるに至った歴史的背景はどのようなものだったでしょうか。
2. 英語は世界で広く使用される言語ですが、世界中で通用するわけではありません。これからの日本人が学習する外国語は英語だけでよいでしょうか。
3. 英語教育の目的論は、これまでしばしば、実用か教養かで議論がなされてきました。英語教育における実用とは、また教養とは何でしょうか。
4. 学習指導要領は法的拘束力をもつものですが、学習指導要領は10年ごとに改訂されその内容も大きく変わってきたことを考えれば、教師は指導要領にとらわれない英語教育の目標を持つ必要があるでしょう。それでは、それはいったいどのような目標でしょうか。

参 考 文 献

今井むつみ（2010）『ことばと思考』（岩波新書）岩波書店.

伊村元道（2003）『日本の英語教育 200 年』大修館書店.

高梨芳郎（2009）『〈データで読む〉英語教育の常識』研究社.

寺澤　盾（2008）『英語の歴史――過去から未来への物語』（中公新書）中央公論新社.

文部科学省（2018）『小学校学習指導要領（平成 29 年告示）解説 外国語活動・外国語編』『中学校学習指導要領（平成 29 年告示）解説 外国語編』開隆堂出版.

文部科学省（2019）『高等学校学習指導要領（平成 30 年告示）解説 外国語編 英語編』開隆堂出版.

Crystal, D.（1997, 2003）*English as a global language*. Cambridge University Press.

McKay, S. L.（2002）*Teaching English as an international language*. Oxford University Press.

第 2 章　英語の指導目標と内容

《 **Warm-up** 》

- 言語の基本的な技能とはどのようなものでしょうか。
- 中学英語では、なにをどこまで教えればよいのでしょうか。
- 高校英語では、なにをどこまで教えればよいのでしょうか。
- 学習指導要領では、中学校・高等学校でどのような内容を指導することになっていますか。

1.　4技能と言語活動

　英語に限らず、ある言語に習熟するということは、最も普通の定義では、リスニング、スピーキング、リーディング、ライティングの4つの技能を獲得することである。これらを「基本的言語技能」(the basic language skills) と呼ぶ。

　　リスニング（listening）：話される言葉を聞いて、その意味を理解する技能をいう。
　　スピーキング（speaking）：情報や自分の考えを話し言葉によって他人に伝える技能をいう。
　　リーディング（reading）：書かれた言葉を見て、その意味を理解する技能をいう。
　　ライティング（writing）：情報や自分の考えを書き言葉によって他人に伝える技能をいう。

　以上に見るように、これら4つの言語技能のうち、リスニングとスピーキングは話し言葉（spoken language）に関する技能という点で共通して

[11]

おり、リーディングとライティングは書き言葉（written language）に関する技能という点で共通している。また別の観点からすると、リスニングとリーディングは受容技能（receptive skills）という点で共通しており、スピーキングとライティングは発表技能（productive skills）である。もっとも、「受容」とか「発表」と言ってもその区別は表面的なもので、後の章（第 12〜16 章）で見るように、頭の中で行われる活動はもっと複雑である。

　以上の関係を表示したものが表 2.1 である。

〈表 2.1〉　言語技能の分類

	受　容	発　表
話し言葉	リスニング	スピーキング
書き言葉	リーディング	ライティング

　中学校・高等学校における英語指導も、結局のところ、これら 4 つの言語技能の習熟をめざすことになる。

　ここで、翻訳（translation）は基本的な言語技能ではないことに注意したい。それは特別な訓練を必要とする高度な技能である。特に日本語と英語のように語系を異にする言語の場合には、言語の構造と表現形式が非常に異なっているので、英語から日本語、または日本語から英語への直接的変換はほとんど不可能である。このことは、ふだんの英語の授業で生徒に訳をさせても、その生徒はしばしば内容を全く把握していないことで証明される。翻訳とは、言語 A の話し手（または書き手）の意図した内容を十分に理解したあとに、言語 B によって表現しなおすことである。いま言語 A を英文、言語 B を日本文とすれば、このプロセスは図 2.1 のようになる。ここで翻訳者は、英文の理解力と日本語による表現力という 2 つの技能を要求されるわけである。

〈図 2.1〉 翻訳のプロセス

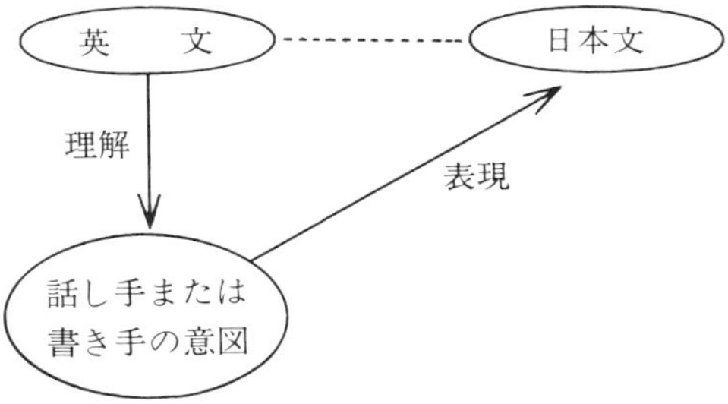

英　文 - - - - - - - - 日本文

理解

表現

話し手または
書き手の意図

2. 中学校における英語の目標と内容[1]

　中学校における英語の指導目標は、簡潔に言うならば、4 つの言語技能の基本を身につけさせることにあると言ってよいであろう。

　中学校学習指導要領は、外国語科の目標として、「外国語によるコミュニケーションにおける見方・考え方を働かせ、外国語による聞くこと、読むこと、話すこと、書くことの言語活動を通して、簡単な情報や考えなどを理解したり表現したり伝え合ったりするコミュニケーションを図る資質・能力を次のとおり育成することを目指す」を掲げ、具体目標として次の 3 つの項目を挙げている。

（1）　外国語の音声や語彙、表現、文法、言語の働きなどを理解するとともに、これらの知識を、聞くこと、読むこと、話すこと、書くことによる実際のコミュニケーションにおいて活用できる技能を身に付けるようにする。

（2）　コミュニケーションを行う目的や場面、状況などに応じて、日常的な話題や社会的な話題について、外国語で簡単な情報や考えなどを理解したり、これらを活用して表現したり伝え合ったりすることができる力を養う。

　1）　小学校の指導目標と内容については、第 22 章「小学校の英語教育」でまとめて取り扱うこととする。

（3）　外国語の背景にある文化に対する理解を深め、聞き手、読み手、話し手、書き手に配慮しながら、主体的に外国語を用いてコミュニケーションを図ろうとする態度を養う。

　そしてこれら3つの目標を踏まえ、聞くこと、読むこと、話すこと［やり取り］、話すこと［発表］、書くことの5つの領域別に目標を設定している。（表2.2）

〈表 2.2〉　中学校の到達目標と活動内容(抜粋、要約)

領　　域	目　　　　標	活動内容(要約)
聞くこと	はっきりと話されれば、 ア　日常的な話題について、必要な情報を聞き取ることができる イ　日常的な話題について、話の概要を捉えることができる ウ　社会的な話題について、短い説明の要点を捉えることができる	(ア)自然な口調で話される英語、(イ)店や公共交通機関などの簡単なアナウンスや(ウ)身近な事柄に関する簡単なメッセージ、(エ)日常的な話題や社会的な話題に関する会話や説明などを聞いて話し手の意向を理解したり、内容や要点を把握し、適切に応答したり、英語で説明したりする活動
読むこと	日常的な話題について、簡単な語句や文で書かれたものから ア　必要な情報を読み取ることができる イ　短い文章の概要を捉えることができる ウ　社会的な話題について、簡単な語句や文で書かれた短い文章の要点を捉えることができる	(ア)書かれた内容を黙読したり、その内容を表現するよう音読したりする活動、(イ)広告やパンフレット、予定表、電子メール、(ウ)エッセイ、物語、(エ)社会的な話題に関する説明などから、自分が必要とする情報や概要を読み取ったり、その内容に対する自分の考えを述べる活動
話すこと ［やり取り］	ア　関心のある事柄について、簡単な語句や文を用いて即興で伝え合うことができる イ　日常的な話題について、事実や自分の考え、気持ちなどを整理し、簡単な語句や文を用いて伝えたり、相手からの質問に	(ア)関心のある事柄、(イ)日常的な話題や(ウ)社会的な話題などについて、自分の考えを整理し、考えや感じたことなどを伝えた上で、相手からの質問に対して適切に応答したりやり取りを続ける活動

第 2 章　英語の指導目標と内容　**15**

	答えたりすることができる ウ　社会的な話題に関して聞いたり読んだりしたことについて、考えたことや感じたこと、その理由などを、簡単な語句や文を用いて述べ合うことができる	
話すこと [発表]	ア　関心のある事柄について、簡単な語句や文を用いて即興で話すことができる イ　日常的な話題について、事実や自分の考え、気持ちなどを整理し、簡単な語句や文を用いてまとまりのある内容を話すことができる ウ　社会的な話題に関して聞いたり読んだりしたことについて、考えたことや感じたこと、その理由などを、簡単な語句や文を用いて話すことができる	（ア）関心のある事柄について、その場で考えを整理して口頭で説明する活動、（イ）日常的な話題や、（ウ）社会的な話題について、事実を要約したり、自分の考え、気持ちなどをまとめ、話したりする活動
書くこと	ア　関心のある事柄について、簡単な語句や文を用いて正確に書くことができる イ　日常的な話題について、事実や自分の考え、気持ちなどを整理し、簡単な語句や文を用いてまとまりのある文章を書くことができる ウ　社会的な話題に関して聞いたり読んだりしたことについて、考えたことや感じたこと、その理由などを、簡単な語句や文を用いて書くことができる	（ア）自分に関する基本的な情報を語句や文で書く活動、（イ）手紙や電子メールの形で自分の近況などを伝える活動、（ウ）日常的な話題について、出来事などを説明するまとまりのある文章を書く活動、（エ）社会的な話題に関して自分の考えや気持ち、その理由などを書く活動

　次に、中学校学習指導要領は指導内容を「知識及び技能」と「思考力、判断力、表現力等」の 2 つに分けて記述している。

　「知識及び技能」については、（ア）音声、（イ）符号、（ウ）語、連語及び慣用表現、（エ）文、文構造及び文法事項、のそれぞれに指導上の制約を設

けている。これらの中で、特に、前の指導要領では1,200語であった語数が小学校で学習した600語～700語に1,600語～1,800語程度の新語を加える2,500語程度と大幅に増加していることと、文法事項において、これまでは高校で教えられていた現在完了進行形や仮定法のうち基本的なものなどが中学に降ろされてきている点にも注意を要する。中学校用検定教科書はすべてここに記載されている規定に従って審査されるので、教科書教材の作成者は規定を厳密に守る必要がある。教師は実際の授業でさほど神経質になる必要はないが、学力テスト問題を作成するような場合には、これらの規定から外れないように注意しなければならない。たとえば高等学校の入学試験などは、公立・私立を問わず、ここに記載されている言語材料の範囲内で試験問題を作成しなければならない。

　「思考力、判断力、表現力等」の中でさらに、①言語活動に関する事項と②言語の働きに関する事項に分けて詳細に記述している。①言語活動に関する事項では、聞くこと・話すこと[やり取り]・話すこと[発表]・読むこと・書くことの4つの技能の5つの領域(話すことについては[やり取り]と[発表]の2つに分けられていることに注意)について(表2.2)、また、②言語の働きに関する事項では、言語の使用場面や働きの例が挙げられ、どのような言語活動を展開したらよいかを平明に述べている。これらは経験のある教師にとっては常識的な事柄であるが、経験の浅い教師やこれから教師になろうとする人たちは、授業計画を作成するさいに十分に研究しておくべき事柄である。

3.　高等学校における英語の目標と内容

　高等学校における英語の指導目標は、小学校・中学校における指導をふまえて、4つの基本的言語技能をいっそう伸ばすことにある。そのため小学校・中学校と同様に5つの領域を設定し、それらを統合した言語活動を通して実際のコミュニケーションにおいて効果的に活用できる技能を身に付けさせると述べている。これらの目標を達成するために高等学校学習指導要領は「外国語(英語)」に6つの科目を設定し、それぞれの科目の目標

第 2 章　英語の指導目標と内容　**17**

を細かく記載（表 2.3）するとともに、6 つの英語科目における内容をそれ
ぞれ記載している。その内容は中学校の場合と同じく、「知識及び技能」と
「思考力、判断力、表現力等」の 2 つに分けられ、「思考力、判断力、表現
力等」における①言語活動に関する事項では、聞くこと・話すこと［やり取
り］・話すこと［発表］・読むこと・書くことの 4 つの技能の 5 つの領域に

〈表 2.3〉　高等学校各科目の目標（抜粋）

科　目		英語コミュニケーション I	論理・表現 I
領　　域	題　材	多くの支援を活用すれば	多くの支援を活用すれば
聞くこと	ア 日 常 的 な話題	必要な情報を聞き取り、話し手の意図を把握することができる	
	イ 社 会 的 な話題	必要な情報を聞き取り、概要や要点を目的に応じて捉えることができる	
読むこと	ア 日 常 的 な話題	必要な情報を読み取り、書き手の意図を把握することができる	
	イ 社 会 的 な話題	必要な情報を読み取り、概要や要点を目的に応じて捉えることができる	
話すこと ［やり取り］	ア 日 常 的 な話題	基本的な語句や文を用いて、情報や考え、気持ちなどを伝え合うやり取りを続けることができる	基本的な語句や文を用いて、情報や考え、気持ちなどを伝え合ったり、やり取りを通して必要な情報を得たりすることができる
	イ 社 会 的 な話題	聞いたり読んだりしたことを基に、基本的な語句や文を用いて、情報や考え、気持ちなどを論理性に注意して伝	日常的・社会的な話題について、ディベートやディスカッションなどの活動を通して把握した情報を活用

		え合うことができる	しながら、基本的な語句や文を用いて、意見や主張などを論理の構成や展開を工夫して伝え合うことができる
話すこと[発表]	ア 日常的な話題	基本的な語句や文を用いて、情報や考え、気持ちなどを論理性に注意して伝えることができる	基本的な語句や文を用いて、情報や考え、気持ちなどを論理の構成や展開を工夫して伝えることができる
	イ 社会的な話題	聞いたり読んだりしたことを基に、基本的な語句や文を用いて、情報や考え、気持ちなどを論理性に注意して伝えることができる	スピーチやプレゼンテーションなどの活動を通して把握した情報を活用しながら、基本的な語句や文を用いて、意見や主張などを論理の構成や展開を工夫して伝えることができる
書くこと	ア 日常的な話題	基本的な語句や文を用いて、情報や考え、気持ちなどを論理性に注意して文章を書いて伝えることができる	基本的な語句や文を用いて、情報や考え、気持ちなどを論理の構成や展開を工夫して文章を書いて伝えることができる
	イ 社会的な話題	聞いたり読んだりしたことを基に、基本的な語句や文を用いて、情報や考え、気持ちなどを論理性に注意して文章を書いて伝えることができる	日常的な話題や社会的な話題について把握した情報を活用しながら、基本的な語句や文を用いて、意見や主張などを論理の構成や展開を工夫して文章を書いて伝えることができる

注) 英語コミュニケーション及び論理・表現Ⅱ，Ⅲの科目では，一定の支援を活用すれば（Ⅱ），支援をほとんど活用しなくても（Ⅲ），と条件が緩和されると同時に，詳細に（Ⅱ）または場面や状況に応じて（Ⅲ）等，それぞれの難易度が上がっていく。

ついて細かく述べられている。②言語の働きに関する事項では、「言語の使用場面の例」および「言語の働きの例」としていくつかの典型的な例を挙げている。それらは文字通り「例」であって、網羅的な一覧表ではない。

「言語材料」については、中学校との連携の観点から、指導すべき新語数と文法事項をかなり詳細に規定している。指導する語数は、表2.4のように、中学校で指導される2,500語に加えて、高等学校では全体で1,800語～2,500語とされている。また文法事項については、中学校で指導されなかった事項が高等学校で指導されることになる。これらの語数や文法事項の規定は、高等学校や大学の入学試験問題作成に一定の基準を設定するのに役立っている。

〈表2.4〉 小学校、中学校、高等学校で指導される語数

小学校	4年間で指導される語数	600～700語程度
中学校	3年間で指導される語数	小学校＋1,600～1,800語程度の新語
高等学校	英語コミュニケーションⅠ	小学校＋中学校＋400～600語程度の新語
	英語コミュニケーションⅡ	英語コミュニケーションⅠ＋700～950語程度の新語
	英語コミュニケーションⅢ	英語コミュニケーションⅡ＋700～950語程度の新語
総　計		4,000語～5,000語

〈注〉 高等学校学習指導要領では、「論理・表現Ⅰ，Ⅱ，Ⅲ」の3科目については、「語や文法事項については、三つの領域別の目標を達成するのにふさわしいものを適宜取り扱うものとする」と書かれている。

4.　より具体的な言語活動の設定

中学校および高等学校の学習指導要領「外国語」に記載されている活動内容（「思考力、判断力、表現力等」（3）①言語活動に関する事項の内容等）は、これらを読んでも具体的にどのような活動をさせるべきかが明らかで

はない。検定教科書を用いて授業を進めるにしても、「実際のコミュニケーションに役立つ技能」を育成する立場にある教師にとって大きな関心事である。では、教師はどのようにしてより具体的な言語活動を設定したらよいであろうか。そのためには、それぞれの教師が個別に研究することも必要であるが、教師たちの共同研究によって学年または学校に共通する言語活動を設定することが望ましい。高等学校での言語活動ではさらに実用的な教材設定が重要になる。生徒の日常生活や社会問題など、その時々に応じたトピックを選び言語活動を考えなければならない。

《**Discussion**》

1. 4つの言語技能の習得順序に関して、母語の場合にはリスニング、スピーキング、リーディング、ライティングの順序に習得されますが、外国語学習の場合にもこの順序は守られるべきでしょうか。
2. 4つの言語技能はそれぞれが組み合わされて行われることが普通です。実際のコミュニケーション場面では、どのような技能の組み合わせでどのような言語活動が行われるか考えてみましょう。
3. 高等学校で行われるべき統合的な言語活動を考えてみましょう。

──────── 参 考 文 献 ────────

鳥飼玖美子（2018）『英語教育の危機』（ちくま新書）筑摩書房.
文部科学省（2018）『小学校学習指導要領解説　外国語活動・外国語編』『中学校学習指導要領解説　外国語編』開隆堂出版.
文部科学省（2019）『高等学校学習指導要領解説　外国語編』開隆堂出版.

第3章　学習者の要因

《**Warm-up**》

- 外国語学習は何歳で始めるのがよいのでしょうか。
- 外国語の学習に向いている人はいると思いますか。それはどんな人でしょうか。
- 学習の仕方は人によって違いますが、良い学習法とはどんなやり方でしょうか。
- 良い英語学習者とはどんな人でしょうか。

1.　外国語学習と年齢

　言語の学習は、年齢によって、その習得の過程や程度にさまざまな違いがある。このことは、われわれの経験や観察から、明らかなように思われる。

　まず子どもの母語の習得は、正常児の場合にはきわめて自然に行われ、一見なんの意識的な努力もなしに完成するかのようである。また 10 歳くらいまでの子どもは、新しい言語環境に入れられると、その言語を完全に自分のものにしてしまう。2 言語を併用する環境においては、ほぼ完全な「2 言語併用者」(bilingual) となる子どもも珍しくはない。

　これに対して、大人の言語習得は、たとえ第 2 言語習得の環境(その言語が日常的に使用される環境)にあっても、非常に困難なように見える。数年間努力すればなんとか使えるようにはなるが、その言語の母語話者と同じ程度にまで達する人はあまり多くはない。その言語が日常使用されない外国語の場合には、その達成はさらに難しい。

[21]

そこで、言語習得には「臨界期」（critical period）というものがあって、それを過ぎると生得的な習得能力が失われてしまう、という説がある（Lenneberg 1967）。それによると、人間の脳は、誕生後に著しい発達を遂げるが、その構造的、神経学的生長をたどると、10代の初めに成熟状態に達するという。そして、言語習得の臨界期は、これをもって終わるというのである。

現在この仮説は、音声の習得を除いては、ほとんど支持されていない。たしかに発音に関しては、10歳を越えると完全な習得が難しくなる。母語の場合にも、「お国なまり」が終生残るものである。しかし他の言語要素の習得に関しては、10歳以後に学習を始めた言語でも、習得が不可能ということはない。われわれの周りにも、母語話者と変わらない英語の使い手が、そう多くはないが、たしかにいる。10歳を越えると言語の習得能力が失われるという仮説は、そのような経験的事実に反するものである。

しかし10代の初めに、言語の習得に関して、学習者の内部に何かの変化が起こることは確実なように思われる。その変化は急に起こるものではないが、12歳前後が転換期に当たる。それは神経学的、生理学的変化であるとともに、心理学的な変化でもある。

いま仮りに、5, 6歳の日本人の子どもとその父親がスペインのある町で暮らすことになったとする。2人にとってスペイン語は未知の言語である。したがって、習得の環境的条件はほぼ等しいと言えよう。その場合、習得の内的条件、つまり心理学的条件はどう違うであろうか。次の5つの違いを指摘することができる。

（1）　第1言語の習熟の違い：この場合の第1言語は日本語である。子どもは日常的な話し言葉の基本をマスターしているが、まだ完全ではない。つまり言語習得の途上にある。これに対して父親は完全に日本語をマスターしており、たとえスペインに住んでも、日本語から切り離されることはない。彼はいつも日本語でものを考えており、家では日本語を使うであろう。

（2）　動機の違い：大人の言語学習の動機はたいてい仕事と関係してい

る。スペインに行った目的がビジネスであれば、彼は自分のビジネスの遂行に必要な最低限のスペイン語を、手っ取りばやくマスターしたいと思うであろう。他方、子どものほうは、近所の子どもたちや幼稚園の友だちと遊びたいと思うであろう。子どもにとって、遊び友だちを得ることは何よりも重要である。彼はそのために新しい言語を学ぶ。

(3)　自我構造の違い：子どもの自我構造は大人のそれよりも概して柔軟である。それゆえ環境を自己のうちに統合する力が大きく、ごく自然に環境に溶け込んでしまう。これに対して父親のほうは、日本人としてのアイデンティティを確立しており、どこへ行っても自分は日本人だということを意識する。したがって環境の中に容易に溶け込めない。

(4)　知的能力の違い：子どもは直観的、総合的に物事を把握するのに対し、大人はそれを論理的、分析的に行おうとする。これは、大人の場合に左脳（「言語脳」と呼ばれる）が発達していることと関連しているであろう。心理学者ピアジェ（J. Piaget）によれば、一般に 12 歳ごろに「形式的操作」の段階に入るという。そこでは、新しい概念は具体的な経験から得るよりも、言語を操作することから得るほうが容易になる。ということは、子どもと大人では言語の学び方が異ならざるを得ないということである。

(5)　情意面の違い：「形式的操作」の段階に入ると、人は他人の考えを自己のうちで操作することができるようになる。その結果、自分の考えていることを他人も考えているであろうと思うようになり、他人の目に自分がどう映るかを意識するようになる。この自意識が言語学習の大きな障害になる。中学生が恥ずかしがったり、誤りを極度に恐れるのは自然な傾向ではあるが、言語学習ではこれら情意面の障壁を克服することが必要となる。

　英語の学習を本格的に始める日本の小学 5 年生は 11 歳前後であるから、ちょうど上記の言語習得の転換期に当たる。彼らはもはや子どもではない。そうかといって完全な大人でもない。子どもの特性をかなり内包している大人である。しかも、発達の速度は人によって違うから、個人差も大きい。したがって、小学校、中学校の教師は生徒たちのこのような年齢的特徴を十分に知っておく必要があるだろう。

2. 外国語の適性

「言語適性」（language aptitude）という概念は、あの人は言語的才能があるとかないとかという、日常的な経験から来ている。たしかに、ある人は外国語の進歩が他の人よりも速い、またある人は、たいていの人があきらめてしまうような悪い条件下でも、なんとか言語をものにしてしまう。したがって、常識的には、言語適性は存在すると考えてよいであろう。

では、そのような言語適性の内容はどのようなものであろうか。

アメリカの心理学者キャロル（Carroll 1972）は、外国語の適性として次の4つの要素が認められるとした。そしてこれらは、現在でも頻繁に引用される。

(1) 音の符号化（phonetic coding）：ある人は、外国語の音や音の連なりをすばやく聞き分け、それを記憶に留めるのが上手である。そのような人は言語の習得が速い。

(2) 文法感覚（grammatical sensitivity）：外国語を学習する場合には、言語の文法的構造やその機能に気づくことが重要である。それらの文法上の問題を特別な苦労もなく処理する人と、非常な苦労をする人とがいる。

(3) 機械的記憶（rote memory）：外国語の学習では、だれもが単語の記憶に相当のエネルギーを費やす。そこで要求されるのは機械的な記憶力である。そしてこの能力には人によって違いがある。

(4) 帰納的推論（inductive reasoning）：外国語を理解したり、それを使って文を作る能力を獲得するには、言語の背後にある規則性や論理性を帰納的に推理する行為が必要である。この能力にも個人差がある。

キャロルの抽出したこれら4つの能力が、外国語の学習に何かの関連をもっていることは、経験的にうなずけるところである。しかし、これらが生得的なものであるかどうかは明らかでない。それは、第1言語の習得を通して獲得されたものと考えることも可能である。そうだとすれば、これらの能力は新しい言語の学習を通して発達していくものだと考えることもできる。

また、これらの能力が、一般知能とは別の、言語の学習に特有のものであるかどうかについても明らかではない。「音の符号化」の能力を除いては、それは学校における他の多くの教科の学習にも関連しているように思われる。外国語も学校の教科の1つであるから、その学習に一般的知能が関係していることはむしろ当然のことである。また、それらが学習者の性格とか学習動機などとどうかかわっているかも明らかではない。学習の速度や達成度に影響する学習者のファクターは複雑である。

要するに、外国語学習の適性がどのようなもので、他のファクターとどうかかわっているかは、現在のところ明らかにはされていない。ここで言えることは、母語すなわち第1言語の習得に成功した人は、少なくともそれと同じ程度まで、第2言語も習得し得る能力（capacity）を有しているはずだということである。

3. 良い学習者のストラテジー

子どもにせよ大人にせよ、新しい言語を学ぶ人はすべて、さまざまな学習の困難に遭遇する。彼らはそれらの困難を一つずつ解決していかなければならない。ここで、外国語の学習に成功した人がどのようにして学習上の問題に対処したかがわかれば、一般の学習者にも参考になるにちがいない。また教師もそれを知ることによって、生徒に適切なアドバイスができるであろう。良い学習者がどのようなストラテジーを用いるかが、近年、多くの研究者の研究の対象となっている。

なお、ここで「ストラテジー」（strategy）とは、外国語の学習者が学習上の問題に対処するときに用いる一般的な対処の仕方、あるいはその特性といった意味である。したがって、それは学習者の学習に対する構えや態度、あるいは学習の方法や技術に関係している。先に述べた適性とは異なる概念である。

オックスフォード（Oxford 1990）は表4.1のような6種類のストラテジーを認めている。これらの6種類は大きく直接的と間接的に分けられる。直接的ストラテジーは目標とする言語に直接に関わるものであり、間接的

〈表 4.1〉　R. L. オックスフォードの学習ストラテジー

	ストラテジー	内　　容
直接的	記憶ストラテジー	●単語の意味によって結びつける（カテゴリー化） ●音やイメージと結びつける ●復習する
	認知ストラテジー	●繰り返し練習する ●分析し理由づけする ●翻訳する
	補償ストラテジー	●理解できないときに推測する ●知っている表現で言い換える、言い換えてもらう ●ジェスチャーを使う
間接的	メタ認知ストラテジー	●目標を設定する ●課題を設定する ●学習計画を立てる ●学習した内容をチェックし、自己評価をする
	情意ストラテジー	●第 2 言語コミュニケーションの不安や緊張などさまざまな感情をコントロールする ●深呼吸したり、ウォーミングアップに音楽を活用する ●ポジティブな言葉やご褒美を使って自分を励ます
	社会的ストラテジー	●質問をする ●グループを作って助け合いながら学習する ●異文化理解を深める ●他者の考えや感情に注意を払う

ストラテジーは学習全般に関わるストラテジーである。ほかにもこれに類する研究がいくつかあるが、それぞれの生徒がこれらのストラテジーの用い方において個性的な存在であることと、最終的には自律した学習者としてさまざまなストラテジーを自ら選択できる能力を身につける必要があることで一致している。近年教育の現場だけでなく、一般社会でも注目されているのがメタ認知ストラテジーである。これは、学習者が自分の学習を客観的に捉え、点検し、改善する技術と考えられる。一生懸命努力しているがなかなか成長を実感できない児童生徒には、時に自分の学習方法を振り返り他者の学び方をまねたり、別の方法を試してみるように促すことも重要である。

《**Discussion**》

1. 母語の習得にはたいていの人が成功するのに、外国語の習得には大部分の人が苦労するのはなぜでしょうか。
2. 外国語学習の最適年齢(optimal age)といったものがあると思いますか。また、小学校 3 年生はその年齢だと思いますか。
3. 生徒のメタ認知を高めるためにはどのような指導が効果的でしょうか。

—————————— 参 考 文 献 ——————————

キャロル、J. B. / 大学英語教育学会編及び訳注 (1972)『英語の評価と教授』大修館書店.

スカーセラ、R. C. & オックスフォード、R. L. / 牧野髙吉監修・菅原永一ほか訳 (1997)『第 2 言語習得の理論と実践——タペストリー・アプローチ』松柏社.（原著: *The tapestry of language learning: The individual in the communicative classroom*. Heinle & Heinle 1992）

レネバーグ、E. H. / 佐藤方哉・神尾昭雄訳 (1974)『言語の生物学的基礎』大修館書店.（原著: *Biological foundations of language*. Wiley 1967）

O'Malley, J. M. & Chamot, A. U.（1990）*Learning strategies in second language acquisition*. Cambridge University Press.

Oxford, R. L.（1990）*Language learning strategies: What every teacher should know*. Newbury House.

第4章　良い教師の条件

《**Warm-up**》

- 教師の役割とはどのようなものか考えてみましょう。
- 良い英語教師とはどのような教師ですか。
- 良い英語教師になるにはどんな資格が必要でしょうか。

1.　教師の役割

　学習は、当然のことであるが、学習者の内部において起こる事柄である。したがって、学ぶ主体は学習者であって教師ではない。学習は教師がいなくても起こり得るが、教師は学習者が学ばなくては存在価値がない。教師がいかに熱心に教えても、生徒にそれを受け入れる準備がなかったり、全く学ぶ気がない場合には、教師のせっかくの努力も徒労に終わるからである。

　このことは学校におけるすべての教科について言えることである。しかし英語のような技能の養成を中心とする教科においては、教師は特にこのことをしっかりと頭に入れておくことが大切である。つまり、英語は単に知識を伝達するだけでは成立しない教科である。生徒に言語を「経験させる」こと、言いかえれば、生徒に英語を実際に使えるようにすることが中心となるべき教科である。

　それでは英語教師の役割は何であろうか。

　スティヴィック（Stevick 1980）は、その著書の中で、外国語教師が授業で果たす役割と機能を次の5つに分けている。

　（1）　知的情報の担い手: 教師は生徒の求めている外国語や外国文化に

[28]

ついての情報を所有しており、授業はその情報をめぐって行われる。
（2）　授業の管理：生徒は授業をどう進めるかについて、教師が責任を
もって行うことを期待している。どんな教材を用い、どんなスケジュー
ルで、どんな指導法によって行うかは教師の責任である。
（3）　目標の設定：生徒は外国語の学習について、ある全体的な目標を
もっている。それは明確な場合もあり、漠然と意識されているだけの
場合もある。教師はそれらの長期目標をふまえて、月間、週間、時間
ごとの目標にくだいていく必要がある。
（4）　クラスの雰囲気づくり：教師は教室では最も大きな権力をもつ。情
報をほとんど独り占めにし、授業の進め方や毎授業の目標を自分で決
め、最後には成績をつける。そこで教師は、クラスの中に独特の対人
的雰囲気を作り出すのに大きな影響力をもつ。そこで作り出された雰
囲気は、生徒の非言語的・情緒的欲求を満たしたり、拒んだりする。
（5）　人格的影響：上記（4）とも関連するが、教師の人柄に結びつくもの
として、教師の仕事に対する情熱の有無、仕事の価値についての確信
の有無がある。これらは教師が口に出してはっきり述べるものよりも、
生徒が教師の態度からそれとなく推測するもののほうが影響力をもつ。
教師のこの機能は他のものに比べてとらえにくいものであるが、無視
することのできない、ある意味では最も重要な機能である。

　これらの教師の機能を見ると、学習の主体は生徒にあるとしても、授業
における教師の役割は決して小さくない。授業を計画し、教材を組織し、
指導法を決定し、生徒に必要な情報を提供するのは教師だからである。
　そこで次に、良い英語教師とはどういう教師かを考えてみる。

2.　良い英語教師の条件

　良い英語教師はまず英語の運用力がなければならない。これは当然のこ
とではあるが、現在の日本の中学・高校で、この点で合格点の取れる英語
教師は意外に少ないようである。たしかに、大部分の英語教師は大学の英
文学科や外国語学科を卒業しているので、英語の単語はかなり知っている。
また大学受験で培った文法力も相当にある。しかし大学の英文学科や外国
語学科を卒業しただけでは、英語の運用力、つまり英語を聞いたり、読ん

30

だり、話したり、書いたりする力は必ずしも十分とは言えないように思われる。

このことは TOEIC® (Test of English for International Communication) の結果にも現れている。TOEIC のデータによれば、2014 年から 2019 年に TOEIC を受験した日本人小学校教員 10,273 名の平均は 592 点、中学校教員[1]13,844 名の平均は 672 点、高校教員[2]24,886 名の平均は 740 点で、この成績は教員採用試験における英語の試験免除の基準として多くの県が要求している 860〜900 点には届いていない。英語教師になる人は、TOEIC が定める A レベル (Non-Native として十分なコミュニケーションができる) 860 点以上を、ぜひ目標としてほしいものである。教師に十分な英語の運用力がなければ、生徒の運用力を伸ばすことは難しいからである。

次に、英語教師は英語だけできればよいというものではない。英語の運用力さえあればよいというのであれば、英語のネイティブ・スピーカーが一番良いということになる。英語教師は、英語の運用力のうえに、英語という言語とその文化に精通していなければならない。それも、学習者が日本人であるから、日本語と日本文化との対比においてとらえるという視点が要求される。この点は、いかに外国語として英語を教える訓練を受けたネイティブの英語教師であっても、日本人の英語教師には及ばないところである。

次に、英語の教え方が上手でなければならないということも、英語教師に求められる必須の条件である。生徒はすべて教師にこのことを期待している。スティヴィックが教師の機能として挙げているように、授業の目標を設定し、どんな教材を用い、どんなスケジュールで、どんな指導法によって授業を進めるかは教師の責任だからである。

教え方が上手であるためには、教師はまず言語学習についての理解を深めることが必要である。単語を記憶させ、文法の知識を与えさえすれば英

---

1), 2)　英語教員以外の教員も含む。2004〜2009 年の平均は中学校 672 点、高校 737 点とほとんど変化していない。また受験者数もほぼ横ばいの人数である。

語ができるようになるというような単純な理解では、英語教師として失格である。言語の学習過程や生徒が学習に用いるさまざまなストラテジーについての理解がなくてはならない。そしてそれらの理解は、単に書物からだけではなく、学習者としての教師自身の経験からも得られるものである。なぜなら、教師も一人の英語の学習者だからである。この意味で、教師は良い学習者でなくてはならない。そしてときには、新しい言語を学んでみることも必要である。

英語の指導法や指導技術の研究も、上手な教え方をめざす教師に欠かせないものである。しかしその研究には時間がかかる。しかも、だれが用いても成功するというような、完成された指導法は存在しない。したがって、ここで要求される教師の資質は、自分自身の指導法の完成をめざして絶えず前進していくための研究心と向上心であろう。

良い英語教師のもう1つの要件は人格である。いかに英語の運用力にすぐれ、英語と英語文化に関する知識が豊富で、しかも教え方が上手でも、生徒を引きつける人間的な魅力に欠けていては、教師として失格であろう。

英語の教師は何よりも、生徒に英語を学ばせるという仕事に対して情熱をもっていなければならない。自分は何のためにこんな出来の悪い生徒たちに英語を教えているのだろうか、というような気持ちでは、生徒を引きつけることはできない。スティヴィックが言うように、たとえそれを口に出して言わなくても、生徒は敏感に感じるものである。

また、教師は生徒にとっては権力者であるが、その権力を振り回すような教師は生徒を引きつけることはできない。教師も生徒と同じく一人の英語の学習者だと考えるべきである。そうすれば、生徒がどこでつまずき、どんな課題に直面しているかが見えてくる。すると適宜に柔軟な対応を取ることができる。このような教師はクラスに良い学習の雰囲気を作り出す。反対に、生徒の反応に鈍感で、柔軟性に欠け、権力を振り回す教師の下では生徒はいらいらし、クラスには望ましくない雰囲気が生じるであろう。

最後に、英語教師である以前に一人の教育者であることを忘れてはならない。クラス担任でなくとも、生徒一人ひとりが抱える問題やその時々の

〈表 5.1〉 良い英語教師の条件

1	英　語　力	● 英語の発音・語彙・文法などの基礎力 ● 英語を聞き、話し、読み、書く力 ● 英語による実際的コミュニケーション能力
2	言語と文化の知識	● 英語と英語文化についての知識 ● 日本語との対照言語学的知識 ● 日本文化との比較文化的知識
3	教　え　方	● 言語学習についての理解 ● 指導法・指導技術の知識 ● 授業を組織する力
4	人　格　的　特　性	● 仕事に対する情熱 ● 生徒の反応に対する感受性 ● 研究心、向上心、柔軟性、など

状態について全人格的に把握し、一人の個人として尊重し育成しようという態度で接することなしには、いかなる教科教育もその目的を達成することは不可能である。

　以上に述べた良い英語教師の条件を、表 5.1 にまとめてみた。

3.　英語教員の資格

　教育の質の向上は良い教師なくしては望めない。そこで教員養成はこれからの教育の鍵をにぎる国家的大事業である。

　文部科学省は 1998 年に「教育職員免許法」を改正し、教員養成課程における必修単位のうち、教職に関する科目を大幅に増加させ、教科に関する科目を軽減した。2016 年の改正では「教科に関する科目」と「教職に関する科目」を合わせた「教科及び教職に関する科目」という区分を設けることで、教科の専門的内容と指導法を統合した科目など、意欲的な取り組みを可能にするとともに、ICT を用いた指導やアクティブラーニングの視点に基づく授業改善など、日々起こりうる教育課題への柔軟な対応を可能にした。

　改正された普通免許状の種類、基礎資格、および大学において修得する

第 4 章　良い教師の条件　**33**

〈表 5.2〉　普通免許状の種類、基礎資格など

	各科目に含めることが必要な事項	中学校			高等学校	
		専修(修士)	1種(学士)	2種(短期大学士)	専修(修士)	1種(学士)
教科及び教科の指導法に関する科目	・教科に関する専門的事項 ・各教科の指導法(情報機器及び教材の活用を含む。)	28	28	12	24	24
教育の基礎的理解に関する科目	・教育の理念並びに教育に関する歴史及び思想 ・教職の意義及び教員の役割や職務内容 ・教育に関する社会的、制度的又は経営的事項 ・児童及び生徒の心身の発達及び学習の過程 ・特別の支援を必要とする幼児、児童及び生徒に対する理解(1単位以上修得) ・教育課程の意義及び編成の方法(中学校)	10	10	6	10	10
道徳、総合的な学習の時間等の指導法及び生徒指導、教育相談等に関する科目	・道徳の理論及び指導法(中学校) ・総合的な学習の時間の指導法 ・特別活動の指導法 ・教育の方法及び技術 ・生徒指導の理論及び方法 ・教育相談の理論及び方法	10	10	6	8	8

	・進路指導及びキャリア教育の理論及び方法					
教育実践に関する科目	イ 教育実習（中学校5単位、高等学校3単位） ロ 教職実践演習（2単位）	7	7	7	5	5
大学が独自に設定する科目		28	4	4	36	12
	計	83	59	35	83	59

（　　）内は基礎資格

〈表5.3〉　教科に関する専門教育科目と単位数（英語）

教科に関する専門教育科目	最低修得単位数
英　語　学	1以上
英　語　文　学	〃
英語コミュニケーション	〃
異文化理解	〃
	計20単位程度

　ことを必要とする専門教育科目の最低単位数は表5.2の通りである。また、教科に関する専門教育科目について、英語の免許状は表5.3に示された科目の必要単位数を修得することを義務づけている。

　さらに、教育の基礎的理解に関する科目や道徳、総合的な学習の指導法、生徒指導、教育実践に関する科目など、教員となる者にとって必要な科目を修得するよう義務づけている。なお義務教育である小学校・中学校の教育実習については、事前・事後指導の1単位を含めて5単位を履修することになっている。また7日以上の介護等体験が義務づけられている。

　さて、これらの要件を満たして免許状を取得したからといって、直ちに良い教師になれるわけではない。それは教師となるのに必要な最低限の学習をしたにすぎないのであって、良い教師となるための長い道程がこれか

ら待っているのである。教師になってからのさまざまな研修(特に自己研修)を通して知識を蓄え、技術を磨き、そして人間的な成長を遂げることによって、人は一人前の教師になっていく。

《 **Discussion** 》

1. 教師のタイプによってクラスの雰囲気が大きく変わると言われます。英語教育に望ましいタイプがあるとしたら、どのようなタイプかを考えてみましょう。
2. 教員養成は教育の質の向上にとって最も重要な問題です。現在の英語教員養成のしくみで改善すべき点はどのようなことでしょうか。
3. あなたの大学で学習する教員免許に必要な「専門科目とその内容」は、英語教師になるために十分なものかどうか点検してみましょう。
4. 2008年から教員免許状は10年ごとに更新されることになりました。教員免許状の更新制について、なぜ更新講習が必要なのでしょうか。

―――――― **参 考 文 献** ――――――

解説教育六法編修委員会編(2011)『解説教育六法』三省堂.

大学英語教育学会監修 / 石田雅近ほか編(2011)『英語教師の成長――求められる専門性』(「英語教育学大系　第7巻」)大修館書店.

久村　研(2010)「いま求められている英語教員像とは?」『英語教育』2月号、大修館書店.

Stevick, E. W.(1980)*Teaching languages: A way and ways*. Newbury House Publishers.

第 5 章　言語習得の理論上の諸問題

《 Warm-up 》

- 外国語の学習に第 1 言語（母語）はどのような役割を果たすのでしょうか。
- 文法の意識的学習はコミュニケーション能力の育成に役立つと思いますか。
- 理解する力と表現する力はどのような関係にあるのでしょうか。
- 学習者の不安や緊張にはどんな配慮が必要だと思いますか。

1.　第 1 言語の役割

　第 2 言語または外国語の習得が第 1 言語(つまり母語)の影響を強く受けることは、経験的にも認められるところである。このことは発音において特に著しい。10 歳を過ぎてから習得した言語は、ほとんど例外なく、何かの「外国なまり」(foreign accents) が感じられるものである。それほど明らかではないが、おそらく、語彙や文法にも影響はある。

　もし外国語の習得が、第 1 言語の知識を土台として、その上に築き上げられるものであるとしたら、伝統的な「文法訳読法」(the grammar translation method) は外国語の教え方として間違っていないことになる。また、もし外国語の習得が第 1 言語とは全く別の新しいシステムを創り上げることだとしたら、初めから外国語だけを使って教える「直接法」(the direct method) が良いということになる。

　外国語の発達は、はたして、第 1 言語を土台にして、それを再構成するという形で進んでいくものであろうか。それとも、第 1 言語とは独立して、新しい言語システムを構築するという形で進むものであろうか。

[36]

第 5 章　言語習得の理論上の諸問題　**37**

　この問題は長い間第 2 言語習得研究の中心的な課題であり、現在そのすべてが解明されているわけではない。しかし最近の言語の発達過程の研究は、学習者は最初第 1 言語を土台にして第 2 言語のシステムを発達させていくが、そのシステムをしだいに第 1 言語から独立させていく、というプロセスを明らかにしている（Larsen-Freeman and Long 1991, 門田 2003）。つまり、第 2 言語学習は、ある程度まで第 1 言語の影響を免れないものであるが、その習得の完成時には、第 1 言語から独立した新しい言語システムが創り上げられるということである。

　この理論は英語学習についてのわれわれの経験とも合致しているように思われる。最初のうち、生徒たちは英語の音声・語彙・文法・意味を、日本語の音声・語彙・文法・意味に置きかえたり比べたりして理解しようとする。このことは、日本語を全く使用しない直接法による授業でも、生徒は自然に行っている。初めから「英語で考えること」（thinking in English）などできるわけではないのである。

　しかし文法訳読法のように、いつも英語を日本語に置きかえたり、英語と日本語を対比するというようなことをしていると、英語の言語システムはいつまでたっても日本語から独立できないであろう。このことは、多くの日本人の英語学習者によって証明されている。彼らは 10 年の英語学習の後に、日本語を抜きにして英文を理解することができず、日本語を思い浮かべることなしに英文を作ることができないのである。

　英語が本当にできるということは、英文を英語の語順のまま理解できる[1]ということであり、頭に思い浮かんだ考えをストレートに英文で表現できることである。それができるようになるためには、英語の言語システムが日本語のそれから独立したものとならなければならない。

　このことが英語の学習と指導に示唆するものは大きい。そこには、英語の学習と指導がいかにあるべきかの方向が示されているからである。

---

　1)　決して日本語を使わないということではなく、受け取った概念を英語の語順（チャンク）のまま（日本語で）理解したり、思い浮かべた概念（日本語）を英語の語順に載せてそのまま表現できるということである。

2. 文法学習とコミュニケーション能力

　第1言語の習得においては、子どもは言語の文法を意識的に教えられることはほとんどない。意識的に教えられるのは、子どもがかなり大きくなってからである。たぶん幼稚園や小学校へ行くようになってからであろう。だからといって、子どもの言語習得がすべて無意識的に行われるということではない。クラッシェン（Krashen 1985）は、子どもの言語習得は意識下の過程（subconscious process）であると言っているが、実際には意識的な部分もあり無意識的な部分もある。明らかなことは、子どもは教えられなくても、自分で「文法ルール」（社会と共有する母語についての暗黙の知識[2]としてのルール）を発見する力をもっているということである。

　これに対して、成人の外国語のクラスで行われる学習は、そのほとんどが「文法ルール」（暗黙の知識としてのルールを記述した明示的知識[3]）の意識的な学習である。中学・高校の英語の授業も例外ではない。これは、中学生や高校生が文法ルールを自分の力で発見する子どもの力を失ってしまっているという理由よりも、授業時間数が限られているために、生徒たちの思考力や分析力を利用して手っ取り早くルールを教えてしまったほうが効率的だという理由による。

　しかし、そのような意識的なルールの学習は、コミュニケーション能力の獲得に本当につながるのであろうか。

　この問題は、最近、第2言語習得の研究者の間で激しい議論が交わされたが、その結果は次の4点に要約できると思われる。

（1）　実際の言語運用においては、文法知識（言語形式に関する規則）はすべて自動化された状態（意識しなくても使える状態）にある。
（2）　文法知識はさまざまな意識レベルで取り入れられ、自動化され得る。

　2）3）　暗黙の知識と明示的知識としての「文法」については、第11章「文法の指導」を参照。

（3）　しかし意識的に取り入れた文法知識は、そのままでは、必ずしも言語の運用にはつながらない。それは言語使用においてモニター（自分自身の言語使用を監視すること）の働きをするだけである。ゆっくり時間をかけて読んだり書いたりするときには役立っても、時間的に制約されるスピーキングでは流暢さを失わせる。

（4）　取り入れられた文法知識が自動化されるためには、実際のコミュニケーション場面またはそれに擬した場面における練習が必要である。

3.　インプットとアウトプット

　インプット（input）とは、学習者が耳または目から受け取る言語である。これに対して学習者が発する言語をアウトプット（output）という。最近の言語習得理論は、これら2つのプロセス両方の重要性を認めている。

　インプットの重要性を特に強調するものにクラッシェンの「インプット仮説」（the input hypothesis）がある。この仮説は、第1言語と第2言語を問わず、人間が言語を習得する方法はただ1つ、それは「理解可能なインプット」（comprehensible input）を受け取ることだという。それによれば、学習者は現在の言語能力のレベルをすこし超える程度の構造を含むインプットを理解することによって進歩する。まだ習得していない構造を含む文をどうして理解できるかというと、文脈、言語外の情報、世界についての知識を利用するからである。子どもの言語習得では、母親や周りの人たちが言語外のコンテクストを利用して子どもにわかりやすい言葉で話しかける。成人の第2言語や外国語のクラスでは、教師が実物や絵を用いたり、生徒の持っている知識を利用することによって理解させる。そうすると、必要な文法が自動的に作られ、スピーキングも自然に現れるのだという。

　インプットが言語習得に重要な役割を果たしていることは、経験的にも、ほとんど疑う余地のないことである。それも、理解できないインプットをいくら与えてもだめで、理解できるインプットを与えなければならない。これは、近年広まりを見せる多読学習の効果からも明らかで、クラッシェンの仮説は妥当であることがわかる。

しかし、「理解可能なインプット」が与えられれば、必要な文法が自動的にでき上がり、スピーキングが自然に発現するというのは極論にすぎる。スウェイン（Swain 2005）は、カナダの「イマージョン・プログラム」（immersion program）の検証により、たとえ早い段階から理解可能なインプットを十分に受けたとしても、アウトプットの機会が不足していれば第2言語のレベルは母語話者レベルには到達しないことを指摘している。アウトプットをすることによってのみ、学習者は自分の間違いに気づくことができるのであり、その誤りを修正することで中間言語から脱して正しい第2言語の習得につなげることができるのである。自分の言いたいことが相手に伝わらず、何度も言い換えなければならないようなやり取りを通して相手から理解可能なインプットを取り出し、自分のアウトプットを理解可能な（より正確な）もの（comprehensible output）に変えていく努力が第2言語を発達させると主張している。これを「アウトプット仮説」（output hypothesis）という。

　子どもの言語習得においても、子どもは周りの人びとから与えられるインプットを一方的に受容しているのではなくて、自らのアウトプットを通して、母親や周りの人びとに積極的に働きかけているのである。そして、それに応じて、周りの人びとが子どもに関わり合うという「相互作用」（interaction）が起こる。子どもの言語発達はそのような相互作用の結果なのである。

　このことは中学生・高校生の英語学習にも基本的に当てはまる。まず理解可能なインプットをふんだんに与えられることが必要である。そしてその次の段階として生徒自身もアウトプットを試み、周りの人に積極的に働きかけるという活動を通してのみ、理解不可能なインプットを理解可能なインプットに変え、理解不可能なアウトプットを理解可能なアウトプットに変えたりすることができるようになる。その結果として、第2言語能力が発達するのである。これまでの英語の授業に欠けていたのは、まさにこの点であるように思われる。

　いわゆるオーラル・メソッドが口頭導入（オーラル・イントロダクション）

第 5 章　言語習得の理論上の諸問題　**41**

に重点を置くのは、まず教師による理解可能なインプットを与え、教師とのやり取りによるアウトプットの中で自らの発話を確認するという前述のプロセスを体現するためである。

4.　心理的要因：第 2 言語学習不安と動機づけ

　言語習得のさまざまな理論でそのプロセスを説明することは可能であるが、どのようなアプローチやメソッドをもってしても、最終的に言語を習得するのは学習者自身である。その意味で、学習者の学習不安と動機づけなどの心理的要因は、言語習得の理論を考えるうえで避けては通れない問題である。

　どんな指導法を用いても、生徒が授業で外国語を使う不安は必ず存在し、その大きさが学習の成果に影響する。このことは外国語を学習した経験やその言語を実際に話した経験があれば、だれでも理解できるはずである。「自分の話す英語が通じるだろうか？」「クラスの前で発表する（板書する）英語が間違っていないだろうか？」といった不安が大きすぎる時には胸がドキドキし、「頭が真っ白になった」という経験がある人も少なくないと思われる。また、学校教育の中では「テストで良い点が取れるだろうか？」という心配は常につきまとうものである。日常の授業において、このような学習の不安（anxiety）を最小限に抑えることは、言語習得の成否に直結する重要な課題である。

　また、学習不安と関連して動機づけの問題も研究が進んでいる。学習者の不安を抑え、動機づけを高める方法が明らかになれば、指導の効果が高まることは言うまでもない。

　第 2 言語教育の分野では、「統合的動機づけ」（integrative motivation）と「道具的動機づけ」（instrumental motivation）という分類がよく知られている。前者は、その言語を使用する集団に溶け込み、交流を深めたいという動機づけであり、後者は仕事上その言語を利用する必要がある、試験や就職に必要である、といった実用的な目的のためにその言語を身につけたいという動機づけである。日本のような外国語としての英語学習環境

では統合的動機づけが起きにくく、高校入試や大学入試に必要だからという道具的動機づけの性格が強いと考えられる。

また、「内発的動機づけ」（intrinsic motivation）、「外発的動機づけ」（extrinsic motivation）という分類も広く用いられている。内発的動機づけとは、言語を学ぶことそのものが目的であり楽しいというもの、一方の外発的動機づけとは、第2言語を学ぶことは手段であり、それ以外に目的があるものと定義できる。教育の分野では、一般に、内発的動機づけがより高い学習成果をもたらす好ましいものと考えられてきたが、きっかけは外発的な動機づけでも、学習者の認識の変化により内発的動機づけに移行することも報告されている。内発的動機づけを高めるためには、やればできるという自己効力感、自分で学習をコントロールできるという自己決定感を維持することが重要と考えられている。

それぞれの学習者が抱える不安や英語学習の動機は個々に違うものであり、完全に把握することは困難であろう。しかし、教室における英語教育では学習者の不安を最小限に抑えるとともに、さまざまな工夫により動機づけを高める方策を重ねることが大切である。

従来の言語習得理論は、どちらかというと、認知的な面が強調された。それも語彙や文法規則というような、人間よりもコンピュータが得意とするような能力を重視する傾向があった。これに対して近年は、言語学習を全人的な活動とみなす立場から、言語の学習には感情や情緒や意思など、人間の自我に関わるすべてのものが参加すると考え、学習者の要因に焦点を当てた研究が進んでいる。「教えることが中心」の研究から「学びが中心」の研究へのシフトが起きているのである。

《**Discussion**》

1. 私たちの母語である日本語の知識は、英語学習にどのように役立ちますか。また、どのように干渉するでしょうか。
2. 新学習指導要領では、中学校から英語の授業は原則として英語を使って教えることになりました。語彙や文法力が不十分な中学校1年生に英語で授業を進めることはできるのでしょうか。

3. 学習者にとっての「理解可能なインプット」を与えるためには、教師にはどのような英語力が求められるでしょうか。
4. 授業における生徒の不安や恐れをなくすために、教師はどんな工夫をすべきですか。

───────── **参 考 文 献** ─────────

市川伸一（2001）『学ぶ意欲の心理学』（PHP 新書）PHP 研究所.

門田修平編著（2003）『英語のメンタルレキシコン──語彙の獲得・処理・学習』松柏社.

小嶋英夫ほか編（2010）『成長する英語学習者──学習者要因と自律学習』（「英語教育学大系　第 6 巻」）大修館書店.

村野井　仁（2006）『第二言語習得研究から見た効果的な英語学習法・指導法』大修館書店.

Doughty, C. J. and Long, M. H.（Eds.）（2003）*The handbook of second language acquisition*. Wiley-Blackwell.

Krashen, S. D.（1985）*The input hypothesis: Issues and implications*. Longman.

Larsen-Freeman, D. & Long, M. H.（1991）*An introduction to second language acquisition research*. Longman.（牧野髙吉訳（1995）『第 2 言語習得への招待』鷹書房弓プレス）

Swain, M.（2005）The output hypothesis: Theory and research. In Hinkel, E.（Ed.）*Handbook of research in second language teaching and learning*. Lawrence Erlbaum. pp. 471–483.

第6章　指導法の変遷1:
文法訳読式からオーディオ・リンガル法まで

《**Warm-up**》
- 1970年代以前の英語指導法にはどのようなものがあったでしょうか。
- 1970年代以前の英語指導法に共通することはなんでしょうか。
- 文法訳読法と他の指導法の主たる違いはなんでしょうか。

1. 「指導法」概観

　ルイス・キャロルの小説『不思議の国のアリス』には偽ウミガメが自分が通った小学校について話す場面がある。偽ウミガメの子どもたちは「よろめきかた(reeling)」や「身もだえのしかた(writhing)」だけでなく、「悲しみ(Grief)」や「笑い(Laughing)」も学ぶ。これはこの小説が書かれた19世紀後半のイギリスの小学校の教育課程をパロディにしたものである。すなわち、イギリスの子どもたちは、「読み書き(reading and writing)」だけでなく、「古代ギリシア語(Greek)」や「ラテン語(Latin)」も学習していた。ラテン語は近代以前のヨーロッパでカトリック教会の公用語や外交言語として、知識人の間で共通語として話されていたが、近代以降は話し言葉として使われることはなくなった。しかし学校教育では、書き言葉としてのラテン語や古代ギリシア語を教養として教えていた。それは文法訳読法によって教えられた。これは、日本の学校教育でも、もう話されることがない古文や中国語の漢文が教養として文法訳読法で教えられているのと同じである。

　19世紀に蒸気機関車が発明されて以降、ヨーロッパでは鉄道網の整備が進み、長距離の移動が容易になった。その結果、母語が異なる人との接触

[**44**]

が増え、そのような人たちとコミュニケーションをとる必要が増加した。当然、役に立たないラテン語や古代ギリシア語ではなく、現代の外国語を使えるようにする外国語教育が求められるようになった。ここからさまざまな改革がなされる。子どもが母語を獲得するように自然に外国語を習得させようとするナチュラル・アプローチ、学習者の母語を使わず外国語とそれが表す意味とを直接結び付けるダイレクト・メソッドなどが生まれた。日本では1922年に文部省が英語教育顧問として招聘したハロルド・パーマーが、日本人でも英語で英語を教える方法としてオーラル・メソッドを開発した。第二次世界大戦後、アメリカのチャールズ・フリーズが構造主義言語学と行動主義心理学に基づき、オーディオ・リンガル法を開発した。本章では、これらの指導法についてその特徴をみていくが、まず指導全般の方法について考える。

2. 全般的指導方法

2.1 演繹法と帰納法

　英語教育にかぎらず、指導全般を考えると演繹法と帰納法という方法がある。演繹法とは、『デジタル大辞泉』(小学館)によると「一つの事柄から他の事柄へ押しひろめて述べること」と定義されている。英語の授業と関連づけると、演繹法とは、文法規則などを最初に教え、それをさまざまな文脈で使えるように、練習し応用していくことになる。それに対して、帰納法とは、『デジタル大辞泉』によると「個々の具体的な事例から一般に通用するような原理・法則を導き出すこと」と定義されている。英語の授業では、帰納法とは、ある文法規則の例をたくさん提示し、学習者はそれらを理解し、それらに共通することを見出し、それが一般的な文法規則であると推測する方法である。英語指導では、この2つの指導法を効果的に使い分けていく必要がある。

2.2 意図的学習と偶発的学習

　学習には意図的学習 (intentional learning) と偶発的学習 (incidental

learning）の2つがある。意図的学習とは、言葉の通り、学ぶことを意図して学習に取り組むことである。ふつう学習と言う場合、意図的学習をさすことが多い。漢字のドリルで漢字を書けるように練習するのは、意図的学習である。それに対して、偶発的学習は、学ぼうと意識しないのに身につけてしまう学習である。人と話をしていたり、本を読んだりしているときに、知らない言葉が使われることがある。しかし同じ言葉が何回も使われると文脈からその言葉の意味が推測できるようになる。そして知らないうちにその言葉を覚えてしまい、自分でも使えるようになる。これが偶発的学習である。英語指導では、意図的学習と偶発的学習の2つを効果的に使い分けることが重要である。

3.　各指導法の特徴

3.1　文法訳読法（The Grammar Translation Method）

　文法訳読法は、書かれた外国語を母語に翻訳することで理解する能力を、そして母語を外国語に翻訳して伝える能力を育成することを目的とする教授法である。文法シラバスに沿った項目を演繹的に導入し、それが使われている英語の文章を翻訳することを主体とした授業が広く行われてきた。教師は、生徒に英文を訳させたあと、文章中の文法項目と語彙の説明をし、正しい訳文を与える。目標となる文法項目は、受容的に理解するだけでなく、英作文においてそれが産出できるような指導がなされる。英語を口頭で使用するのは、教師が音読するのを聞くことと、訳読したあとに本文を音読するくらいである。

　文法訳読法の肯定的な特徴として、次の3点が挙げられる。詳しい文法説明や複雑な構造をもつ文の説明がなされるため、文法理解や複雑な文の理解がしやすい。外国語を母語に翻訳することで、言語の違いに気づき、言語に対する意識を高めることができる。教師は準備をほとんどしなくても授業を成立させることができ、教師にとっては便利な方法である。

　逆に、文法訳読法の否定的な特徴としては、次の3点が挙げられる。音声面での練習がほとんどないため、聞くことや話すことの能力の育成は期

待できない。正しい発音が習得しづらい。学習者は文法的な正確さにこだ
わり、即座に外国語を使うのが難しい。

3.2 ダイレクト・メソッド（**The Direct Method**）

　文法訳読法は話す・聞くという能力を育成することができなかったため、
19世紀半ばから、さまざまな外国語教授法が提案されるようになった。ダ
イレクト・メソッドは、学習者の母語を使わず、目標とする外国語だけで
教授するという点で一致する、いくつかの指導法を総称したものである。
元となる考え方は、子どもが母語を獲得するときのように、目標言語のみ
で理解させ、使えるように指導すべきだというものである。具体的には、
日常的な場面で実物や絵を見せたり、ジェスチャーやマイムを見せたりし
ながら、目標言語を聞かせて理解させる。そのあと、口頭で繰り返し言わ
せることで定着を図る。ダイレクト・メソッドは、少しずつ学習を進めて
いくことができるように、たくさんの小さな段階に分けて教えていくグレ
イディッド・ダイレクト・メソッド（The Graded Direct Method ＝
GDM）へと進化した。
　ダイレクト・メソッドの特徴は、学習者の母語を用いず目標言語だけで
指導することである。絵や実物を使った文脈から文法項目は帰納的に学習
される。聞くことと話すことのコミュニケーション能力を育成しやすい。
しかしながら、抽象的概念を目標言語だけで教えていくのは、時間がかか
り難しいという点も指摘できる。

3.3 オーラル・メソッド（**The Oral Method**）

　ダイレクト・メソッドが理論的背景を欠いた指導法だったのに対して、
ハロルド・パーマーは、言語学の知見に基づき、科学的な言語教授法の考
案を試みた。具体的にはソシュールの言語観に従い、ことばを1次伝達
（primary speech，音声）と2次伝達（secondary speech，文字）に分け、1
次伝達であるリスニングとスピーキングの指導から始め、それに習熟した
のち、2次伝達であるリーディングとライティングの指導を始める。

パーマーは日本人英語教員でも教授可能な指導法としてオーラル・メソッド（The Oral Method）を唱道した。これは、ストーリーのオーラル・イントロダクション、英問英答、定型会話（Conventional Conversation）、アクション・チェイン（Action Chain）のような指導技術を特徴とする。オーラル・イントロダクションは、教科書の内容を実物・絵、動作などを交えながら、易しい英語で教師が5分から10分間ほどで口頭で導入するものである。生徒の理解を英問英答（Q&A）で確認する。

　定型会話は、新出文法事項を定式化した会話パターンで練習し、定着させることを目的とする。たとえば、There is 構文の導入であれば、次のような会話を行う。

〈定型会話の例〉
（「椅子の上にネコがいる」イラストを見せて）There is a cat on the chair.
（以下、自問自答の形で）Is there a cat on the chair?
Yes, there is.
Is there a dog on the chair?
No, there is not.
What is there on the chair, then?
There is a cat on the chair.

最終的には、イラストを見せただけで、There is a cat on the chair. から2つの Yes / No 疑問文とその答え、What is there on the chair, then? とその答えを生徒だけで言えるようにする。

　アクション・チェインは、ひとつの意味を持つ一連の動作によって、文法項目を導入し、練習・定着させることを目的とする。たとえば、「立ち上がる、教室の前に来る、チョークを取る、今日の日付を書く、チョークを置く、席に戻る」というアクション・チェインならば、教師が生徒の席に座っていて、立ち上がり I stand up と言う。教室の前に行き、I come to the front と言う。チョークを取り、I take a piece of chalk と言う。黒板に日付を書き、I write today's date on the board と言う。チョークを置

き、I put the chalk on the ledge と言う。席に戻り、I go back to my seat と言う。教師がアクション・チェインにより、一連の動作と英語を聞かせて理解させたあと、教師の英語に従って、全員に動作をさせる。この場合、全員が教室の前に来て黒板に書くことはできないので、それぞれの席でジェスチャーをさせる。Stand up, please. Come to the front, please. Take a piece of chalk, please. Write today's date on the board, please. Put the chalk on the ledge, please. Go back to your seat, please. 全員が動作する練習をしたあと、1 人の生徒を指名して、動作ができるかどうかを確認する。

　オーラル・メソッドの肯定的な特徴としては、次の 3 点が挙げられる。音声言語の習得が強調されるため、リスニング・スピーキングを中心に指導がなされる。目標言語を母語としない教師でも教えられるように指導法が確立している。発音や文法的正確さを重視し、誤りがなくなるまで練習を行う。

　オーラル・メソッドの否定的な特徴としては、次の 3 点が挙げられる。4 技能が同等に指導されるわけではない。オーラル・イントロダクションや定型会話の英問英答だけでは、スピーキング能力は育成できない。教師の負担が大きく、授業の出来不出来は教師に大きく依存する。

3.4　オーディオ・リンガル法（The Audiolingual Method）

　オーディオ・リンガル法は、チャールズ・フリーズが行動主義心理学と構造主義言語学に基づき提唱した教授法である。行動主義心理学は、人間の行動はすべて習慣によるもので、言語も習慣形成によって習得されると考える。How are you? という刺激に対し、I'm fine. Thank you. と反応すれば、それは正しいとする正のフィードバックが与えられ、How are you? → I'm fine. Thank you. という結びつきが強化され、やがて習慣が形成される。オーディオ・リンガル法は、外国語は正しい言語習慣が形成されるまで練習を繰り返すことによって、習得されるという学習理論に基づく。構造主義言語学は言語構造を最小単位にまで細かく分類していく。

目標言語と学習者の母語の言語構造を細かく分類し、両者を比較する。両者の構造が類似している場合、習得は容易であるのに対して、違っていれば習得が難しいと考える。オーディオ・リンガル法を特徴づける指導法は、文構造のオーラル・イントロダクション、ミムメム練習（mimicry-memorization practice）、パターン・プラクティス（pattern practice）、ミニマル・ペア（minimal pair）に基づく練習が挙げられる。

　オーラル・メソッドとは違い、オーディオ・リンガル法では文構造をオーラル・イントロダクションで帰納的に導入する。導入された文構造をミムメム練習で覚えさせる。これは、正しい言語習慣を形成するために、教師の正しい発音を模倣し、覚える練習である。教師のモデルに続いて、正しくリピートし、自分で発音できるように練習する。誤りは即座に訂正される。

　パターン・プラクティスは、文構造を定着させるための練習である。教師のモデルのあとに続いてリピートし、その後は教師のキューに従って、文を換えていく。

〈パターン・プラクティスの例〉
Teacher :　I saw her standing there.
Students :　I saw her standing there.
T :　him
S :　I saw him standing there.
T :　at the gate.
S :　I saw him standing at the gate.
T :　shouting.
S :　I saw him shouting at the gate.

　ミニマル・ペアは、hit と heat や bat と bad のように構成する音素が1つだけ違う単語のペアである。単語を構成する音素の違いに気づかせ、正確に単語を聞き分ける能力をつけるとともに正しく発音できるようにすることを目的に練習する。

　オーディオ・リンガル法の肯定的な特徴としては、次の3点が挙げられ

る。音声中心の指導法で、発音や文法の正確さを重視する。口頭練習で日常的に使われる文や表現を言えるようになる。生徒間の対話練習により練習量が多い。

　否定的な特徴としては、次の3点が挙げられる。機械的で単調な練習が多い。覚えた文や表現をコミュニケーションで使う活動がない。教師の負担が大きい。

《Discussion》

1. 文法訳読法はどのような教材のときに有効でしょうか。またどのような教材のときに用いるべきではないでしょうか。
2. オーラル・メソッドとオーディオ・リンガル法のどの部分が現代でも有効でしょうか。またこれらの指導法を補うにはどのような活動が必要でしょうか。
3. 文法訳読法、オーラル・メソッド、オーディオ・リンガル法は、それぞれ演繹法・帰納法、意図的学習・偶発的学習のどの方法が適しているでしょうか。

参 考 文 献

伊村元道（1997）『パーマーと日本の英語教育』大修館書店.

Richards, J. C., and Rodgers, T. S.（2014）*Approaches and methods in language teaching*（3rd edition）. Cambridge University Press.

第7章　指導法の変遷2:
コミュニケティブ・アプローチ以降

《**Warm-up**》

- コミュニケティブ・アプローチ以降の指導法に共通する点はなんでしょうか。
- タスクベースの言語指導とはどのようなものでしょうか。
- 内容言語統合型学習とはどのようなものでしょうか。

1. 「指導法」概観

　前章では文法訳読法からオーディオ・リンガル法までの指導法について述べたが、いずれも文法シラバスに基づくもので、正しい言語知識を身につけさせることを目的にしていた。ノーム・チョムスキーは、人間の言語は創造的であり独自性をもつという観点から、模倣による習慣形成をもとにする言語習得論を否定した。また、他の言語学者も言語を習得するとは、言語知識の体系を得ることではなく、コミュニケーションのために言語を運用できるようになることであると考えた。このような考えから、1970年代に入ると言語形式に基づくシラバスでは、コミュニケーションがとれるようにならないという主張がなされ、意味を伝えることを重視するシラバスが提唱された。1972年のディビッド・ウィルキンズによるノーショナル・シラバスである。これは、概念や言語機能をシラバスの主たる構成要素とする考え方で、コミュニケティブ言語教授法（Communicative Language Teaching: コミュニケティブ・アプローチとも呼ばれる）へとつながっていく。本章では、コミュニケティブ・アプローチとそれに続く指導法についてその特徴をみていく。

[52]

2. 各指導法の特徴

2.1 コミュニカティブ・アプローチ(**Communicative Approach**)

コミュニカティブ・アプローチの賛同者は、言語の本質はコミュニケーションの手段であると考え、外国語教育の目標は外国語でコミュニケーションがとれるようにすること、すなわちコミュニケーション能力を育成することであると主張する。

コミュニケーション能力とは、言語を使って、意思疎通を可能にする能力であるが、マイケル・カナーレとメリル・スウェイン(1980)の定義がよく知られている。それは、文法能力、社会言語的能力、談話能力、方略的能力の4つから構成される。

〈カナーレとスウェインのコミュニケーション能力〉

文法能力: 語彙、文法、発音などの言語知識を正しく使う能力

社会言語的能力: コミュニケーションの場面において、コミュニケーションの目的、発話者と聞き手の関係など状況に応じて、言語を適切に使う能力

談話能力: 結束性・内容的一貫性のある談話を理解し、産出する能力

方略的能力: 意思疎通がうまくできない場合に、言い換えたり、ジェスチャーを使ったり、相手に聞いたりするなどして、意思疎通を図ろうとする能力

コミュニケーション能力の育成のために、これまでの指導法が、言語知識を正確に使用することを目標としていたのに対して、コミュニカティブ・アプローチでは、言語の適切な使用、結束性・一貫性のある談話の産出、コミュニケーションの続行・完結などを求めることになる。

コミュニカティブ・アプローチの学習理論は、子どもの母語習得が、周囲の人とコミュニケーションをとるうちに無意識のうちになされることを参考にしている。次の3つが主要な考え方である。

- ・真のコミュニケーションを含む活動は学習を促進する
- ・言語が使われる活動は学習を促進する
- ・学習者にとって意味がある活動は学習を促進する

この学習理論は、言語をコミュニケーションのために使用していけば、自然と文法を理解し習得するという偶発的言語習得の見解に基づく。インプットを理解し、わからない部分に気づき、それについての仮説を立て、自らアウトプットすることにより、仮説を検証し、第2言語習得を進めていく。アウトプットに対して、正のフィードバックが得られれば、既存の中間言語システムに統合する。負のフィードバックを得たならば、仮説を修正するために、インプットから正しい形式を見つけようとする。そして仮説を再構築していく。このような過程で、理解可能なインプット（comprehensible input）を得たり、仮説に基づいて産出したりすることや、学習者のアウトプットを理解可能なインプットにするための意味の交渉（negotiation of meaning）を行うことが重要である。

　コミュニカティブ・アプローチの指導では、学習者に言語を使わせる活動は第2言語学習を促進させると考えるので、真のコミュニケーションが生じるような活動を用いる。真のコミュニケーションは情報交換を基本とするため、活動では学習者は異なる情報を持ち、言語を使ってそれを伝達しあうことが基本となる。次のような活動がある。

- ・ジグソー活動　　　・タスク完成活動　　　・情報収集活動
- ・意見共有活動　　　・情報転移活動　　　　・推論差活動
- ・ロール・プレイなど

たとえば、タスク完成活動では、複数の学習者は互いに異なった情報を与えられる。ペアやグループで自分の持つ情報を説明し、集まった情報を統合することによって、求められたタスクを完成する。この場合、重要なことは文法的正しさよりも、意味を伝達して活動の目的を達成することである。そのため、正確さ（accuracy）だけでなく、流暢さ（fluency）も重要

視される。また、言語をやり取りする中でうまく伝わらない場合、聞き返す、わかるように言うように求める（clarification request）、伝わったかを確認する（confirmation check）のような意味の交渉（negotiation of meaning）が理解を促し、習得を促進するとされる。活動中の誤りは明示的に訂正せず、誤った文については正しい文で言い換えるリカスト（recast）のような暗示的な訂正が好まれる。

　活動後は、活動中に見られた言語的誤りについてその言語形式（form）に焦点を当てて、正確さを伸ばすことを目的とするフォーカス・オン・フォーム（Focus on Form）の活動が行われることがある。

　コミュニカティブ・アプローチは、意味の伝達を重視し、コミュニケーション能力を育成することを特徴とする指導法であるが、次のような批判もある。

　　・誤りを訂正しないことは、誤りの化石化（fossilization）につながる。
　　・正確さを犠牲にして、流暢さを追求している。

誤りの化石化とは、学習者が誤りを正しい言語形式として定着させてしまうことである。2番目の点については、初級段階では正確さの指導に重きを置き、徐々に流暢さの比重を大きくしていくという対策を取ることができる。

　コミュニカティブ・アプローチのシラバスは当初、概念・機能のみに基づいていたが、次第に文法、トピック、場面なども取り入れた統合的なものに変化していく。それに伴い、従来のように言語形式を導入・練習したあとにコミュニケーション活動を行うという指導も登場するようになった。これは従来の指導法とコミュニカティブ・アプローチの折衷法と考えることができる。

　これに対して、コミュニカティブ・アプローチの理念をより純粋に具現化しようとしたのが、タスクベースの言語指導と内容言語統合型学習である。

2.2　タスクベースの言語指導（Task-Based Language Teaching）

　タスクベースの言語指導（TBLT）とは、言語教育課程の指導の中核としてタスクを用いるものである。タスクを行っていく過程で学習者は言語をやり取りし、第2言語を偶発的に習得していくという指導法である。TBLTでは、言語は第一に意味を表す手段であるというコミュニカティブ・アプローチの考えは踏襲するが、言語は現実世界の目標を成し遂げるための手段であるという点が強調される。そのためには、語彙が言語使用に不可欠と考え、語彙学習がTBLTの重要な構成要素となっている。また、言語使用は技能を統合して行われる。

　学習理論についてもTBLTは、コミュニカティブ・アプローチの考えを踏襲するが、次の点を特徴とする。

1）　意味の交渉は学習者に理解可能なインプットと修正されたアウトプットの機会を提供する。
2）　タスクは学習者に「ギャップに気づく」機会を与える。
3）　タスク活動とその達成は学習者を動機づける。

1）はタスク遂行時に意味の伝達が十分にできないときに、意味の交渉を行うわけだが、相手にわかるようにアウトプットを修正する必要があることに学習者は気づき、修正を行う。その結果、相手にとってインプットが理解可能となり、どちらの学習者も自身の第2言語習得が進む。2）は、タスクで意味を伝達しようとするときに、それを可能にする言語形式がないという「ギャップ」に気づき、適切な言語形式を探し求めるという行為につながる。3）は学習者が自分のもつ言語リソースを駆使してタスクにあたり、その結果タスクが達成されると言語学習への動機づけが高まるというものである。

　タスクには、現実的タスクと教育用タスクの2種類がある。現実的タスクは、ホテルの部屋を予約する、郵便局で小包を送る、銀行で口座を開設するなど、現実社会で実際に行われている行為をタスクにしたものである。教育用タスクは、現実社会では行われることはないが、学習者が言語を使

うことによって第2言語を習得するために作られたタスクである。次のようなものが教育用タスクである。

〈教育用タスク〉
1) ジグソータスク　　2) 情報差タスク　　3) 問題解決タスク
4) 決定タスク　　　　5) 意見交換タスク

1)–3)は複数の学習者が異なる情報を与えられ、それを交換し合うことで課題を達成するタスクである。たとえば、ジグソータスクは、テキストや絵や漫画などをいくつかの部分に分割して、異なる学習者に与える。学習者は互いに自分の部分を目標言語で描写することで、全体像を完成させるというタスクである。また、情報差タスクの例としては、ペアワークで5か所で異なっている2枚の絵を1枚ずつ与えられ、その絵を描写することで、5つの違いを見つける間違い探しなどがある。

　それに対して、4)–5)は、学習者の意見の違いに基づくタスクである。決定タスクは、いくつかの選択肢の中からグループで最適と考えるものを全員の合意で決定するものである。意見交換タスクは、その名の通り、学習者は自分の意見を理由とともに述べ、議論するものである。TBLTは純粋なコミュニカティブ・アプローチの理念に基づき、タスクを行うさいの言語使用により、外国語を習得させることを特徴とする。これに対する批判としては、次のようなものがある。

・言語習得を促進するのはどのようなタイプのタスクなのかが明らかでない。
・TBLTは教師の負担が大きい。教科書を基盤に使えないので、タスクを自分で考えなければならない。
・高いレベルの英語力が必要である。

2.3　内容言語統合型学習 (Content and Language Integrated Learning, CLIL)

内容言語統合型学習 (Content and Language Integrated Learning, 以

下CLIL）は、欧州連合（EU）で複言語主義を普及させるために採用された外国語教育方法である。北アメリカで1980年代から行われてきた内容重視指導（Content-Based Instruction, CBI）の考え方と基本的に同じである。以下にCBIとCLILの原理と特色を示す（渡部・池田・和泉　2011）。

〈CBIとCLILの原理と特色〉
学習内容：　教科やテーマなどの内容のあるものを学習の中心とする。
学習言語：　内容学習の手段として目標言語を使う。
学習成果：　知識、言語力、思考力が形成される。
学習理論：　目標言語のインプットを理解し、意味をやり取りすることで習得する。

渡部・池田・和泉（2011）は、CLILは、内容（Content）、言語（Communication）、思考（Cognition）、協学（Community）の4つのCを有機的に結びつけた点が画期的だとしている。

　内容は、各教科に留まらず、環境問題、難民問題、フェアトレードのようなテーマを設定することができる。

　言語は、CLILをとおして獲得される3つの言語をさす。すなわち、学ぶための言語、学習のための言語、学習を通しての言語である。学ぶための言語とは、内容を理解するのに必要な語彙や文法事項のことである。学習のための言語とは、学習スキルのことで、ノートの取り方、議論のしかた、レポートの書き方などが当てはまる。学習を通しての言語とは、学んだ言語を繰り返し使うことにより習得される言語のことである。

　思考とは、2種類の学びを結びつける手段である。第1の学びは、知識の理解や暗記というような表面的な学習である。第2の学びは、新しい知識を既存の知識や経験と結びつけたり、批判的に考える深い学習である。第1の学びは低次の思考力（記憶、理解、応用）を要するもので、第2の学びは高次の思考力（分析、評価、創造）を要するものということができる。CLILでは、授業の計画から実践、評価という各段階で学習者が2つのレベルの思考力を駆使して、質問、タスク、問題などを考える。

　協学とは、隣の生徒、教室内の生徒、学校、近隣、市町村、都道府県、

国、地域、地球全体というように学習者を取り巻くものすべてを含む概念である。具体的には、ペアワーク、グループワーク、一斉学習などの協同的な学習形態をさす。

CLIL の指導手順は、伝統的な Presentation（提示）―Practice（練習）―Production（産出）（PPP）に従うが、渡部・池田・和泉（2011）は、第 2 段階を Practice ではなく、Processing（処理）と呼び、新 PPP として提案している。

提示段階では、教科やトピックの内容を文字または音声で提示する。学習者がインプットを理解できるように、内容面・言語面で支援し、足場を作る。第 2 段階の処理では、理解した内容インプットを習得して活用できるインテイクへと進化させることを目的とする。そのために、項目の列挙、順序づけ、比較、経験の共有、問題解決、創造的タスクなどさまざまなタスクに取り組む。第 3 段階の産出では、トピックや単元の終わりに表現活動を行う。ディスカッション、プレゼンテーション、エッセイなどさまざまな表現活動が考えられる。

CLIL については、主に 2 点が懸念される。

・言語教師は言語技能を教えるように教育されており、内容を教えるようには訓練されていない。
・授業準備にかなりの時間と支援が必要となる。

―《**Discussion**》―――――――――――――――――
1. 純粋なコミュニカティブ・アプローチの考えに基づき、コミュニケーションをとることだけで外国語の習得をめざすならば、どれくらいの時間がかかるでしょうか。
2. コミュニカティブ・アプローチ、TBLT, CLIL のどの部分が、日本の学校教育における英語の授業で活かすことができるでしょうか。
3. 文法訳読法から CLIL までの指導法の良い点を活かした英語の授業はどのようなものでしょうか。

参 考 文 献

和泉伸一（2009）『「フォーカス・オン・フォーム」を取り入れた新しい英語教育』大修館書店.

松村昌紀編（2017）『タスク・ベースの英語指導——TBLT の理解と実践』大修館書店.

渡部良典・池田真・和泉伸一（2011）『CLIL（内容言語統合型学習）上智大学外国語教育の新たなる挑戦　第 1 巻　原理と方法』ぎょうせい.

Richards, J. C., and Rodgers, T. S.（2014）*Approaches and methods in language teaching*（3rd edition）. Cambridge University Press.

《英語スキルの習得と指導》

第 8 章　発 音 の 指 導

《**Warm-up**》
- どんな発音を教えれば世界で通じる英語を話せるのでしょうか。
- 英語はどんな発音の特徴をもっていますか。
- 英語と日本語の発音で最も大きな違いはなんですか。
- 英語の発音はどのように指導したらよいのでしょうか。

1.　英語の標準的な発音

　中学校学習指導要領（「知識及び技能」（1）英語の特徴やきまりに関する事項　ア　音声）には、英語の発音に関して、「現代の標準的な発音」とだけ書いてある。しかし英語にはさまざまな変種があり、どれが標準的な発音であるかを決めるのは容易ではない。

　まず、英語を母語としている人びとに関して言うと、その発音にはさまざまな変種があることが知られている。大きく「イギリス型」と「アメリカ型」の 2 種類に分けられる（トラッドギル & ハンナ　1986）。それぞれの標準的な発音とされるものは表 8.1 のようである。

　しかし第 1 章で述べたように、英語は国際語（あるいは世界英語；World Englishes）として世界で広く使われるようになり、21 世紀初頭の今日、多くの国の人びとが英語を第 2 言語または外国語として学習し、それを他の国の人びととのコミュニケーションの手段として用いている。そしてその数はすでに英語の母語話者数を超えている。その結果、英語の発音も母語話者の標準的な発音とされるイギリス型やアメリカ型だけでなく、他のさまざまな変種が容認されるようになってきた。インド人がインド人特有の

[62]

第 8 章　発音の指導　**63**

〈表 8.1〉　イギリス型とアメリカ型の標準的発音

イギリス型	最もよく知られている発音は RP（Received Pronunciation）と呼ばれ、BBC やパブリック・スクールで教育を受けた人びとが用いる発音である。この発音は、実際にはイングランド人口の 3〜5 パーセントの人びとにしか用いられていないが、「イギリス型」の標準的な発音として多くの地域で広く理解される。
アメリカ型	最も広く用いられる発音は「北アメリカ英語」（North American English）と呼ばれるもので、北アメリカ中西部の非常に広い地域で用いられている。GA（General American）とも呼ばれることがある。

英語を用いるように、日本人は日本人に特有の日本人英語でよいというのである。

　そこで生じた問題が「理解可能度」（intelligibility）である。あまりにも変異の度合いが大きくなると、互いに通じなくなるからである。しかし英語を第 2 言語または外国語として習得する人びとの多くは、特定の規準（standards）が強調される教育環境で学ぶことになるので、一定の基準（norms）が保たれる可能性が高いと思われる（McKay 2002）。日本人が完全に英語母語話者と同じように話すことは困難であるが、日本人特有の発音の特徴を残しながら、英語の母語話者や他地域の英語使用者と「理解可能度」の高い英語を獲得することは十分に可能であると考えられる。

　以下の英語の母音・子音およびリズム・イントネーションの記述は、イギリス型とアメリカ型から導き出した標準的な英語発音についての記述である。

2.　英語の母音システム

　日本人にとって英語の発音の習得が難しい原因の一つは、英語の母音システムが日本語のそれに比べて非常に複雑なことである。

　日本語の母音は基本的に 5 個と考えてよいであろう。これを図 8.1 のように示すことができる。

〈図 8.1〉 日本語の基本母音　　〈図 8.2〉 英語の基本母音

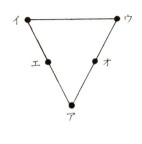
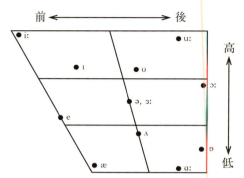

〈注〉 本図は Jones (1997) (RP) による。アメリカ型の発音にはこれと位置がやや異なるものがあり、また [r] を響かせるものがある。

　これに対して英語の母音は、基本母音と呼ばれるものに限っても、図 8.2 のように、少なくとも 12 個ある。そこで、初めて英語を習う日本人学習者は、まず、5 個の母音を 12 個に分割して使い分けることを学ばなければならないわけである。
　次に、英語には二重母音がある。その数は少なくとも 8 個ある。すると、基本母音と二重母音を合わせると 20 個となり、これらが英語の基本的な母音システムを形づくっている。英語の学習者はすべて、この母音システムに習熟することが要求されるわけである。
　これに、fire や power などの三重母音を加え、イギリス型の発音とアメリカ型の発音の違いを考慮すると、最大限 30 個の母音が認められる (竹林 2008)。

3. 英語の子音システム

　母音に比べると、英語の子音システムは比較的に単純である。日本語のそれに比べても、さほど複雑ではない。
　英語の子音は、通常の数え方によれば、24 個の音が認められる。それら

第 8 章　発音の指導　**65**

〈表 8.2〉　英語の子音表

	両唇音	唇歯音	歯　音	歯茎音	後　部 歯茎音	硬口蓋 歯茎音	硬　口 蓋　音	軟　口 蓋　音	声門音
破裂音	p, b			t, d				k, g	
破擦音						tʃ, dʒ			
摩擦音		f, v	θ, ð	s, z		ʃ, ʒ			h
鼻　音	m			n				ŋ	
側　音				l					
無摩擦 持続音					(英)r				
半母音						(米)r	j	w	

〈表 8.3〉　日本語の子音表

	両唇音	唇歯音	歯　音	歯茎音	口蓋歯 茎　音	硬　口 蓋　音	軟　口 蓋　音	声門音
破裂音	p, b		t, d	ɾ			k, g	
破擦音				ts, (dz)	tʃ, dʒ			
摩擦音	(ɸ)			s, z	ʃ, (ʒ)	(ç)		h
鼻　音	m			n	(ɲ)		ŋ	
半母音						j	w	

〈注〉　表中のかっこ内に入れたものは、音素的には異音と認められるもの。（上記の
　　表 8.2, 8.3 は岩崎民平「英米語の発音」（『現代英語教育講座 4　英語の発音』）に
　　よる。ただし筆者により一部修正）

を一覧表にして示したのが表 8.2 である。ただし、音声学者によっては、
[ts] [dz] [tr] [dr] の 4 個を単音として認めるべきだと主張する人もあり、
24 という数は絶対的なものではない。
　次に、これを日本語の子音表〈表 8.3〉と比べてみよう。すると、日本人
学習者の困難点が予測できるであろう。次の事柄に注目しよう。

1)　英語にあって日本語にはない音（f, v, θ, ð, l, r など）——それらは
　日本人にとって習熟が難しい。

2) 英語では音素的に区別するが、日本語では区別しない音（dʒ と ʒ など）──その区別は日本人にとって難しい。
3) 英語にはないが、日本語にある音（ɸ(ふ), ʀ(ら), ɲ(ん), ç(ひ)など）──日本人はそれらを英語の類似した音に代用する。

さらに、子音に関しては、その現れる環境（前後にどんな音がくるか）の違いにも注意しなくてはならない。たとえば [m] や [n] は日本語にもあるが、これらが語や文の終わりにくることは日本語にはない。したがって、次の文を正しい発音で言うことは、初めて英語を習う中学生には決して容易ではない。特に語末の [n] は ［ン］ に置き換えられることが多く、不定冠詞 an や接頭辞 un- などの発音で「連結」ができずに不自然な発音になる。

He is To*m*.
I have a pe*n*.

つまり、日本語と英語の音節構造が違うのである。日本語の音節は「子音＋母音（CV）」が基本であるのに対して、英語の音節は「子音＋母音＋子音（CVC）」がむしろ普通である。また子音が 2 個以上連続することもある。次のような単語は英語にはさほど珍しくないであろう。

spring, strict, twelfth

4. リズムとイントネーション

英語の単語や文を発するとき、すべての音節を等しい強さで発することはない。いずれかの音節を必ず他の音節よりも強く発音する。これを強勢（stress）と呼ぶ。そして、強勢によって生じる強弱の変化が、英語に独特のリズムを生む。

次の語、語句および文を、強勢に注意して言ってみよう。

phótogràph / photógrapher / phòtográphic
an Énglish géntleman / an Énglish clàss
He is an Énglish géntleman.
We have an Énglish clàss todáy.

英語の強勢は一般に考えられている以上に重要である。これを間違えると、個々の音をどんなに正確に発音しても、意味は伝わらないと考えてよい。また、英語の強勢を日本語のピッチ・アクセント(音の高低)に置きかえると、英語らしく聞こえない。英語の強勢は、本質的に、強弱の問題なのである。

次に、英語を話すとき、人はピッチ(声の高さ)を上下に変える。この現象をイントネーション（intonation）と呼ぶ。

英語には、地域によって多少の違いがあるが、特有のイントネーション・パタンがある。特に、英語では、文の中で最後に強勢のある音節にピッチの急激な変化が起こることに注意しなくてはならない。次の平叙文と疑問文の文尾に起こるものが、その典型的なものである。

I wént to the párk with Tóm.
Did you gó to the párk with Tóm?

しかし常にこのパタンがあてはまるわけではない。もし "I went to the park with Tom." が "Where did you go with Tom?" に対する応答であるとしたら、ピッチの変化は Tom ではなくて park のところに起こるであろう。

I wént to the párk with Tóm.

このように、イントネーションはあらかじめ定められたパタンにしたがって起こるのではなくて、それが発せられる場面において、話者が最も重く大切な情報を担うと考える部分に焦点が置かれるわけである。

5. 発音の指導法

英語の発音指導として従来用いられてきた方法は次の4つである。

(1) 模倣と反復——モデルを聴かせ、それをまねさせ、繰り返し言わせる。
(2) 口形図などを使って、口の形や舌の位置を説明する。

（3）　発音記号を使って、音と記号を結びつけさせる。
（4）　日本人にとって難しい音を重点的に取り上げ、練習させる。

　これらの方法にもかかわらず、日本人の英語の発音は、英語を第 2 言語とする他の地域の人びとと比べて、必ずしもすぐれているとは言えない。その原因は技術的な問題だけでなく、心理的な問題がからんでいるように思われる。日本人の発音指導においては、次の事柄を考慮して指導することが必要である。

- 良いモデルをふんだんに与えて、英語の音声の響きに耳を慣れさせる。
- 英語の母音と子音の基本的なシステムを早い機会に提示し、全体像をつかませる。
- 音を正しく出すためには、生徒は自分の発音器官を制御することを学び、自分の発する音が正しいかどうかを判断できるようにならなければならない。その仕事を援助するのが教師の役目である。
- 英語を発するときには、海外でさまざまな国の人と英語で話している姿をイメージすることが重要である。
- インドやシンガポールの英語など様々なバリエーションを聴かせ、世界には多様な発音のバリエーションがあり、母語話者の発音と同じである必要がないことを認識させる。

《 **Discussion** 》

1.　日本人の多くは英語の発音が苦手だと言いますが、その原因はなんでしょうか。また、どうしたら自信をもたせることができると思いますか。
2.　模倣と反復だけで発音は上達するでしょうか。発音練習の心理面で大切なことはなんでしょうか。
3.　指導要領では発音表記を用いて指導してもよいとされていますが、発音指導に役立てるにはどうしたらよいでしょうか。
4.　日本人の話す英語の「理解可能度」（intelligibility）を高めるためには、どのような点に最も注意すべきでしょうか。

第 8 章　発音の指導　**69**

━━━━━━━━━━ 参 考 文 献 ━━━━━━━━━━

岩崎民平ほか（1965）『現代英語教育講座 4　英語の発音』研究社.

島岡　丘（1990）『改訂新版　現代英語の音声——リスニングと発音』研究社.

竹林　滋・斎藤弘子（2008）『新装版 英語音声学入門』大修館書店.

トラッドギル、P. & ハンナ、J. / 寺澤芳雄・梅田巌訳（1986）『国際英語——英語の社会言語学的諸相』研究社.（原著： *International English: A guide to varieties of standard English*（2nd edition). Edward Arnold 1985)

松坂ヒロシ（1986）『英語音声学入門』研究社.

Jenkins, J.（2000）*The phonology of English as an international language: New models, new norms, new goals.* Oxford University Press.

Jones, Daniel（1997）*English pronouncing dictionary*（15th edition). Cambridge University Press.

McKay, S. L.（2002）*Teaching English as an international language.* Oxford University Press.

第9章　文字と綴り字の指導

《**Warm-up**》

- 英語のアルファベットはいつから使われるようになったのでしょうか。
- 英語の読みかたとスペリングが不規則な単語をいくつか挙げてみましょう。
- フォニックスとは何か知っていますか。

1.　英語の書き方——8つの約束事

英語の書き言葉は、他の多くの言語がそうであるように、話し言葉の聴覚的記号を視覚的な記号に移し変えたものである。それは次の8つの基本的な約束事から成っている。

(1)　左から右に書く。

(2)　ラテン文字(ローマ字)を使う。大文字と小文字がある。ただし、音と文字は必ずしも1対1に対応していない。

(3)　単語はラテン文字の小文字を並べて書く。ただし、固有名詞は大文字で始める。

(4)　単語と単語の間にスペースを置く。

(5)　文は大文字で始める。

(6)　文の終わりには終止符(ピリオド)を置く。ただし、疑問文の場合には疑問符(クエスチョン・マーク)を置く。

(7)　文の途中の区切りにはコンマを置く。

(8)　音の強弱(強勢)や音の上がり下がり(イントネーション)は無視する。

第 9 章　文字と綴り字の指導　71

　以上に挙げた英語の書き言葉の約束事をマスターするのは、ただ 1 点を除いて、日本人の学習者にとってそう難しいことではない。その 1 点とは、(2) のただし書きである。すなわち、英語の場合には「音と文字は必ずしも 1 対 1 に対応していない」ということである。

　英語をラテン文字（ローマ字）で表すようになったのは、7 世紀の初めに、ローマからアイルランドを経てブリテン島に渡ってきたキリスト教の宣教師によると言われている。ラテン文字は、ラテン語の音とはほぼ 1 対 1 に対応するようにできている。しかし、英語の母音・子音のシステムはラテン語とは異なっているので、英語の音をラテン文字で表すことには、そもそもの初めから、無理があった。しかもその後の発音の変化により、綴り字と発音のずれが大きくなったのである（寺澤 2008）。

　したがって、英語はラテン文字のアルファベットを使ってはいるが、完全な表音方式にはなっていない。ということは、英語のアルファベットを知っていることが、直ちに英語の読み書きにつながるわけではないということである。小学校学習指導要領では、文字の読み方（名前）がわかることを目標としているだけなので、アルファベットには文字の「名前」と「音」があり、音と文字が一致しない場合があるということを完全には理解しないまま中学校に入学してくる可能性が高い。英語の教師はこのことに十分注意すべきである。

2.　綴り字の不規則性

　英語の母音と綴り字（spelling）の関係はきわめて複雑である。たとえば a という文字は何通りに発音されるであろうか。少なくとも、次の 8 通りがある。

1)　m*a*ke [ei]　　　　5)　m*a*ny [e]
2)　b*a*t [æ]　　　　　6)　sw*a*llow [ɔ/ɑ]
3)　f*a*ther [ɑ:]　　　7)　vill*a*ge [i]
4)　w*a*ll [ɔ:]　　　　8)　*a*round [ə]

では、逆に [ei] という音を表す文字または綴り字は何通りあるか。ごく特殊な語を除外しても、やはり 8 通りある。

1) l*a*te
2) m*ai*l
3) d*ay*
4) th*ey*
5) v*ei*n
6) gr*ea*t
7) *eigh*t
8) stra*igh*t

[u:] は何通りあるか調べてみると、次のように 11 通りもある。

1) d*o*
2) t*oo*
3) s*ou*p
4) tr*u*th
5) fr*ui*t
6) bl*ue*
7) fl*ew*
8) sh*oe*
9) t*wo*
10) n*eu*ron
11) thr*ough*

このように、それぞれの音がどんな綴り字で表されるかを一覧表にして示すことも可能である。

次に、子音と綴り字の関係を見てみよう。子音は母音に比べると、はるかに規則的である。たとえば b という文字は、少数の例外（debt, doubt など）を除いて、ほとんどすべてが [b] と発音される。

では、逆に [b] という音を b 以外の文字で表すことがあるかと言えば、bb となることはあるが、それ以外にはないことがわかる。

そこで、子音に関しては、いくつかの例外はあるが、文字と発音との関係を規則として表すことができる。

3. 綴り字の規則性——フォニックス

英語の綴り字と発音の関係は一見でたらめのようではあるが、よく調べてみると、そこにかなりの規則性が見られる。このことは子音の場合だけでなく、母音についても言えることである。

たしかに、a という文字には 8 通りもの発音がある。しかし、たとえば

第 9 章　文字と綴り字の指導　**73**

make のように、「a + 子音字 + e」で終わる語の a はすべて [ei] である。

　　bake, cake, hate, late, sale, tale, *etc.*

　　（e の音は母音の音を変えるので magic e, または発音されないので silent e と呼ばれる）

また、bat のように、「a + 子音字」で終わる語の a はすべて [æ] と発音さ

〈表 9.1〉　フォニックスの基本的子音字規則

子音字規則	例
規則 1：子音字の b, d, f, h, j, k, l, m, n, p, r, s, t, v, w, x, y, z は規則的な発音を表す。	b：　*b*ook, clu*b* d：　*d*og, be*d* f：　*f*ive, gol*f* h：　*h*and, a*h*ead j：　*j*ob, en*j*oy k：　*k*ind, wee*k* l：　*l*arge, mea*l* m：　*m*ap, roo*m* n：　*n*ext, ma*n* p：　*p*en, cu*p* r：　*r*ice, ve*r*y s：　*s*et, *s*top t：　*t*en, ha*t* v：　*v*ase, lo*v*e w：　*w*et, a*w*ay x：　bo*x*, ta*x* y：　*y*et, be*y*ond z：　*z*oo, qui*z*
規則 2：二重子音字の ch, ck, dg, ng, ph, qu, sh, tch, th, wh も規則的な発音を表す。	ch：　*ch*ild, lun*ch* ck：　ba*ck*, bu*ck*et dg：　e*dg*e, bri*dg*e ng：　bri*ng*, si*ng* ph：　*ph*oto, gra*ph* qu：　*qu*een, re*qu*est sh：　*sh*eep, ca*sh* tch：　ki*tch*en, ma*tch* th：　*th*ink, ba*th* wh：　*wh*at, *wh*ite

〈表 9.2〉 フォニックスの基本的母音字規則

母音字規則	例
規則 1：単語の終わりが「母音字 + 子音字（または重子音字）」であれば、その母音字は短音（「音読み」とも）である。	a [æ]：bad, cap, black, flash e [e]：pet, red, step, west i [i]：hit, kiss, ship, switch o [ɔ/ɑ]：box, pot, shop, socks u [ʌ]：fun, hut, shut, truck
規則 2：単語の終わりが「母音字 + 子音字 + e」であれば、その母音字は長音（「アルファベット読み」とも）で、語末の e は発音されない。	a [ei]：cake, flame e [i:]：eve, theme i [ai]：bike, shine o [ou]：hope, smoke u [ju:]：cute, tube
規則 3：二重母音字の ea/ee, ai/ay, ei/ey, oi/oy, au/aw, eu/ew, ou/ow, oa, oo も規則的な発音を表す。	ea/ee [i:]：team, feel ai/ay [ei]：wait, day ei/ey [ei]：vein, they oi/oy [ɔi]：boil, toy au/aw [ɔ:]：auto, law eu/ew [ju:]：neuron, few ou/ow [au]：count, now oa [ou]：boat, coat oo [u:]：cool, food

れる。

　　bad, cat, dam, hat, map, sack, *etc.*

　このような綴り字と発音の規則性に注目させ（いくらかの例外には目をつぶり）、組織的に綴り字の読み方を指導しようとするのがフォニックス（phonics）である。この方法は英語圏のこどもに読み方を教えるために開発され、日本でも徐々に広まりつつある。しかし、教員免許法で音声学は必須の科目ではないうえに、フォニックスに重点が置かれることは少ない。結果として現在の英語教師の多くは自身が学習者としてフォニックスの指導を受けた経験もなく、教え方についても学んでいないことが課題となっている。

　参考のため、最も基本的なフォニックスの規則を 5 つ取り上げ、表 9.1

第9章　文字と綴り字の指導　**75**

（子音字規則）、表 9.2（母音字規則）に示す（竹林（2019）による）。

4.　英語の字体と綴り字の指導

　英語の書体には活字体と筆記体とがある。文字に関して小学校指導要領では「活字体の大文字、小文字」を指導し、中学校では「感嘆符、引用符などの符号」を指導することとされている。また、指導計画の作成と内容の取扱いのところで「文字指導に当たっては、生徒の学習負担に配慮しながら筆記体を指導することもできる」と書かれている。

　しかし活字体、筆記体といっても、いろいろな字体や書体があることに注意しなくてはならない。図 9.1 は活字のいろいろな字体を示している。教科書などに使われている書体はローマン体であったが、近年は児童・生徒の特性に配慮した UD 書体（ユニバーサルデザイン）が広まりつつある。活字に関しては、生徒は教科書に使われている字体に自然になじむであろうから、特に指導上の問題は起こらないであろう。

　問題は筆記体である。手書き用の字体にもいろいろなものがある。最も広く指導されてきたのは「ブロック体」と呼ばれるもので、活字のブロッ

〈**図 9.1**〉　活字の字体

ローマン体
(Roman letter)
ABCDEFGHIJKLMNOPQRSTUVWXYZ
abcdefghijklmnopqrstuvwxyz

ゴシック体
(Gothic letter)
ABCDEFGHIJKLMNOPQRSTUVWXYZ
abcdefghijklmnopqrstuvwxyz

ブロック体
(block letter)
ABCDEFGHIJKLMNOPQRSTUVWXYZ
abcdefghijklmnopqrstuvwxyz

イタリック体
(italicized letter)
ABCDEFGHIJKLMNOPQRSTUVWXYZ
abcdefghijklmnopqrstuvwxyz

UD デジタル
教科書体
ABCDEFGHIJKLMNOPQRSTUVWXYZ
abcdefghijklmnopqrstuvwxyz

ク体をなぞって書くものである。これを少し斜めにかたむけてイタリック体にすることもできる。最近では手島（2019）がより書きやすく、読みやすい「現代体」という手書き書体を提唱している。日本の学校では伝統的に「筆記体」（cursive）と呼ばれる字体を教えてきたが、1998年の指導要領の改訂以降ほとんど指導されなくなっている。

　文字の導入で教師が最も注意すべきことは、アルファベットの読み書きと綴り字の学習で落後者をつくらないことである。ここでつまずくと、その後の学習に大きな支障が生じるからである。この段階では個人指導を怠らないようにしたい。

《**Discussion**》

1. 小学校学習指導要領では、文字の読み方がわかることが目標とされていますが、音と文字の関係を指導するのはどの段階がよいでしょうか。
2. フォニックスは英語の綴り字の発音の指導に役立つと思われますが、いつ教えればよいと思いますか。
3. 生徒の書く英文にはスペリングの誤りが多く見られます。それらの誤りを少なくするには、どのような指導が有効でしょうか。

参 考 文 献

ジョリーラーニング社編著、山下桂世子（翻訳）（2017）『はじめてのジョリーフォニックス——ティチャーズブック』東京書籍.

竹林　滋（2019）『〈新装版〉英語のフォニックス——綴り字と発音のルール』研究社.

手島　良（2004）『英語の発音・ルールブック——つづりで身につく発音のコツ』NHK出版.

手島　良（2019）『これからの英語の文字指導——書きやすく　読みやすく』研究社.

寺澤　盾（2008）『英語の歴史——過去から未来への物語』（中公新書）中央公論新社.

第 10 章 語 彙 の 指 導

《**Warm-up**》
- 語彙力があるとはどういうことでしょうか。
- どういう方法だと単語をよく覚えられるのでしょうか。
- 語彙はどのように指導したらよいでしょうか。

1. 語彙知識の 3 つの次元

　語彙力があるとはどういうことだろうか。語彙力がある人は、単語をたくさん知っているだけではなく、それぞれの単語に関して詳しく知っている。さらに単語を英語母語話者と同じような速さで使うことができる。語彙知識は広さ（breadth）、深さ（depth）、流暢さ（fluency）という 3 つの次元から成る。

　第 1 に、広さとは、語彙サイズとも言い、どれだけ多くの単語を知っているかという次元である。

　第 2 に、深さとは、1 つの語をどれだけよく知っているかという次元である。単語を知っていることは、発音、綴り、語形成、意味、概念、連想、文法、コロケーション、使用の制約の 9 つの側面に分けられる（Nation 2013）。たとえば widen という語は、綴りを見れば意味がわかるが、発音は /wíden/ だと思っていて、/wáidn/ という発音を聞いて widen だと認知できない人がいるかもしれない。この人は綴りの知識はあるが、発音の知識がないことになる。同様に、この語は wide という形容詞に、動詞化させる接尾辞の -en がついたものであると知っていれば、語形成の知識があることになる。このように一つひとつの単語ごとに私たちが持っている知

[**77**]

識は異なる。これを深さの次元と言う。

語彙の深さはさらに受容的知識と発表的知識に分けられる。たとえば、発音の受容的知識とは、発音を聞けばわかるレベルの知識である。それに対して、発音の発表的知識とは、実際に発音できるレベルの知識である。

第3に、流暢さとは、単語を認知したり、発したりするときの速さである。英語母語話者は1秒間に6音節、3語以上の速度で話すのが普通であり、聞いた単語を理解するのには0.2秒しかかからないとされている。聞いてもすぐにわからない、話したいときに単語が出てこないのは、流暢さという語彙知識の次元に問題があることになる。

このように語彙知識は、広さ、深さ、流暢さという3つの次元で考えることができる。したがって、語彙指導ではこの3つの次元で語彙知識を伸ばすことが求められる。

2. 語 彙 の 習 得

語彙の習得は、母語の場合も第2言語や外国語の場合も、ゆっくりと少しずつ語彙知識が蓄積されていく過程である。それは、意識的に単語を覚えようとする意図的な学習と、それをいろいろな場面で使用しているうちに自然と覚えてしまう偶発的な学習から成る。意図的学習と偶発的学習のどちらの場合にも、単語を覚える最初の段階は、語形（発音・綴り）と意味を結びつけることである。この中核となる結びつきに、文法機能、連想、コロケーション（連語）など、他の語の知識の側面が少しずつ追加されていく。そしてそれは、リスニングやリーディングで大量のインプットを受けることによって可能になる。最近の語彙研究によれば、文脈から意味推測が可能な場合はもちろん、推測が難しい場合でも、単語に触れる頻度が多いほど、何かしらの語彙知識が蓄積されることがわかっている。語彙習得が進んだ段階では、個々の語が他の語と結びつき、語彙のネットワークを成していく。別々に学習された語が、同義語、反意語、コロケーションなどとして結びつくのである。語彙習得が進むにつれて、語彙のネットワークはより複雑に、密なものになっていく。

習得に影響する要因としては、単語と出会う頻度と単語を処理するときの処理の深さが挙げられる。何回単語に出会うとその語を覚えられるのかに関して結論は出ていないが、最低 6 回以上は文脈で目や耳にする必要はあるようだ。意図的学習であっても、数多く繰り返し覚えようとするほうがよく覚えられる。

もう 1 つの要因が処理水準の深さである。処理水準仮説によると、より深いレベルで処理された情報はよりよく記憶される（Craik and Lockhart 1972）。深いレベルの処理とは、既知の知識と結びつける、自分に関連づける、推測する、のように記憶しようとする情報について深く考えることである。それに対して、浅いレベルの処理とは、単語についてよく考えることなく、単純に繰り返して言ったり書いたりするような活動を行うことである。2 つの要因を考慮すると、単語について深く考えるような活動を繰り返し行うことが習得のために効果的である。

3. 指導すべき語彙の選定

学習指導要領は、小学校で 600〜700 語、中学校で 1,600〜1,800 語、高校で 1,800〜2,500 語の語彙を学習させるように定めている。これには、高頻度の語彙、英語の授業に必要な語彙、生徒の生活に関連した語彙、という 3 つの種類の語彙を含むことが望ましい。

高頻度語は、どのような文脈であっても、使用される頻度が高い。たとえば、話し言葉のコーパスでは、最も頻度の高い 500 語がそのコーパス全体の語彙の約 80% をカバーする。書き言葉コーパスでは、最も頻度の高い 2,000 語で約 80% をカバーする。教師はどのような語が高頻度語であるかを経験的に知っているが、客観的指標としては大型コーパスの頻度情報に基づく語彙リストが参考になる。

語彙リストとしてよく知られているのは、大学英語教育学会の基本語リスト（新 JACET8000）である。また、*The Longman Dictionary of Contemporary English* には、The British National Corpus（BNC）の話し言葉コーパスと書き言葉コーパスそれぞれの、最も高頻度の 3,000 語まで

の単語に、S1, W2 のような表示をつけている。たとえば accident には S1W2 という表示が付けられている。これは、この語が話し言葉コーパスで最も頻度が高い 1,000 語内、書き言葉コーパスでは最も頻度が高い 2,000 語内の語であることを示している。重要な語であるかどうかの教師の経験的勘はおおむね正しいが、客観的指標によってそれを確認することができる。

英語の授業に必要な語彙とは、textbook, notebook, blackboard, chalk, pencil, eraser, homework のように、英語で授業を行うさいに不可欠な語彙である。これらの語彙は、英語の授業では高い頻度で用いられるが、コーパスを基にした語彙表では頻度が低い。たとえば、これらの語の新 JACET8000 での順位は次の通りである。pencil 1012, homework 1015, textbook 1427, blackboard 3786, notebook 4783, chalk 5051 で、eraser は新 JACET8000 には含まれていない。このように、頻度という観点では頻度の高い 2,000 語までには入らない語であっても、英語の授業に不可欠な語彙は教える必要がある。

生徒の生活に関連した語彙は、生徒の生活を表現するために必要な語彙である。これらも頻度の観点から高頻度語だけでなく、低頻度語を含むことになる。衣食住、学校生活、部活動、趣味などに関する語彙は、生徒に自己表現させるとき不可欠となる。テーマを与えてスピーチをさせるときなどには、そのテーマに関連した語彙を教える必要がある。たとえば、中学生に自分の部活動について発表させるならば、部の名称、部に所属する、練習する、練習試合、地区大会などを英語でどう表現するかを教えなければならない。

このように、教えるべき語彙は教科書で使われているものだけでなく、英語の授業を運営していくのに不可欠であるもの、生徒が自分を表現するのに必要であるものを含めて考えるべきである。

4. 語彙の指導法——新語の導入と未知語の推測

語彙が習得される過程が長期にわたり、少しずつ知識が蓄積されていく

第 10 章　語彙の指導　**81**

ものであることを考慮すると、語彙の指導も少しずつ段階的に行うように
計画すべきである。そのような計画は、導入・定着・発展という 3 段階が
想定できる。導入段階は、語形と意味を導入し、その 2 つを結びつけるこ
とを狙いとする。第 2 段階の定着は、導入された単語が記憶に残るように
練習させることを目的とする。最初に導入した文脈で練習させるだけでな
く、それとは違う文脈で単語を提示して意味を考えさせたり、語形を想起
させたりする活動が効果的である。第 3 段階の発展は、語形と意味以外の
語の側面に焦点をあて、語彙知識を増大させることを目的とする。 同義語
や反意語と結びつけたり、コロケーションを覚えたり、他の語とのつなが
りを作って語彙ネットワークを発展させていく。このように語彙指導は、
新出語の語形と意味を導入するだけでなく、それが定着するように練習す
ることや、語形と意味以外の側面の知識を増やしていく指導も含む。

　新しい語の導入では、発音と意味を結びつけることが最も重要である。
実物、絵、訳、動作などで新語の意味を示し、その語の発音を聞かせ、発
音できるように練習する。発音できない単語は記憶しづらいという点で、
発音は単語を覚えるうえできわめて重要である。単語の意味を理解させた
うえで、生徒が自分で発音できるように練習することが大切である。さら
に、単語の綴りも導入し、綴りから発音できるように練習する。たとえば、
紙の辞書を見せて "Dictionary. This is a dictionary." と言い、リピート
させる。次に、電子辞書を見せて "Dictionary. This is a dictionary, too."
と言い、全員にリピートさせ、その後で一人ひとりの生徒の発音をチェッ
クする。次に dictionary と書いたカードを見せ、発音し、リピートさせる。
カードを黒板に貼り、次の単語を導入する。このように一通りの単語を導
入し終えると、黒板に導入した単語のカードが貼られている。生徒に読ま
せて、発音できるかを確認する。

　導入で注意すべき点が 3 点ある。第 1 は、いつも教師が教えるという形
式で導入しないことである。カタカナ語のように、生徒がすでに知ってい
る単語もある。そのような単語は、生徒に聞いてみるのがよい。たとえば、
りんごの絵を見せて、"What is this?" と質問する。生徒は「アップル」の

ように答えるかもしれない。それは "That's right. It is an apple." とほめた後で、「でも英語の発音は日本語とちょっと違うね。英語の発音で言ってみよう。apple」のように正確な発音を身につけさせるように心がけたい。大切な点は、いつも教師が教えるのではなく、生徒が持っている知識を利用し、それを伸ばしていくことである。

　第2に、新語の導入時に反意語どうしを教えないことである。correct と wrong のように反意語どうしが新語である場合、同時に教えてはいけない。これは混乱を防ぐためである。新しいことがわかるということは、すでに知っている既存の知識と結びつくことである。correct が「正しい」という正誤を表す言葉であると理解することが第一歩である。このとき、同じく正誤を表す語 wrong を同時に導入すると、どちらが「正しい」でどちらが「誤っている」かに関して混乱が起こる。このような場合は、どちらか1語を最初に導入し、十分に定着した後日、他の1語を導入することになる。1語がすでに定着している場合には、次のように既知の語と結びつけることで、反意語を導入することができる。

　　"You know *right*. A *right* answer is a good answer. *Wrong* is the opposite of right. *Wrong* is not right. A *wrong* answer is not a right answer."

　導入に関して第3に注意すべきことは、日本語訳を用いることについてである。単語は文脈の中で導入し、日本語訳を用いるべきでないという考え方があるが、日本語訳は抽象語の導入には効果的である。日本語訳で導入し、意味が間違いなくわかってから定着のための練習をすれば、より確実に記憶につながる。日本語訳が敬遠されたのは、単語を覚えるだけで終わってしまい、覚えた単語を文脈の中で使う練習が欠けていたためと考えられる。

　ここまで、個々の単語の発音と意味を教える導入について見てきたが、文脈の中で未知語の意味を推測させる技能について述べておく。文脈から未知語の意味が推測できる必要条件として、98% 以上のカバー率が挙げら

れる（Nation 2013）。つまり、100 語中 98 語が既知語である文章でない
と未知語の推測ができないということである。したがって、意味を推測す
る技能を教えるのであれば、未知語が 50 語に 1 語の割合で出てくるよう
なテキストを使う必要がある。教科書を使ってこの技能を指導するのであ
れば、推測させたい語以外はすべて教えておいてから推測指導をすること
が必要である。

　推測指導は、4 段階で行う。まず未知語の品詞を考えさせる。次に、未
知語がある文の中で、その語の役割を考えさせる。第 3 に、文脈の手がか
りから未知語の意味を推測させる。第 4 に、推測した意味が正しいか辞書
で確認させる。たとえば、次の高校用教科書（コミュニケーション英語 I）
の文章を例にとってみよう。目標語は oppose で、それ以外の語はあらか
じめ意味を教えておく。

As a young man, Ryokichi studied in Scotland and fell in love
with a Scottish woman named Jeannie. They enjoyed eating hot
baked potatoes in the cold winters there. They wanted to get
married, but they couldn't because Ryokichi's father opposed the
marriage.
　　　　　　—*World Trek I*, 桐原書店、平成 29 年度版、p. 140.

第 1 段階は品詞の特定である。opposed は Ryokichi's father の後に続き、
そのあとに the marriage という名詞が来ることと、過去形の指標である
ed で終わっているので、動詞と考える。第 2 段階は opposed の文の中で
の役割の特定である。この文では opposed は述語動詞として、「リョウキ
チの父はその結婚に opposed した」という意味の文を形成していることを
考えさせる。第 3 段階は、前の文が「彼らは結婚したかったが、できな
かった」という文脈から、oppose は「反対する」という意味ではないか
と推測させる。最後に、辞書で推測した意味が正しいか確認させる。辞書
指導については別に行う必要がある。

5. 語彙の指導法——定着と発展

　定着のための指導段階では、導入された単語がしっかり記憶に残るような活動を行う。たとえば、導入段階で favorite「お気に入りの、好きな」と教えられ、口頭で "My favorite food is cake." と練習して言えるようになったとする。このような生徒に、"What is your favorite song?" とか "Who is your favorite singer?" のように問いかけて答えさせることは、定着のための練習の一つである。答えを言わせたあと、それをノートに書かせることも定着のための練習である。別の活動としては、favorite と一緒に導入された新語とともに、liked more than others of the same kind のような英英辞典の定義を与え、それぞれどの語の定義であるかを選ばせる活動、導入したときとは異なる例文で目標語を空欄にしておき、適切な語を選ばせる活動などが考えられる。いずれの活動も、導入された語をしっかり記憶させ、定着させることを目的にしている。

　発展のための指導段階では、既習の語彙の知識を深め、単語間のネットワークを広げることを目的にする。たとえば、1 つの課が終わった後に、その課で学習した単語をリストにして提示する方法が考えられる。表 10.1 のように、単語ごとにコロケーション、派生語などを書かせるのである。

〈表 10.1〉　学習した課の重要語リスト（欄を埋めさせる）コロケーションと派生語
　左の欄の単語と一緒に使う語（コロケーション）や派生語を書いてみよう。難しいと思ったら、下の選択肢から選んで書いてみよう。

	コロケーション	派生語
maintain		
tuck		****************
communicate		
anger		
express		

選択肢: angry communication expression feel feeling heat leg maintenance message
〈注〉　*World Trek I* の第 4 課で扱われた新語の一部を表にしたもの

書かせるのが難しそうであれば、選択肢を与えてもよい。

　以上に導入・定着・発展という3つの段階で行うべき指導の概略を述べた。それぞれの段階での具体的な指導例については、相澤・望月（2010）を参照されたい。

《**Discussion**》

1. 語彙力がある人とはどういう人でしょうか。
2. 受容語彙と発表語彙ではどちらのほうが大きいでしょうか。
3. 発表語彙を増やすにはどうしたらよいのでしょうか。

参 考 文 献

相澤一美・望月正道編著（2010）『英語語彙指導の実践アイディア集——活動例からテスト作成まで』大修館書店.

大学英語教育学会基本語改訂特別委員会編著（2016）『大学英語教育学会基本語リスト　新JACET8000』桐原書店.

望月正道・相澤一美・投野由紀夫（2003）『英語語彙の指導マニュアル』大修館書店.

Craik, F. I. M., & Lockhart, R. S.（1972）Levels of processing: A framework for memory research. *Journal of Verbal Learning and Verbal Behavior, 11*, 671–684.

Nation, I.S.P.（2013）*Learning vocabulary in another language*. Cambridge University Press.

第11章　文法の指導

《**Warm-up**》
- 文法を知らなくてもコミュニケーションできるでしょうか。
- 文法はどう習得されるのでしょうか。
- 文法はどのように指導したらよいのでしょうか。

1. 文法とは何か

『広辞苑』(第6版)によると「文法」は次のように定義されている。

① 一つの言語を構成する語・句・文などの形態・機能・解釈やそれら
　に加えられる操作についての規則。
② 言語研究における統語論・形態論・意味論・音韻論の総称。ことば
　の規則体系全般の研究。
③ 正しいことば遣いの規則。規範文法。
④ さまざまな事象に内在するきまり・約束ごと。

このうち私たちが英語学習で文法と呼んでいるのは①〜③で、ことばに
ついての規則と考えてよい。文法を知っているとは、ことばの規則を知っ
ていることになる。
　では文法規則を知っていれば、それを使いこなせるのだろうか。一つの
例を考えてみよう。駅から自宅までタクシーに乗った。自宅は交差点の手
前にある。タクシーの運転手に言うのはどちらだろうか。

[86]

A: 次の信号の手前で停めてください。
B: 次の信号の手前に停めてください。

　A，Bどちらの文も文法的に誤りではない。しかし、日本語母語話者の多くはAと言うだろう。私たちは話される言葉を聞いたり書かれた文章を読んだりして理解し、また自分の言いたいことを言ったり文字に書いたりして相手に伝える、というコミュニケーション活動を行っている。なぜこのような言語によるコミュニケーションが可能かというと、相手も自分も、ある程度共通の語彙をもち、それぞれの語を一定の規則に従ってつなぎ合わせて文を生成していく方法を知っているからである。この規則には、上のタクシーの例のように、文法的に正しい文を生成するだけでなく、場面・状況にふさわしい文を選択して、使うということも含まれている。これが文法能力である。この章で言う文法は、ことばの規則についての知識だけでなく、その知識を使いこなす力＝文法能力を指すものとする。

2.　文 法 の 習 得

　文法の習得は、語彙の場合と異なり、母語の場合と第2言語の場合で2つの点で大きく異なる。第1に、母語の場合、すべての子どもが大人と同じレベルの文法能力を獲得するのに対して、第2言語の場合は、小さい頃からバイリンガル的環境にいないかぎり、自然な学習（naturalistic learning）であれ教室での学習（formal learning）であれ、学習者の文法能力の獲得に大きな違いがみられる。

　第2に、獲得する言語が何であれ、母語は無意識のうちに獲得される。私たちは、母の胎内にいた時から音の聞き分けの学習を始め、1歳までに母語に必要な音素の聞き分けができるようになる。1歳頃には初語を産出し、1語文で会話するようになる。1歳半を過ぎると、二語文を経て、複語文を産出するようになる。数年のうちに母語の基本的な部分が獲得され、小学校に入学する頃には、いわば無意識的に使用される「暗黙の知識」（implicit knowledge）となっている。それに対して、第2言語学習者は、

リスニングやリーディングによるインプットから無意識のうちに暗黙の知識を獲得することもあるが、大多数の第 2 言語学習者は、教室で第 2 言語を学ぶ。その場合、第 2 言語の文法の大部分を「明示的な知識」（explicit knowledge）として意識的に学ぶことになる。第 2 言語学習者は、明示的に学んだ知識をコミュニケーションに使えるように意識的に練習することになる。

このように文法の習得は母語と第 2 言語の場合で異なっているが、第 2 言語の場合も無意識に正しい文法を使えるようになる指導を考える必要がある。

3. 学習指導要領の文法事項

ここで、学習指導要領が文法事項をどのように扱っているかを見る。表 11.1 は、小学校、中学校および高等学校の学習指導要領が「文法事項」で取り上げている項目の一覧である。今回改訂された学習指導要領では、小学校で外国語が教科となり、学習すべき項目が明示されるようになった。中学校では、これまで高校で指導されてきた項目が含まれるようになった。一方、高校で指導される「文法事項」は、多くが中学校へ移動したため、高校で初めて指導する項目は、関係副詞と仮定法の発展的なものなどになっ

〈表 11.1〉 学習指導要領の「文法事項」で取り上げている項目一覧

小学校の文法事項	（ア） 文 （イ） 文構造
中学校の文法事項	（ア） 文 （イ） 文構造 （ウ） 代名詞（関係代名詞を含む）・接続詞・助動詞・前置詞 （エ） 動詞の時制など （オ） 形容詞及び副詞の比較変化 （カ） to 不定詞 （キ） 動名詞 （ク） 現在分詞及び過去分詞の形容詞としての用法 （ケ） 受け身 （コ） 仮定法のうち基本的なもの

高等学校の文法事項	（ア）　不定詞の用法 （イ）　関係代名詞の用法 （ウ）　関係副詞の用法 （エ）　接続詞の用法 （オ）　助動詞の用法 （カ）　前置詞の用法 （キ）　動詞の時制など （ク）　仮定法

〈注〉　中学校の項目のうち、（ア）～（エ）の内容については、さらに詳しく説明されている（小学校、中学校および高等学校学習指導要領を参照）。

た。

　この「文法事項」で取り上げている項目は、すべて言語形式とその意味についての文法用語で、言語形式とその意味についての知識を指導すべきことを示唆している。それに対して、次の「指導計画の作成と内容の取扱い」（『中学校学習指導要領』）では、文法を知識だけではなく、実際のコミュニケーションで使えるような文法能力を形成するよう求めている。

　3　指導計画の作成と内容の取扱い
　ア　単元など内容や時間のまとまりを見通して、その中で育む資質・能力の育成に向けて、生徒の主体的・対話的で深い学びの実現を図るようにすること。その際、具体的な課題等を設定し、生徒が外国語によるコミュニケーションにおける見方・考え方を働かせながら、コミュニケーションの目的や場面、状況などを意識して活動を行い、英語の音声や語彙、表現、文法の知識を五つの領域における実際のコミュニケーションにおいて活用する学習の充実を図ること。

　まとめると、学習指導要領は文法を言語形式とその意味の結びつきとして教え、さらにその知識を実際のコミュニケーションで活用できることをめざしていると言える。

4. 文法の指導——新出事項の導入

　文法の指導は、生徒が文法項目の形式とその意味を理解して、実際の言語使用の場で使えるようになることを目標とする。たとえば、現在進行形という文法項目ならば、「be 動詞＋現在分詞」が形式であり、「現在、ある動作が進行している」がその意味である。この形式と意味を結びつけさせるために、教師が歩きながら、"I'm walking." と言う。歩くのを止めて、"I'm not walking." 再び歩き始めて、"I'm walking again." のように導入することができる。しかし現実には、目で見てわかることを、"I'm walking." と相手に言うことはまずない。言うとしたら、話を聞いていない相手に向かって、「ちゃんと話を聞きなさい」という意味で、"I'm talking to you." のように言うくらいである。現在進行形を実際に使うのは、相手が知らない現在進行中の出来事を伝える場合である。したがって、文法項目の指導は、形式と意味を結びつける導入の指導、定着のための指導、および実際の言語使用に近い状況でコミュニケーションにつなげる活動に分けて行うのがよい。

　ここで、現在進行形を中学校 1 年生の後半で導入する場合の指導について考えてみよう。その導入には全く異なる 2 つの方法があり、中学校の教室では、実際にそのいずれかが行われている。

(1)　文法説明から入る：「be 動詞（is, am, are）＋ -ing」の形を現在進行形と言い、「現在〜している」という現在進行中の動作を表す、と説明する。

(2)　口頭導入（オーラル・イントロダクション）から入る：進行形が使われる場面を設定し、そこで教師が自然な英語を話す中で現在進行形の例をいくつか導入し、その意味をコンテクストから理解させ、その言語形式に注目させる。

　(1) は現在進行形という言語形式とその意味を明示的知識として教える方法である。この知識だけでは、コミュニケーションの場面と状況に応じて使えるようにはならない。

第 11 章 文法の指導 **91**

　（2）は生徒が新しい言語項目の意味を推測しながら、実際のコミュニケーションを行うという点で自然な習得に近い方法である。次のように英語教師と生徒のいる教室環境を利用して導入することができる。

> Hello, everyone. I am your English teacher. I teach English, and you learn English. How many times a week do we meet in class? Yes, four times a week. You have four English classes in a week. I meet you four times a week. By the way, what are you doing now? Are you playing tennis? Are you learning Japanese? No. You are learning English now. You are listening to me. What am I doing now? Am I playing? Am I walking? No, I am teaching English. I am talking to you in English. You are learning English. You are listening to me. Satoko, are you listening to me? Good! You are listening to me. (To the class) Satoko is listening to me. She always listens to me carefully. She is a good student.

大切なことは、上記の英語に使われている語彙がほとんど生徒の知っている語彙であり、新出項目の「現在進行形」が、これも既習である動詞の「現在形」と対比されて導入されていることである。こうして生徒は、教師の話す英語の意味を考えながら、未知の言語形式に注意を向け、その意味を理解しようとするわけである。

　（1）にせよ（2）にせよ、新しい言語形式とその意味をコミュニケーションがなされる場面と状況を明らかにして導入し、理解させることが大切である。

5. 定着練習とコミュニケーションにつなげる活動

　新出事項の導入が終わったならば、その形式と意味を確認し、その定着練習に進むことになる。たとえば、次ページのようなカードを黒板に貼り、教師が簡潔に説明をする。そのさい、日本語はできるだけ必要最小限にとどめることが重要である。そうでないと、生徒は常に日本語の説明に頼ることになるからである。できるだけ英語のままで、やや曖昧さを残しても、何とか理解しようとする態度を作るようにしたい。

> 現在進行形: be 動詞 + ing (〜している)
> I am teaching English.
> You are learning English.
> Satoko is learning English.

　説明が終わって生徒がほぼ理解できたならば、次にそれを定着させる練習を行う。定着のための練習はさまざまな方法が考えられるが、生徒がすでに学習してよく知っている動詞を使って口頭練習をし、その後で書く練習へと進むのが一般的である。

　次は定着のための口頭練習の例である。3連の絵を見せて、"This is Risa. What is she doing?" と教師が言い、生徒全員に "She is playing the piano." と言わせる。"Very good!" ついで生徒1人ずつを指名して "She is playing the piano." と言わせる。2枚目、3枚目のイラストについても同様の練習を行う。

(Risa)　　　(Taiki)　　　(Momoko and Azusa)

　また新文法項目が定着したかを確認する方法として、ディクトグロスがある。ディクトグロスは、新文法項目を含む英文を聞かせ、内容がわかったあとに、ディクテーションさせる。キーワードが書き取れたあとで、そのキーワードをもとに元の文章を再現させる。リスニングでは内容語がよく聞き取れ、機能語は聞き取れない場合が多いので、ディクトグロスでは、機能語を補って原文を再現することになる。新文法項目がしっかり定着していれば、聞き取れていない部分も再生できるはずである。

第 11 章　文法の指導　**93**

スクリプト	生徒が書き取った語句	再現したスクリプト
Do you want to talk to Midori? She is in the library. She is studying for the exams. Can you call back at nine please?	Do you talk Midori She library She studying exams Can you back please	Do you want to talk to Midori? She is in library. She is studying for exams. Can you call back nine please?

　定着した文法項目がコミュニケーションで使えるようになるためには、実際の言語使用に近い形式で練習する必要がある。そのさい第1に考慮すべきことは、コミュニケーションが必要になるような「情報差」(information gap) を設けることである。第2に、できるだけ現実の言語使用に近い活動にするということである。次はその一例である。下のようなワークシート A/B を生徒のペアに配り、自分の知りたい情報を相手から聞き出す活動を行い、現在進行形を用いさせる。

Sheet A
　あなたが家でしていることを次の中から選びましょう。
　　本を読んでいる
　　お菓子を食べている
　　ジュースを飲んでいる
　　テレビを見ている
　　勉強している
　友達の B さんに電話をかけました。
　何をしているか聞いてみましょう。(What are you doing now?)
　それがどんなものか聞いてみましょう。

Sheet B
　あなたが家でしていることを次の中から選びましょう。
　　本を読んでいる
　　お菓子を食べている
　　ジュースを飲んでいる
　　テレビを見ている

勉強している
　友達の A さんから電話がかかってきました。
　A さんの質問に答えましょう。
　次に A さんが何をしているか聞いてみましょう。(What are you doing now?)
　それがどんなものか聞いてみましょう。

　このような現実の言語使用に近い活動を「タスク」(task)と言う。タスクを用いた活動では、文法項目を使うことよりも、現実のコミュニケーションの目的が達成できるかどうかを重視する(高島 2005, 村野井 2006)。

《**Discussion**》

1.　文法を知っているとはどういうことでしょうか。
2.　英語の文法を無意識に習得するにはどれくらいの量の英語のインプットが必要でしょうか。
3.　He lives in Tokyo. と文法のテストでは正しく書けても、話すときには He live in Tokyo. と間違えてしまうのはどうしてでしょうか。

参 考 文 献

鈴木孝明・白畑知彦(2012)『ことばの習得——母語獲得と第二言語習得』くろしお出版.
高島英幸編著(2005)『文法項目別英語のタスク活動とタスク——34 の実践と評価』大修館書店.
村野井　仁(2006)『第二言語習得研究から見た効果的な英語学習法・指導法』大修館書店.

第 12 章　リスニングの指導

《 **Warm-up** 》
- リスニングをどのように自分で学習してきましたか。
- 授業でどんなリスニング活動をしてきましたか。
- リスニングが難しい理由はなんでしょうか。

1.　リスニングの基本問題

　リスニングは 4 つの言語技能の中で最も基本的な技能である。母語の習得に見られるように、人はまずリスニングの活動から始めて、それからスピーキングや他の活動へと進んでいくのが自然な学習の順序だからである。また会話において、コミュニケーションを成立させるためには話し手の言っていることを理解できなければならない。このようにリスニングは言語習得やコミュニケーションにおいて基本的な技能である。

　しかし英語教育において、リスニングの指導は、あまり進んではいない（Rost 2015）。最も大きな理由は、おそらく、主教材である教科書が印刷教材であるために読み書きの指導が中心となっていたこと、そして、学習指導要領の「コミュニケーション能力」というキーワードがスピーキングとの結びつきが強く、リスニング指導が副次的なものになっていたからである（武井 2002）。学習指導要領の「話すこと」に新たに「やり取り」という領域が付け加えられたことは、リスニングとスピーキングの両方向のコミュニケーションが大切であることを示している。聞く力がなければ話せない、これからは両技能を育成する方法が望まれる。特に初期指導においては、音声教材を主教材とし、印刷教材を従とするような考え方の転換

[**95**]

が必要であろう。

　海外へ行って英語を母語とする人たちの話す英語を聞いたことのある人は、英語が聞き取れなくて困った経験をもっているはずである。事実、相当に英語のできる人でも、リスニングが苦手だという人が意外に多い。リスニングの困難点は次の5つに分類できる。

（1）　音声の識別ができない。
（2）　語彙と文法力が不足している。
（3）　スピードについていけない。
（4）　話題についての背景的知識が不足している。
（5）　音声言語は話す人の出身地、年齢、教育程度、職業などによりさまざまな変種があり、その多様性に対応できない。

以上の5つの困難点のうち、(1)から(4)までが学校におけるリスニング指導で取り上げるべき基本的問題である。これに対して、(5)は学習者の経験に待たなければならない部分が多いが、世界中の人が英語を使用している現実を考えると、この点も全く無視することはできないであろう。普段からさまざまなタイプの英語を聴いておくことが大切になってくる。慣れてくると、どこの国の出身の人か、だいたい見当がつくようになる。

2.　リスニングの過程

　人は耳に入ってくる言語をどのように処理しているのであろうか。リスニングの過程は、われわれが普通に考えるよりもはるかに複雑である。リスニングの3つの基本問題を図12.1に基づいて考えてみる。

（1）　音声の処理：人はさまざまな媒体を通して耳に入ってくる音を1つずつ分析して、それに対応する音素単位をマッチさせるのではない。耳から入ってくる音声パタンを予測し、それを実際に入ってくる音声パタンと照合して分析するのである。そこで、英語の音を聞いてそれが聞き取れるようになるためには、英語の音声パタンに対する独特の感受性を発達させなければならない。そのためにはいろいろな方法が考えられるが、英語の歌を聞いたり歌ったりして、英語独特のリズム

〈図 12.1〉 リスニングの過程

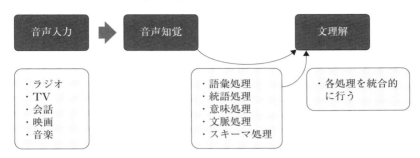

（門田 2015 を一部改変）

とイントネーションに慣れることが大切である。
(2) 語彙処理から意味処理へ：未知の単語や構文が含まれている文章は何回聞いてもわからない。また、目から覚えた単語や構文は聞いてわかるとはかぎらない。したがって、既知の単語と構文から成る英文を聞いて、その意味がすぐに取れるように練習することが必要である。そのため、日頃から簡単な英文を聞いて、それを復唱する練習（オーバーラッピングやシャドウイング）が有効である。また、語彙・統語・意味処理で理解できない場合には、文脈やスキーマを利用することになる。ここでスキーマ（schema）とは、言語を理解するときに利用する知識構造、またはその枠組みのことである。
(3) 文脈や背景的知識の利用：話されている事柄について、それが話されている状況や前後関係、またその背景となる知識を聞き手が共有していない場合には、たとえリスニングの力があっても、その内容は理解できない。人は自分のよく知っているトピックでなければ先を予測することができないからである。したがって、リスニングの教材は、生徒にとってなじみ深いトピックについて述べたものでなければならない。また、リスニング前に生徒のもっているスキーマを活性化することも必要になる。

耳に入ってくる音は次々に消えて行くように感じるが、実際には数語ごとに分節されて短期記憶（short-term memory）の中に入り、そこで自分が予測する音声パタンと照合され、分析され、意味が抽出される。そして

抽出された意味だけが長期記憶（long-term memory）に入り、音そのものは捨てられる。そこで、話される言葉のスピードに対処する能力は、どれだけ長いフレーズを短期記憶で処理することができるかにかかっている。つまり、スピードについていけないという問題である。たとえば、下の文を3つのフレーズ（チャンク）に分節して自動処理できれば、速いスピードに対処することができる。さらに2つのフレーズにすれば、より速いスピードに対処できることになる。話し言葉のスピードに対処するためには、できるだけ長いフレーズを短期記憶に入れて処理できるようにする練習が必要だということになる。

- I saw your mother / crossing the street / in front of the super-market.
- I saw your mother crossing the street / in front of the supermarket.

　具体的には次の2つの方法が考えられる。フレーズごとにポーズを置いた英文を聞き、それを復唱する。または書き取る。（フレーズの長さを次第に伸ばしていく。）　同一のテキストの速度を変えて読まれたものを用意し、遅い速度から始めて、順次速いものを聞いてスピードに慣れるようにする。

3.　リスニングの言語活動

　では、どのようにしてリスニングを指導したらよいか。中学校および高等学校の「英語コミュニケーションⅠ」における「聞くこと」の指導内容は、表12.1に示した通りである。他人の話を聞いてその意味を理解するためには、聞き手は耳に入ってくる音声を次々に合成し、その先を予測しながら、話し手の発したメッセージに類似したものを自分自身の中に作り上げていかなくてはならない。中学初期では、日本語にない英語独特の音やリズムやイントネーションに慣れることを当面の目標とすべきである。そのために教師は、生徒が積極的に聞こうとする態度を養成することが重要になってくる。最初から全部を聞き取るように要求したり、全部を書き

〈表 12.1〉 学習指導要領の「聞くこと」の言語活動

●中学校での聞くことの指導内容
ア はっきりと話されれば、日常的な話題について、必要な情報を聞き取ることができるようにする。 イ はっきりと話されれば、日常的な話題について、話の概要を捉えることができるようにする。 ウ はっきりと話されれば、社会的な話題について、短い説明の要点を捉えることができるようにする。
●高等学校での聞くことの指導内容
英語コミュニケーションⅠ ア 日常的な話題について、話される速さや、使用される語句や文、情報量などにおいて、多くの支援を活用すれば、必要な情報を聞き取り、話し手の意図を把握することができるようにする。 イ 社会的な話題について、話される速さや、使用される語句や文、情報量などにおいて、多くの支援を活用すれば、必要な情報を聞き取り、概要や要点を目的に応じて捉えることができるようにする。

取らせるようなこと（dictation）は慎まなければならない。

　高校では中学の指導内容をもとに、それよりも長いまとまりのある内容を聞くことになる。「英語コミュニケーションⅠ」の聞くことの指導内容は、日常的な話題について話された話者の意図を把握することや社会的な話題について話されたことの概要や要点を捉えることができるリスニング力を育成することである。話し手がどのような立場で、どのような目的をもって述べているのかを意識して聞くことが大切である。また、それぞれの場面でよく使われる慣用的な表現に慣れることも必要であろう。そして生徒に漫然と聞くのではなくどんな情報を聞き取る活動であるのか、教師はリスニングの目的を生徒に持たせることが重要である。

4. リスニング指導の留意点

　従来のリスニング指導では、まず事前指導として、これから聞く内容を理解するための語彙指導がなされた。リスニング活動としては、内容理解に関する質問（概要 → 詳細）が用意され、それに答えることが活動の一部に

なっていた。事後指導では、文法や構文を解説して、何回も繰り返し聞かせて終わるという流れであった。つまり、リスニング活動を通して語彙・文法を中心に学習したと言ってよいであろう。

これに対して、比較的新しいリスニング指導では、まず、学習者が聞くための準備を整えるために時間があてられる。これから聞く話の内容がどんな文脈でなされたものか、またそれを聞く目的がなんであるか、どんな語彙に注意すべきか、などについて指導が行われる。ただし、語彙指導は内容の理解を促すキーワードだけに絞られる。リスニング活動としては、まず話し手の話す目的や態度、また内容の要点・概要に関する質問にとどめ、その後でより詳細な質問に入る。事後指導は、リスニングがスピーキングにつながるように、言語機能について学習したり、聞き取れなかった単語を推測するような活動を行う。最後にスクリプトを用いて、内容や語彙を確認するという流れになる。

要するに、従来のリスニング指導は、リスニングを狭い意味でとらえ、文法・語彙の学習が中心であった。一方新しい指導は、リスニング活動そのものを中心に置き、段階ごとに活動の目的を明確にすることが特徴である。

リスニングは、図 12.1 で触れたように、次に入ってくるであろう音声パタンを予測しながら、それを実際に入ってくる音と照合して瞬時に分析し理解するという、高度に複雑な活動である。未知の語彙や構文が数多く含まれている教科書の英文を聞かせても、生徒は理解できるはずがない。授業におけるリスニング指導の実践には、次の事項に留意することが重要である。

(1) 言語外の情報を利用する：教科書の英文のように、未知の単語や構文が含まれていても、教師が絵や図やジェスチャーなどの言語外の情報を利用することによって、その内容を理解させることが可能である。そのようなリスニングの活動を中学校 1 年のときから行ってきた生徒とそうでない生徒とでは、2 年後、3 年後には大きく差がつく。リスニングの練習は、ただ音声テープを聞かせればよいというものでは

ない。聞く目的に応じたリスニング・ストラテジーの指導が必要になってくる（Spratt, Pulverness, & Williams 2011）。

（2）　予備知識を与える：音声だけでは、未知の単語や構文を含むものを聞かせて理解させることは難しい。また、たとえ既習の語彙と文法の範囲内であっても、そのトピックが生徒にとってなじみのない場合には、その内容を理解させることは難しい。その場合には、十分な背景的知識をあらかじめ与えたり、学習者のスキーマを活性化するような指導が必要になってくる。

（3）　言語の冗長性を利用する：自然な話し言葉には約50パーセントの冗長性（redundancy）が含まれると言われる。しかし教科書の文章やリスニング・テスト用の英文は、一般に、この冗長性に乏しい。できるだけむだを省こうとするためである。リスニングの練習用教材は十分な冗長性をもち、できるだけ自然な話し方に近いものにすべきである（authentic materials）。

《**Discussion**》

1.　音声をキャッチして理解するまでのプロセスはどうなっていたでしょうか。
2.　リスニングと他の技能を統合させて指導するにはどうしたらいいのでしょうか。
3.　授業でも使用できるようなweb上の教材にアクセスして授業での活用方法を検討してみましょう。

———————— **参 考 文 献** ————————

門田修平（2015）『シャドーイング・音読と英語コミュニケーションの科学』コスモピア.

武井昭江編著（2002）『英語リスニング論——聞く力と指導を科学する』河源社.

Buck, G.（2001）*Assessing listening*. Cambridge University Press.

Spratt, M., Pulverness, A., & Williams, M.（2011）*The TKT course modules 1, 2 and 3*. Cambridge University Press.

Rost, M.（2015）*Teaching and researching listening*（Applied Linguistics in Action）. Routledge.

第13章　スピーキングの指導

《**Warm-up**》

- これまでどのようなスピーキング指導を受けてきましたか。
- スピーキングはなぜ難しいのでしょうか。
- 学習指導要領で「話すこと」が2つの領域になりました。その理由はなんでしょうか。

1.　スピーキングの基本問題

　4技能の中で「英語ができる人」と聞いて思いつくのはスピーキングの上手な人であろう。たとえば、海外旅行、通訳、国際会議の場で流暢に英語を話している場面を思い浮かべる人も多いであろう。英語を学習する人はだれでも一度はそのような人に憧れた経験はあるだろう。一方、最も自信のない技能でもスピーキングが上位に占めることも想像できる。一般に、多くの人にとって、スピーキングは憧れの強い、しかし自信のない技能と言える。

　文科省(2017)が実施した英語力調査によると、中学3年生の3割が到達するべきスピーキングのレベルに達しているものの、高校3年生の場合は約1割しかレベルに達していないことがわかった。また4技能の中で達成度を比べると、話す能力は中学生で2番目に低い結果に、高校生の場合は最も低い結果に終わった。さらにTOEFL iBT®の国ごとの点数比較では、日本人のスピーキング能力はアジアの中で下位に位置している、という報告もある(ETS 2017)。

　土屋・広野(2000)によれば英語のスピーキングを不得意だとしている人

[102]

は以下の 6 つの基本的な困難点を感じていると指摘している。

1) 英語の発音に自信がない。
2) 適当な語がすぐに思い浮かばない。
3) 文法を意識しすぎる。
4) 誤りを恐れる。
5) その場にふさわしい表現が思い浮かばず、適切な反応ができない。
6) いつも日本語で考えたものを翻訳しようとしており、英語で考えることができない。

これらの困難点の克服がスピーキング指導の課題である。

2. スピーキングに求められる能力

多くの人がスピーキングを難しいと感じる理由はなぜであろうか。話すことには「言語知識」と「言語知識を使って話し、相手が話した情報を同時に処理する」能力が必要である（Harmer 2007）。たとえば、前者には、1) 音声の知識（強勢、リズム、イントネーションなど）、2) 適切な語彙を選択する知識、3) 発した言葉が相手に理解できるようにする文法知識が含まれる。後者には、1) 前者の知識を活用し相手が意図しているように相手に話すこと、2) 相手の言っていることを理解できること、3) 相手が言ったことに即座に反応できることが求められる。

表 13.1（次頁）は、スピーキングに求められる枠組みを 'SPEAKING'（それぞれのキーワードの頭文字を組み合わせたもの）という略語にまとめたものである。

ある事柄（出来事や経験や考えなど）を伝えたいとき、話す目的は何か、どのような場面で話し、聞き手はだれなのかを考える。またどんな順序で、どんな調子で話したら伝えたいことが相手にわかってもらえるか、を瞬時に判断する必要がある。しかし、いつもうまくいくとはかぎらない。その場合に、つなぎ言葉を使って、会話を続けていく工夫が必要になる。日頃から自分の表現したい事柄をよく考えて内容を明確にし、自分の使える構

〈表 13.1〉 スピーキング(SPEAKING)の枠組み

枠組みの要素	説　　明
S ituation （会話がされている状況）	どのような場面・時間での会話か
P articipants （会話の参加者）	だれとだれの会話か(話し手と聞き手は誰か)
E nds（会話の目的）	会話の目的・結果は何か
A ct sequence （会話の内容や形式）	話している内容や話し方に一貫性があるか(どのような順番で会話をするのか)
K ey （会話の調子）	どのような調子で話すのか(ユーモア、真面目な調子)
I nstrumentalities （手段）	どのような手段・形態(電話で・対面で)で会話をするのか
N orms （社会・文化の規範）	社会・文化固有の会話のルールによる解釈。会話のマナーなど。
G enre （言語活動の分類）	さまざまなコミュニケーションのカテゴリー・分類(ジョーク・講演など)

〈注〉 Luoma（2004, pp. 24—25）による。

文を利用して順序立てて述べていく練習が必要であろう。このことは自分の英語が相手に通じるという成功体験を通して作り上げられるものである。

3. スピーキングの言語活動

　表 13.2 は中学校と高等学校における「話すこと」の指導内容について示している(高等学校の場合は、英語コミュニケーション I のみ取り上げた)。

　中学・高校では話すことが「やり取り」「発表」の 2 領域となった。「話すこと」を日常生活で考えてみると、「発表する」よりもだれかと「やり取り」をしてコミュニケーションをとることのほうが圧倒的に多いことがわかる。ただ話すだけではなく相手が話したことにたいして反応する「やり取り」(interaction)する能力を育成することが重要である。

第 13 章　スピーキングの指導　**105**

〈表 13.2〉　学習指導要領の「話すこと」の指導内容

●**中学校での話すことの指導内容**

やり取り

ア　関心のある事柄について、簡単な語句や文を用いて即興で伝え合うことができるようにする。

イ　日常的な話題について、事実や自分の考え、気持ちなどを整理し、簡単な語句や文を用いて伝えたり、相手からの質問に答えたりすることができるようにする。

ウ　社会的な話題に関して聞いたり読んだりしたことについて、考えたことや感じたこと、その理由などを、簡単な語句や文を用いて述べ合うことができるようにする。

発表

ア　関心のある事柄について、簡単な語句や文を用いて即興で話すことができるようにする。

イ　日常的な話題について、事実や自分の考え、気持ちなどを整理し、簡単な語句や文を用いてまとまりのある文を話すことができるようにする。

ウ　社会的な話題に関して聞いたり読んだりしたことについて、考えたことや感じたこと、その理由などを、簡単な語句や文を用いて話すことができるようにする。

●**高等学校での話すことの指導内容**

英語コミュニケーション I （やり取り）

ア　日常的な話題について、使用する語句や文、対話の展開などにおいて、多くの支援を活用すれば、基本的な語句や文を用いて、情報や考え、気持ちなどを話して伝え合うやり取りを続けることができるようにする。

イ　社会的な話題について、使用する語句や文、対話の展開などにおいて、多くの支援を活用すれば、聞いたり読んだりしたことを基に、基本的な語句や文を用いて、情報や考え、気持ちなどを論理性に注意して話して伝え合うことができるようにする。

英語コミュニケーション I （発表）

ア　日常的な話題について、使用する語句や文、事前の準備などにおいて、多くの支援を活用すれば、基本的な語句や文を用いて、情報や考え、気持ちなどを論理性に注意して話して伝えることができるようにする。

イ　社会的な話題について、使用する語句や文、事前の準備などにおいて、多くの支援を活用すれば、聞いたり読んだりしたことを基に、基本的な語句や文を用いて、情報や考え、気持ちなどを論理性に注意して話して伝えることができるようにする。

中学校では、興味・関心があること、日常的・社会的な話題について簡単な英語で伝え合うことが求められている。そして最終的には(ウ)に示されている通り、読んだり聞いたりしたことについて感じたこと(リーディングやリスニングとの技能統合)に理由をつけて伝え合うことができるような指導が求められている。これからは他の技能と結びつけてコミュニケーション活動をすることが大切になるので技能統合を意識した指導を行う必要がある。

　高校では、中学校で培われた基礎的なコミュニケーション能力に基づいて、話す能力をさらに伸ばすことが求められる。高校の話すことのポイントは、論理的に話す能力を育成することである。自分の意見や考え、まとまりのある話を相手にわかりやすく伝えるためには、話の筋が通った論理が求められる。やり取りをするためにはさらに相手の言うことを理解してそれに対応する即興性が求められる。普段から話すトピックにたいして内容を把握し、なにを伝えたいのかを明確にしておくことが重要である。

　スピーキングだけに限られることではないが、話す活動を促進する可能性のある「タスク」(task)をここで紹介する。「タスク」とはコミュニケーションを通して特定の「課題」を達成する言語活動である。たとえば、「東京の名所を ALT に紹介する」というタスクの場合、生徒たちは東京の名所について英語で書かれた紹介記事を読んだり聞いたりするであろう。その情報をわかりやすく、ALT に効果的に話す準備として英語を書くことになるであろう。そして東京の名所を紹介されたあと、ALT は質問などもするであろう。タスクは学習者のさらなる「やり取り」を引き起こす可能性の高い言語活動である(Ellis 2018)。このように、タスクは4技能を生徒に統合的に使わせることができるし(和泉 2009)、タスクを達成する過程において「やり取り」を誘発することにもつながると考えられる。

4.　スピーキングの活動例

　教師が積極的に話す状況をつくらなければ、教室内で生徒が話す機会は限られてしまう。しかし、たとえそのような機会が生徒に与えられたとし

ても、ある程度話せるようになるためには準備が必要である。表 13.3 は、準備の活動とスピーキング活動の主な例を示している。発表すること(モノローグ)を除いて、スピーキングは他の技能と結びつきやすい。なお、音読は従来リーディング活動に分類されるのが普通であったが、それをスピーキング活動への準備または橋渡しとして利用することができる (土屋 2004)。ここでは、スピーキング活動にも利用できる音読の発展的な活動をいくつか挙げている。また、スピーキングの活動は話し手の人数ごとに、「モノローグ」、「ダイアログ」、「マルチログ」として分類した。学習指導要領に対応させるならばモノローグは発表、ダイアログ・マルチログタイプはやり取りとすることができる。

〈表 13.3〉 スピーキング活動の主な例とその内容

分　類		名　前	内　容
準備の活動	音　読	● オーバーラッピング	テキストが読まれるのと同時にかぶせるように読む。
		● Read and Look-up	文を黙読した後、顔をあげて(テキストを見ないで)読む。
	話す活動への橋渡し	● プラスワン・ダイアログ	教科書のダイアログの終わりなどにもう 1 文を自分の言葉で付け足し発表する。
		● リプロダクション	レシテーションとも言う。キーワードや絵などを見て自分の言葉でその内容を再生することもある。
話す活動	発表	モノローグ	● ショウ・アンド・テル	ある物(宝物)を見せてそれについて話す。
			● スピーチ	あるテーマ(中学の思い出)について話す。
	やり取り	ダイアログ	● インタビュー	ある質問をし、それに回答する。
			● ロール・プレイ	2 人の役割を決めて演じる。
		マルチログ	● ディベート	賛成・反対派に分かれて意見をたたかわせる。
			● ディスカッション	あるテーマについて意見交換する。

5. スピーキング指導の留意点

　教師は最初から生徒に完全な発音を望むべきではない。また、自分の考えを発表するためにはある程度の語彙の蓄積が必要である。したがって、スピーキングの練習には、必要な語彙があらかじめ与えられなければならない。同時に、生徒はできるだけ自分の知っている語彙を活用することも学ばなければならない。語彙の不足を補うための他の方法（ジェスチャー、顔の表情、声の調子など）も積極的に指導すべきである。それができるようになるには、やはり練習と経験が必要である。日本人のスピーキングの苦手意識はこの練習と経験が不足していることによる。英語を外国語として学習する生徒にとってスピーキング指導の要諦は、いかにして教師が英語を使用する環境をつくり学習者に経験を積ませるかにある。そのためには、生徒への心理的配慮が重要である（田中・田中　2018）。以下にそれらをまとめてみる。

（1）　英語を話す機会を増やす

　　話す機会をできるだけ多く与える。これはあたりまえのことであるが、多人数のクラスではなかなか難しい。生徒にとって適切な難易度で具体的な言語の使用場面を設定して、できるだけ多くの生徒に話すチャンスを与えるようにしなければならない。

（2）　話そうとする雰囲気を整える

　　話したい気持ちにさせる。人はだれでも、良い聞き手がいれば、話したいと思うものである。休み時間の生徒たちのおしゃべりを見るとよい。英語の授業になると黙ってしまうのは、話す雰囲気がないからである。

（3）　「正確さ」よりも「流暢さ」に焦点を置くような指導をする

　　スピーキング活動を行っているときには、いちいち生徒の誤りを訂正しないことが重要である。特に初めの段階で注意をしすぎると、生徒は話そうとすることを止めてしまう。教師は生徒に援助するだけにとどめて、誤りの訂正のために頻繁に口出しするのはよくない。スピーキングの向上は、生徒がどれだけスピーキングに自信をもつかにかかっている。

（4）　話す内容を意識させる

　　生徒の使える語彙と文法は限られているから、何でも話せるわけではない。生徒が表現できるような適切な話題を選んで、それについて十分に考えさせる事前指導が大切である。

《**Discussion**》

1.　スピーキングはどのように指導したらいいでしょうか。
2.　教室の外では英語を話す相手を見つけることが難しいですが、ひとりでスピーキングの練習をするよい方法はなんでしょうか。
3.　どうすれば生徒が教室内で話す機会を増やすことができるでしょうか。

参 考 文 献

和泉伸一（2009）『「フォーカス・オン・フォーム」を取り入れた新しい英語教育』大修館書店.

田中武夫・田中知聡（2018）『英語授業の発問づくり』明治図書出版.

土屋澄男（2004）『英語コミュニケーションの基礎を作る音読指導』研究社.

土屋澄男・広野威志（2000）『新英語科教育法入門』研究社.

本多敏行（2018）『中学校新学習指導要領 英語の授業づくり』明治図書出版.

文科省（2017）平成 29 年度英語力調査結果（中学 3 年生・高校 3 年生）の概要. http://www.mext.go.jp/a_menu/kokusai/gaikokugo/__icsFiles/afieldfile/2018/04/06/1403470_01_1.pdf

Ellis, R.（2018）*Reflections on task-based language teaching*. Multilingual Matters.

ETS（2017）Test and score data summary for *TOEFL iBT®* tests, January 2017–December 2017 test data. https://www.ets.org/s/toefl/pdf/94227_unlweb.pdf

Harmer, J.（2007）*The practice of English language teaching*（4th edition）. Pearson Longman.

Luoma, S.（2004）*Assessing speaking*. Cambridge University Press.

第14章　リーディングの指導

《**Warm-up**》
- 日本語と英語を読む場合では、どのような違いがあるでしょうか。
- リーディングと翻訳の違いはなんでしょうか。
- 音読はなんのためにするのでしょうか。

1.　リーディングの基本問題

　日本人の英語学習者には、リスニングやスピーキングは苦手だが、リーディングならなんとかなる、と思っている人が多いようである。日本人は本当に英語を読む力があるであろうか。TOEFL iBT® その他のデータによれば、残念ながら、日本人のリーディング力は決して高くはない。他の国の受験者と比べると、日本人が不得意と感じているリスニングや他の技能と同様に、国別の順位はむしろ最低に近いのである（ETS 2017）。

　これはなぜであろうか。日本人が英語を読めると思っているのは、おそらく、これまでの日本の英語教育が読解力の養成を標榜してきたことによる。授業ではリスニングやスピーキングはあまり行わず、英文を訳して意味を取るということに集中してきた。だから、生徒は他の技能は苦手だが、読むことはできると思っているのであろう。ところが、生徒が読めると思っている力は本当のリーディング力ではないことがわかったのである。辞書を引きながら、1ページを1時間もかけて読み、日本語に翻訳するというような行為は、専門書や法律関係の資料を読んだりするときにはあり得るかもしれないが、ふだんはあまりされない。このことは、これまでの英語リーディング指導に偏りがあったことを意味している。これからの指導は、

[**110**]

リスニングの場合と同様に、ある程度のスピードに対応できる力をつけて
やらなければならないということである。

　リーディングの困難点は、次の4つに分類できる。

（1）　語彙が不足している。
（2）　文法力が不足している。
（3）　語順にしたがって読み進むことができないので、速く読めない。
（4）　話題についての背景的知識が不足している。

以下に、これらの困難点を中心にリーディング過程を探ってみる。

2.　リーディングの心理的過程

　リーディングの心理的過程はリスニングのそれに似ている。それは一見
受動的な活動のように思えるが、決してそうではない。もしリーディング
の活動が、目に入ってくる文字や語句や文などの表面的な意味（あるいは辞
書的な意味）を単に受動的に理解する活動だとすれば、その背後にある書き
手の意図したものに達することは難しい。だから学習者は、日本語の訳は
でき上がっても、内容は全くわからないという奇妙なことが起こるわけで
ある。リーディングとは、書き手によって表現された文章から、書き手の
意図したものを再構成する能動的な活動である。読み手は文章という視覚
を通して入力し、書き手の意図したものを再構成するわけである。それが
「理解」（comprehension）ということであり、リーディングの中心をなす
活動である。図14.1はリーディングの活動を示す。

　もし今読んでいる文章が書き手の意図をストレートに表現しているもの
であれば、読み手の再構成はさほど難しくないかもしれない。しかしそう
いうことはめったにない。多くの場合、書き手の意図したものは非常に複
雑である。さらに前述した以下の4つの問題がリーディング活動（書き手
の意図したものを再構成する能動的な活動）を難しくしている。

（1）　語彙の問題：リーディングのテキストがすべて既知の単語である

〈図 14.1〉　リーディングの活動

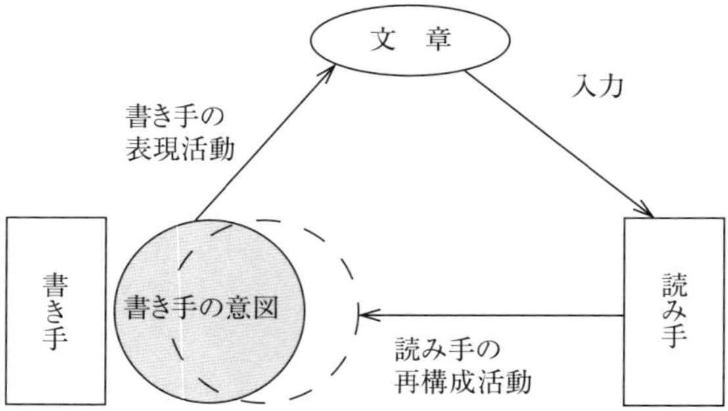

文　章

入力

書き手の
表現活動

書き手

書き手の意図

読み手

読み手の
再構成活動

必要はない。コンテクストから推測できるものもあるはずであり、そ
のような推測力もリーディング能力の重要な一部だからである（Al-
derson 2000）。しかし、教科書のように 100 語中に 10 語以上も新語
が出てくるようなテキストでは、リーディングの練習は不可能である。
たとえば多読用のテキストは、大部分が生徒の既習語から成る比較的
にやさしいものでなくてはならず、その目安は未知語が 5% 以内と言
われている（卯城 2009）。

(2)　文法の問題：何についてどんな事柄が述べてあるかを知るために
は、それぞれの文の構造がひと目で解析できなくてはならない。どれ
が主語の名詞句で、どれが動詞句で、どれが修飾語句か、などがわか
らなくては、文の意味はとらえられない。また、それぞれの文はばら
ばらに並べられているのではなく、パラグラフの中で一定の構造をな
している。どれがトピック・センテンスで、どれが結論かをすばやく
見分けられなければならない。したがって、リーディングの本格的な
練習は、パラグラフ・リーディングから始まることになる。

(3)　読解スピードの問題：キーワードやトピック・センテンスをすば
やくとらえ、それがどのように展開され、どのような結論に導かれて
いるかを的確にとらえることができるようになるためには、かなりの
量の「多読」（extensive reading）の経験が必要である。学校での授業
は一般に「精読」（intensive reading）に偏りすぎている。母語で読む
場合を考えると、精読は特別な読みである。

（4） 背景的知識の問題：リスニングの場合と同様に、読み手がそのトピックについての背景的知識を全く欠いている場合には、たとえどんなに語彙や文法の力があっても、読んでいる内容を理解することが難しい。したがって、多読の教材は生徒にとってなじみ深いトピックのものでなければならない。よく知っているトピックであれば、生徒はその内容を予測することができる。100％ 予測することはあり得ないので、ところどころに新しい情報を発見するであろう。これが通常の意味のリーディング活動である。このように、読み手が自分のもっている知識を利用して、先を予測しながら読み進む方法を「トップダウン過程」（top-down process）と言い、一方、テキストに含まれる語や文を一つひとつ分析しながら読み進む方法を「ボトムアップ過程」（bottom-up process）と呼んでいる。そしてボトムアップの方法によって、単語の意味と文の構造がわかれば文意は自ずと明らかになるというものではないのである。では、このような活動ができるようになるために、どのような言語活動を行わせたらよいかが次の問題となる。

3. リーディングの言語活動——黙読

中学校、高等学校「英語コミュニケーション I」における読むことの言語活動について、学習指導要領は表 14.1 のような活動を挙げている。これで見ると、読むことの活動には 2 つの種類があることがわかる。1 つは通常の意味のリーディングで、まとまりのある文章の概要や要点を読み取る活動である。これはたいてい「黙読」（silent reading）の形を取る。もう一つは「音読」（oral reading; reading aloud）で、声に出して読む読み方である。音読はむしろ特別な場合に行う活動なので、その意義や方法については次節で扱うこととし、ここでは通常のリーディング、すなわち黙読に焦点を当てる。

中学校では会話形式の教材が多く取り入れられているが、読み物としての題材もあるので、リーディングの目的に沿って指導することが必要である。特に中学校指導内容は主に二つに分類される。一つは必要な情報を読み取る（reading for specific information）場合、もう一つは文章の概要

〈表 14.1〉 学習指導要領における「読むこと」の言語活動

● 中学校での読むことの指導内容
ア　日常的な話題について、簡単な語句や文で書かれたものから必要な情報を読み取ることができるようにする。 イ　日常的な話題について、簡単な語句や文で書かれた短い文章の概要を捉えることができるようにする。 ウ　社会的な話題について、簡単な語句や文で書かれた短い文章の要点を捉えることができるようにする。
● 高校での読むことの指導内容
英語コミュニケーション I ア　日常的な話題について、使用される語句や文、情報量などにおいて、多くの支援を活用すれば、必要な情報を読み取り、書き手の意図を把握することができるようにする。 イ　社会的な話題について、使用される語句や文、情報量などにおいて、多くの支援を活用すれば、必要な情報を読み取り、概要や要点を目的に応じて捉えることができるようにする。

(reading for gist)を読み取る活動である(Spratt, Pulverness, & Williams 2011)。下記の表 14.2 に対応するならば scanning と skimming である。読む速度は違うもののいずれの場合でも目的をもって読むように指導する必要がある。それはリーディング・ストラテジー(reading strategy)を育成することにつながる。決して訳して終わるようなことがあってはならない。一方、高校(英語コミュニケーション I)では、書き手の意図を把握しながらリーディングの目的に応じて読む力を育成することが大切である。

〈表 14.2〉 リーディングの主な活動

読みのタイプ	内容と期待されること
● 精読 (intensive reading)	語彙や文の構造を詳細に分析しながら正確に読むこと。(知識を増やし教養を高める)
● 多読 (extensive reading)	書かれている内容や概要を素早くつかみ多量に読むこと。(語彙の増強・動機づけなど)
スキミング (skimming)	速読の一つで、概要をつかむ読み方
スキャニング (scanning)	速読の一つで、特定の情報を探し出す読み方

第 14 章　リーディングの指導　**115**

たとえば、物語と評論を読む場合ではリーディングの目的やスピードは違うであろうし、理解のチェックの仕方も違うのが普通であろう。同時に、教師がどのようなリーディング活動をさせるのかを前もって生徒に伝えることが重要である。以下に主なリーディング活動を述べる。

　表 14.2 をよく見ると、これまでのリーディングは精読に偏っていたと言える。これからは多読を授業や家庭学習に積極的に取り入れ、精読と多読のバランスのとれたリーディング指導をすることが必要である。多読のメリットとして、精読の悪しき習慣を打ち破ることができ（英語で考えることを増やし）、単語を増やし、スピーキングの力まで育成できることが挙げられる（Day et al. 2016）。

4.　リーディングの言語活動——音読

　学習指導要領には、中学校・高等学校を通じて、「読むこと」の言語活動に音読が含まれている。ここでは、音読が何のためにあるのか、また英語指導全体の中でどんな役割を担っているかを述べ、具体的な音読活動の方法を紹介する。

　音読の効用は次の 4 つである（土屋 2004）。

（1）　音韻システムの獲得（音声を文字に結びつける）：英語学習初期の段階では、音読は音声と文字とを結びつけることが主なねらいである。英語らしい発音ができるようにすることであり、子音・母音の正確さだけでなく、区切り・強勢・イントネーションをしっかり体で覚えこむことが重要である。

（2）　語彙チャンクの蓄積：発話の単位は意味的にまとまりのあるチャンクである（その多くは名詞句・動詞句・前置詞句・形容詞句・副詞句）。英語が使えるようになるためには、頻度の高いフレーズを繰り返して記憶し、チャンクとして蓄積することが必要である。

（3）　文法規則の自動化：正確な音読をするためには、英文を正しく区切ることが必要となってくる。つまり、読んで理解した内容を相手にわかるように、一区切りずつ音声によって表現するのである。音読は文法知識をただ頭で理解するだけでなく、感覚的に瞬時に認識する能

力を養うのに役立つ。
(4) 音読からスピーキングへの発展：日本人が日本にいて英語を学ぶ場合には、スピーキングを行う機会が少ないので、読んで十分に内容を理解したテキストを暗誦するくらいまで繰り返し音読することによって、スピーキングの基礎を作ることができる。

このような考え方から、次の指導手順が考えられる。

〈図14.2〉 音読指導の手順の一例

　Step 1の3つの音読練習は基本形である。それ以外に、教室半分、男女別、グループ、ペアなどのバリエーションが考えられる。Step 2はStep 1からの展開とも言える音読活動なので、Step 1でしっかりと生徒に自信をつけさせて入ることが望ましい。Step 3は音読の発展とも言える活動で、音読を生かして自分の言葉で教科書の内容を再生するような活動群である。スピーキングにつながる音読の発展的な活動である。
　以上のように、音読はリーディングの最終目標ではないが、外国語を学ぶ学習者が習得過程において欠くべからざる活動である。

5. リーディング指導の留意点

　リーディングには理解のための黙読と、声に出して読む音読とがあり、後者は音声言語を定着させたり、スピーキングへ発展させたりするための活動であることがわかった。リーディング指導において教師がまず考えなければならないことは、読む目的を明確にすることである。たとえば教科

書のこのレッスンは、内容を理解するための教材なのか、あるいはスピーキングにまで発展させるべき教材なのか、などをあらかじめ決めておくことが重要である。特に次の事柄に留意したい。

（1）　音読は内容を理解してから行う

　　　教科書を開いていきなり音読練習に入る授業をときどき見かける。これは、生徒に空読み（意味を考えない音読）の習慣をつけてしまう。音読は、いかなる場合にも、内容を考えながら読むことを原則とし、生徒の内容理解に応じて音読活動を選択するべきである。

（2）　目的に沿ったリーディング指導

　　　テキストの内容をいろいろな方法で理解させるようにすることが重要である。内容理解をもっぱら日本語訳で行おうとする教師がいるが、これはよくない。生徒を訳の奴隷にしてしまうからである。訳は内容理解の1つの特別な手段にすぎないのであって、絵や図で示したり、パラフレーズをしたり、内容についての問答をしたり、他の方法と組み合わせて用いるべきである。

（3）　適切な教材を選ぶ

　　　通常の意味のリーディング、つまりある程度のスピードをもって内容を理解する読みの教材としては、教科書のテキストは難しすぎることが多い。教師は教科書以外からも生徒の興味をひくような教材を集め、生徒のリーディングの能力や興味に応じて適切なものを使用するようにすべきである。

《**Discussion**》

1.　リーディングとはどのような活動でしょうか。
2.　日本では「英文読解」というと和訳をすることと考えている人が多いようですが、和訳をして理解しているうちは本当には読めるようにならないと思われます。どのようにして生徒を和訳から脱却させたらよいでしょうか。
3.　音読はリーディング指導に無用だ、または有害だという主張があります。これに対してあなたの意見を述べてみましょう。

参 考 文 献

卯城祐司（2009）『英語リーディングの科学——「読めたつもり」の謎を解く』研究社.

門田修平・野呂忠司・氏木道人編著（2010）『英語リーディング指導ハンドブック』大修館書店.

土屋澄男（2004）『英語コミュニケーションの基礎を作る音読指導』研究社.

Alderson, J. C. (2000) *Assessing reading*. Cambridge University Press.

Day, R. et. al (2016) *Extensive reading, revised edition — Into the classroom*. Oxford University Press.

ETS (2017) Test and score data summary for *TOEFL iBT®* tests, January 2017–December 2017 test data. https://www.ets.org/s/toefl/pdf/94227_unlweb.pdf

Spratt, M., Pulverness, A., & Williams, M. (2011) *The TKT course modules 1, 2 and 3*. Cambridge University Press.

第 15 章　ライティングの指導

《 **Warm-up** 》

- これまでどのようなライティング活動を行ってきましたか。
- 日本語と英語のライティングの違いはなんでしょうか。
- ライティングを指導する場合どんな問題があるでしょうか。

1.　ライティングの基本問題

　英語学習者は、4 技能の中で、ライティングを最もなじみの薄い技能と感じているのではなかろうか。表 15.1 は、大学の英語教員が授業で 4 技能をどのように時間配分しているかを調査したものである(大森 2010)。

〈表 15.1〉　大学の英語授業における 4 技能の時間配分——理想と現実

	読む	聞く	話す	書く	その他
現　実	38.6%	23.2%	14.5%	5.0%	18.6%
理　想	32.3%	15.4%	15.9%	11.5%	25.0%

　表 15.1 から、大学の英語教員は「読む・聞く」に費やす時間をもっと減らしたいと考え、「話す」については理想と現実に大差がないと考えていることがわかる。「書く」については、もっと時間が必要であると考えてはいるが、それでも理想の時間配分は 4 技能の中で最も少ない時間配分になっている。このことは何を意味しているであろうか。

　上述したことは中学校 3 年生、約 6 万人を対象にした英語力調査結果と重なるところが多い。この調査によると 4 技能のうち最も学力が低いのはライティングで、ライティングの正答率だけが 30% 台であり、他の技能に

[**119**]

くらべて学力が低いことが判明した（文科省 2017）。しかし、英語を使ってSNSでコミュニケーションをすることは珍しいことではなくなっており、書くことは今後ますます重要な技能になっていくことが予想される。

　中学校および高校の学習指導要領でコミュニケーション能力の育成が主たる目標に掲げられて以来、「コミュニケーション＝スピーキング」というイメージが定着し、ライティングはコミュニケーションとは結びつかない傾向があるように思われる。英語の授業では読む・聞く・話すことに時間が割かれ、書く技能は後回しになる傾向があったことは否めない。生徒の書いた英文を教師が添削する負担や、書くことをどのように指導していいのかという根本的な問題もあって、敬遠されたと考えられる（馬場 2010）。

2. ライティングの過程

　書くという行為は、本来、自分の考えや経験や感想を人に伝えたり、自分の身の周りに起きた出来事を記録したりするためにある。本章では本来の意味のライティング活動を取り上げる。

　ライティングの心理的過程はスピーキングのそれに似ている。違う点はその実行過程にある。スピーキングの場合には音声を用いて表現するのに対して、ライティングの場合には文字を用いる。したがってスピーキングの「調音化」は、ライティングでは「文字化」となる。表 15.2 は話し言

〈表 15.2〉　話し言葉と書き言葉の主な特徴の比較

話 し 言 葉	書 き 言 葉
音の強弱、イントネーション、ポーズを使って表現する。	大文字や小文字、punctuation marks を使って表現する。
音声以外にジェスチャーや顔の表情などを使ってコミュニケーションを図る。	文字以外に写真や絵などを使ってコミュニケーションを図る。
話の途中で途切れたり、言い換えたり、トピックを変えたりすることがたびたび起こる。	文章が整理されている。文と文、パラグラフどうしが、論理的につながっている。

葉と書き言葉の主な特徴の比較を示している（Spratt, Pulverness, & Williams 2011）。

ライティング技能で大切なことの一つは、語句と語句・文と文・パラグラフとパラグラフのつながりである。接続詞や代名詞などを有効に使ってつながりをスムーズにしたり、内容や論理の一貫性や文章全体のまとまりに注意を払う必要がある。前者を「結束性」（cohesion）、後者を「一貫性」（coherence）と呼んでいる。

また、スピーキングでは途中で自分の意思が十分に伝えられないようなときに、さまざまなストラテジーを使って会話をつなぐことができるが、ライティングの場合は直接相手からフィードバックを受けることがないので、読み手に理解しやすいように明瞭に書くことが求められる（Hyland 2016）。この点に関して、日英文化の違いから、日本語の場合には書き手が読み手の解釈に任せる部分が大きいのに対して、英語の場合には書き手が自分の意図を正しく伝えるように説明する責任をもつという指摘もある（大井・田畑・松井 2008；Hyland 2016）。

ここで、ライティングの授業で生徒が直面する困難点をまとめておく。一般に、英文を書くことに慣れていない生徒はいつも日本語で考えたものを翻訳しようとしており、始めから英語で考えることが難しい。そして次の3つの難題に直面する。

(1) 何を書くべきか考えがまとまらない：
　　　日本語でも英語でも、書くことに慣れていない人は、何を書いてよいかわからないと言う。標題を与えられると、今度は考えがまとまらないと言う。したがってライティングの初歩の段階では、何を書くべきかを生徒に考えさせるための工夫が必要となる（具体的な活動例は次のセクションで述べる）。

(2) 適切な語や表現が思い浮かばない：
　　　自分の考えを適切に表現するには、文法知識や必要な語やイディオムが記憶装置に貯えられていて、そこから随時取り出し活用していくことが求められる。その貯蔵が貧弱な場合には、書きたいことがあっ

ても書けないということになる。したがって生徒の学習段階に応じて、使える語彙や表現を考慮して、適切な話題を選ぶことが大切である。
(3) 文の構成、文と文・パラグラフとパラグラフのつなげ方が難しい：英語である程度のまとまりのある文章を書くためには、パラグラフを構成する知識や、文章の結束性や論理の一貫性を保つ技術が必要となってくる。これらが欠けるとわけのわからない英文となってしまい、読み手が理解することが難しくなる。

3. ライティングの言語活動

表 15.3 は中学校と高等学校における「書くこと」の指導内容を示している。なお高校の場合には、「英語コミュニケーション I」の 1 科目のみを取り上げた。

中学校では、身近な事柄や日常的な話題について、自分の考えや気持ちをまとまりのある英語で正確に書くことができるようになることが求めら

〈表 15.3〉 学習指導要領の「書くこと」の指導内容

● 中学校での書くことの指導内容
ア 関心のある事柄について、簡単な語句や文を用いて正確に書くことができるようにする。 イ 日常的な話題について、事実や自分の考え、気持ちなどを整理し、簡単な語句や文を用いてまとまりのある文章を書くことができるようにする。 ウ 社会的な話題に関して聞いたり読んだりしたことについて、考えたことや感じたこと、その理由などを、簡単な語句や文を用いて書くことができるようにする。
● 高等学校での書くことの指導内容
英語コミュニケーション I ア 日常的な話題について、使用する語句や文、事前の準備などにおいて、多くの支援を活用すれば、基本的な語句や文を用いて、情報や考え、気持ちなどを論理性に注意して文章を書いて伝えることができるようにする。 イ 社会的な話題について、使用する語句や文、事前の準備などにおいて、多くの支援を活用すれば、聞いたり読んだりしたことを基に、基本的な語句や文を用いて、情報や考え、気持ちなどを論理性に注意して文章を書いて伝えることができるようにする。

第 15 章　ライティングの指導　**123**

れている。そして中学校の最終段階では、社会的な話題に関して聞いたり読んだりしたことをもとに自分の考えを述べることができることを到達目標としている。社会的に話題になっていることを教材として選ぶ場合、生徒の関心・興味を考慮し、内容やレベルなどに注意して指導することが求められる。生徒の書く意欲が増すような教材を選ぶことが大切である。また、ライティングと他の技能を統合する場合にどちらが授業の焦点になっている技能かを忘れてはならない。

　高等学校では「聞いたり読んだりしたことを基に」と明確に記述されている通り、他の技能と統合してライティングを指導することが求められている。たとえば、本・雑誌・新聞記事・ネットなどを読んだり、ラジオ・TV・DVD などを聞いたりして、書くことについての情報を集める活動が必要になる。聞いたり・読んだりしたことを書く活動に有機的につなげるようにしたいものである。また生徒にとって興味・関心がありそうな記事などを教師は常日頃から用意しておくことが必要であろう。

　高校の目標で最も強調されていることは、自分の意見や主張などを論理的に展開して書くことが求められている点である。論理的に伝えるために、モデル文などを活用して論理に矛盾や飛躍がないか、理由や根拠が適切なものとなっているかなどについて注意を払いながら文章を書くことが求められる。特にここでは communicative competence（コミュニケーション能力）でいう discourse competence（談話能力）の育成が大切になってくる。また、生徒には、メールでパーティに誘う文章と研究論文の文章では、使用する文法・語彙や文の構成の仕方もおのずと違ってくることにも目を向けさせる必要がある。

　そこで、問題はいかにして相手にわかってもらえる意見や主張を論理的に書く技能を養うかである。表 15.4（次頁）は、書くことのプロセスの一例である。

　まず書く前に、取り上げるトピックについて思いつくことをできるだけ多く挙げ（Step 1）、関連あるものどうしをまとめ、全体のアウトラインを考えて計画を練る（Step 2）。次に原稿を書き（Step 3）、その原稿を編集

〈表 15.4〉　「書くこと」のプロセスの一例

Step	プロセス	内　　容
1	Brainstorming	トピックについて思いつくことを書き出す。
2	Planning/ organizing ideas	全体のアウトラインを考え整理する。
3	Draft	アウトラインに従って最初の原稿を書いてみる。
4	Editing	正確さとわかりやすさの観点から修正する。
5	Proof-reading	文法・論理性などをチェックして校正する。
6	Re-drafting	もう一度原稿を書き直す。

し校正する（Step 4〜Step 5）。必要があれば再度修正する（Step 6）。これが普通のライティングのプロセスである。いつもこのように直線的に進むとはかぎらないが、ライティングの指導では、教師はこのプロセスに沿って指導を進め、必要に応じて、適切なタイミングでアドバイスや励ましの言葉などを生徒にかけることが重要である。必要ならば辞書を用いて書くことを勧めることも重要である。

　ここで、「自分たちの学校（緑が丘中学校）の紹介を Web 上に英語で書く」という課題の指導例を挙げる。Step 1 では生徒からさまざまなアイディアが出てくると考えられる（300 名の生徒がいる大規模校、部活動が 30 もある、今年で 80 周年を迎える、アメリカの学校と姉妹校、校長先生や先生方の紹介、山の上に位置している、など）。出てきた考えを「アイディアマップ」と呼ばれる図を使ってまとめることができる。図 15.1 は、4 つのパラグラフの主要なトピック（長方形）と、それをサポートするアイディア（楕円）を示している。すべてを中学生一人で書くのが難しい場合には、各パラグラフをグループで分担したり、ペア活動で進めることもできる。また論理的に主張や意見を書くためにはそれを裏付ける資料・証拠などが必要である。そのためには与えられたトピックに関して日頃から読んだり、聞いたりするインプットの活動も欠かせない活動である。

〈図 15.1〉 アイディアマップを使っての指導例

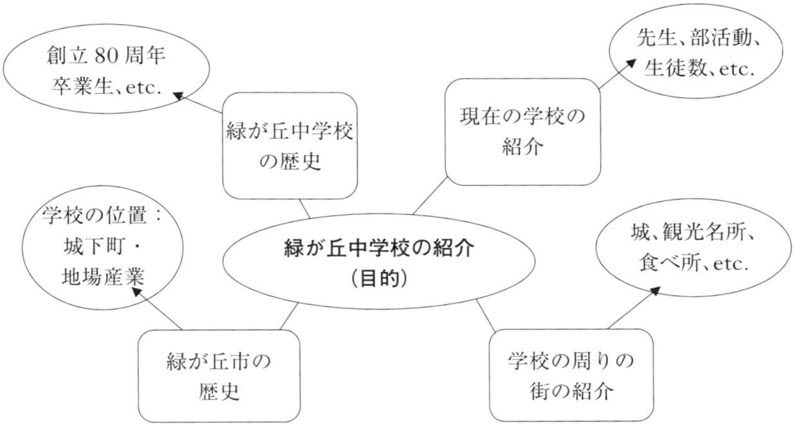

創立 80 周年
卒業生、etc.

緑が丘中学校
の歴史

現在の学校の
紹介

先生、部活動、
生徒数、etc.

学校の位置：
城下町・
地場産業

緑が丘中学校の紹介
（目的）

城、観光名所、
食べ所、etc.

緑が丘市の
歴史

学校の周りの
街の紹介

4. ライティング指導の留意点

教師の主要な役割として 3 つが考えられる（Harmer 2007）。

1) Motivator：生徒が書きやすいテーマや書こうとする意欲を促す環境を整え、書くことの重要性を日頃から伝えること。
2) Resource：生徒が書くことにつまずいているとき、必要かつ有効なアドバイスを与え、また必要な情報を提供すること。
3) Feedback provider：生徒を積極的に励ますこと。生徒の書いたものを細かくチェックしていては、書こうとする気持ちがなえてしまう。そこで教師は、以下のような、書くことの指導についての必要最低限のルールを決めておくことが必要である。
   - 意味のよく通じないところに下線を引く。
   - 意味が通じれば、綴り字や文法の誤りは場合によっては無視する。
   - 簡単なコメント（なるべく激励の言葉）を書く。
   - 多くの生徒が犯す共通の誤りは、授業で取り上げて指導する。
   - 生徒自身が間違いを発見して気づくことができるように指導する。

ライティングは自分の考えを明確にし、筋道を立てて論理的に表現する

良い訓練となるので、気楽に書く習慣を身につけさせたいものである。そのためには、中学・高校段階では、ライティングに関しては、あまり目標を高く設定しないようにすることが大切である。

《**Discussion**》

1. ライティングはどのように指導したらよいでしょうか。
2. ライティングと他の技能を統合する場合、具体的にどのような言語活動が考えられるでしょうか。
3. 生徒の書いたまとまりのある英文を添削することは教師にとってたいへんな苦労を必要とします。すべての英文を添削することは効果があるのでしょうか。

参 考 文 献

大森裕實（2010）「ライティングの問題点と新たな視点」大学英語教育学会監修／木村博是・木村友保・氏木道人編著『リーディングとライティングの理論と実践——英語を主体的に「読む」・「書く」』（「英語教育学体系　第10巻」）pp. 107–118. 大修館書店.

大井恭子・田畑光義・松井孝志（2008）『パラグラフ・ライティング指導入門——中高での効果的なライティング指導のために』大修館書店.

馬場千秋（2010）「ライティング指導でもとめられているもの」木村博是・木村友保・氏木道人編著、前掲書 pp. 119–134. 大修館書店.

文科省（2017）平成28年度英語力調査結果　http://www.mext.go.jp/a_menu/kokusai/gaikokugo/__icsFiles/afieldfile/2017/03/02/1382798_1_1.pdf

Harmer, J. (2007) *The practice of English language teaching* (4th edition). Pearson Longman.

Hyland, K. (2016) *Teaching and researching writing* (3rd edition). Routledge.

Spratt, M., Pulverness, A., & Williams, M. (2011) *The TKT course modules 1, 2 and 3*. Cambridge University Press.

第16章 言語技能を統合した指導

《**Warm-up**》

- 私たちが言語を使うとき、聞く、話す、読む、書くの4技能のうちどれか1つだけを使うでしょうか。
- 数学や世界史を英語で習うとしたら、どのような英語力が必要でしょうか。
- 1つの教材で4技能を教えることはできるのでしょうか。

1. 言語技能を統合する指導の必要性

　第8章から英語スキルの習得と指導ということで、発音・文字と綴り字・語彙・文法という言語知識にかかわる技能と、リスニング・スピーキング・リーディング・ライティングという実際的な言語技能の指導について見てきた。この章では、複数の技能を統合する指導について考察する。

　言語をコミュニケーションの手段として用いるさいに、1つの技能だけを使うのでなく、複数の技能を同時に、あるいは、順次に使うことが普通である。会話であれば、相手が言ったことを聞いて、自分の考えを話す。読んで得た情報を書きとめる。聞いて得た情報を書きとめる。書いたことを基にして話す。このように言語の使用は1つの技能に留まることはない。言語を4つの技能に分けて指導することは便宜的なものにすぎない。1つずつの技能に焦点を当てることはできるが、言語は他の技能とともに使うものである。Selinker and Tomlin (1986) は、アメリカの大学生が技能を連続的に統合する例を示している。学生は、授業前に指定された本を読み予習する、授業では講義を聞き、解釈し、理解したことを書く、授業後

[**127**]

には再び本を読み、解釈し、必要があれば書く。授業で学生が使用した技能を表すと、リーディング → リスニング → ライティング → リーディング → （ライティング）となる。これは連続的な技能の統合と呼ぶことができる。このように言語の使用は、1つの技能に限定されるものではなく、複数の技能を同時に、あるいは、連続して用いるのが一般的である。そのため、このような言語使用が可能になるような複数の技能を統合する指導を考える必要がある。

　学習指導要領は、統合的な技能の指導について表16.1，表16.2のように記述している。

〈表16.1〉　中学校学習指導要領　3. 指導計画の作成と内容の取扱い

> （3）教材については、次の事項に留意するものとする。
> ア　教材は、聞くこと、読むこと、話すこと［やり取り］、話すこと［発表］、書くことなどのコミュニケーションを図る資質・能力を総合的に育成するため、1に示す五つの領域別の目標と2に示す内容との関係について、単元など内容や時間のまとまりごとに各教材の中で明確に示すとともに、実際の言語の使用場面や言語の働きに十分配慮した題材を取り上げること。（以下省略）

〈表16.2〉　高等学校学習指導要領「英語コミュニケーションⅠ，Ⅱ，Ⅲ」　3. 内容の取扱い

> （1）中学校におけるコミュニケーションを図る資質・能力を育成するための総合的な指導を踏まえ、五つの領域別の言語活動及び複数の領域を結び付けた統合的な言語活動を通して、総合的に指導するものとする。

中学校では、教材は5領域の技能を総合的に育成するために、実際の言語の使用場面や言語の働きに配慮したものを取り上げるようにするというものであり、複数の技能を統合した指導をすることという記述はない。それに対して、高校では、「五つの領域別の言語活動及び複数の領域を結び付けた統合的な言語活動を通して、総合的に指導するものとする」のように、複数の技能を統合して実際に近い言語使用能力を身につけさせようという意図が読み取れる。

2. 言語技能を統合する方法

　複数の言語技能を統合的に教える方法として、「内容重視指導法」（Content-Based Instruction, CBI）が広く知られている。これはカナダでの「イマージョン・プログラム」（immersion program）のように、数学、理科、社会、音楽、体育のような教科を目標言語で教え、内容である教科だけでなく目標言語も身につけさせていこうとするものである。この指導法では、学習者は教師が目標言語で説明する内容を聞き取る、質問されたことに対して目標言語で答える、目標言語で書かれた内容を読み取る、目標言語でノートを取る、レポートを書くという複数の技能を統合して使用することになる。しかしながら、内容重視指導法が効果的であるとは実証的に検証されてはいない。さらに、内容重視指導法では、教師は教科などの内容と目標言語を両方教えるのは難しいと考え、学習者は試験のために内容の学習に焦点を当て、言語の学習を重視しないという問題点が指摘されている（Hinkel 2006）。

　ここでは、内容重視指導法ではなく、中学・高校の英語教科書やさまざまな材料を用いた技能を統合する指導法を検討する。技能の統合の方法は、リスニングからスピーキング、スピーキングからリーディングのようにさまざまな組み合わせが考えられるが、一般的な言語使用を考えると、リスニングからスピーキング、リーディングからライティングのように受容的技能から発表的技能へと続くのが普通である。したがって、受容的技能から発表的技能への統合を基本とする。

　リスニングとスピーキングとの統合について、現実社会では、聞いた内容に対して質問する、意見を述べる、聞いた内容を第三者に伝えるなどが一般的な言語使用である。このような言語使用能力を身につけさせることを目標とするわけだが、段階を踏む必要がある。聞いた内容について質問に答えるという学習活動から、聞いた内容を第三者に伝えるという言語使用活動につなげるリスニングとスピーキングの統合を考えてみる。

● リスニングとスピーキングを統合する学習活動の指導

　表16.3は、中学3年用英語教科書の1ページである。ここでは、疑問詞節が目的語となる構文が新出構文で、ground, appear, newspaper, Pulitzer Prizeが新出語である。これらをあらかじめ指導しておく。そのあと生徒に教科書を閉じさせる。教科書の音読を聞いたあと内容について英語で質問するので、その質問に答えられるように、聞き取った重要なことがらを日本語か英語でメモしておくように指示する。

　教師が教科書を音読し、生徒にメモを取らせる。1回読んだあと、生徒をペアにして、書き取ったことを確認させる。

〈表16.3〉　中学3年用英語テキスト

> 　One day Carter saw a child on the ground. He knew why the child was there. She was so hungry that she could not move. Suddenly a vulture appeared and approached the girl. He took a photo.
> 　The photo appeared in newspapers all over the world. He won a Pulitzer Prize for it.
> ——*New Crown 3*, 三省堂、平成28年度版、p. 112.

　次に表16.4のような英語の質問をし、ペアで交互に解答させる。全体では答えの確認はさせずに、もう1度音読する。

〈表16.4〉　内容理解をみる英問英答

> What did Carter see one day?
> Where was the child?
> Could the child move?
> The child couldn't move. Why?
> Something appeared suddenly. What appeared?
> Carter took a photo. The photo appeared somewhere. Where did it appear?
> Carter won something. What did he win?

　さらにもう1度英語の質問をし、生徒に答えさせる（最初全員に答えさせ、そのあとで1人の生徒を指名して答えさせる）。この活動は、聞いた内容の確認を英問英答で行うという学習活動である。

第 16 章　言語技能を統合した指導　**131**

● リスニングとスピーキング（またはライティング）を統合する指導

　次に、聞いた内容を第三者に伝えるというリスニングとスピーキング（ライティング）を統合する活動を考える。表 16.4 の問いを板書するか、プリントにして配布する。生徒はそれぞれの問いに対して文で答えられるように準備する。このとき、1 文ずつをノートに書き、聞いた内容を文章にするならば、リスニングとライティングを統合する活動になる。ライティングを経由してもしなくても、聞いた内容を口頭で第三者に伝えることを目的とするならば、リスニングとスピーキングを統合する活動になる。

　リーディングとスピーキング（ライティング）に関して、現実の社会では、読んだ内容を簡単に伝える、内容について意見を言う（書く）などの言語使用が一般的である。そこで、そのような言語使用が可能になるような活動を考えてみる。表 16.3 のテキストを使ってリーディングによる内容理解がすんだ後、その内容をスピーキングやライティングで第三者に伝える活動として、上で述べた方法を使うことができる。ここでは、自分の意見を書かせるライティング活動を行うことにする。

　その準備段階として、カーターが写真を撮った後にすることができたであろう行動をペアで考えさせる。次のような文が考えられるであろう。

　　Carter could save the child.
　　Carter could give the child some food.
　　Carter could take the child to a safe place.
　　Carter could drive the vulture away.

何人かの生徒に発表させる。それを板書する。次に、もし自分がカーターだったとしたらどうするかを考え、それを英語で書かせる。それには写真を撮るかどうか、そのほかに何をするか、その理由を含むようにする。

　　I will take a photo of the child and the vulture. Then I will take the child to a safe place. If I leave her there, the vulture will eat her.

＊

I will not take a photo of the child and the vulture. I will drive the vulture away and take the child to a safe place. Saving the child is more important than taking a photo.

これらの文を書かせたあと、ペアで交換して読み合えば、読んだ内容について自分の意見を相手に伝える活動となる。このように、受容的技能から発表的技能へ、さらに受容的技能へと技能を統合し、現実に近い形での言語使用を行わせることができる。高校でも同様な技能を統合した活動を行うことができる。

● 発展的活動

　次に、あるテーマについて学んだあと、発展学習としての技能を統合した活動について考えてみる。たとえば、教科書でスポーツについて学習したとする。発展学習として、自分の好きなスポーツがどう発展してきたのかを調べて、英語でレポートするという活動を考えてみる。レポートには、そのスポーツはいつ、どこで始まったか、初期のスポーツの特徴は何か、そのスポーツが発展したきっかけは何か、現在そのスポーツはどうであるかなどの情報を含むように指示しておく。生徒は、これらの問いに答えられるように情報を集め、レポートを作成することになる。インターネットが使える環境であれば、検索サイトで "History of badminton" のように自分の好きなスポーツの英語名を History of のあとにつけて探せばよいことを教える。

　表 16.5 は、web 上で見つかったバドミントンの歴史に関するサイトである。生徒はこれを読み、必要な情報を取り出し、レポートを作成することとなる。これはリーディングとライティングを統合する活動になる。さらにでき上がったレポートをペアまたはグループで発表しあえば、スピーキング・リスニングも統合した活動となる。

第 16 章　言語技能を統合した指導　**133**

〈表16.5〉　インターネットから得られるバドミントンの歴史についての情報

BADMINTON was invented long ago; a form of sport played in ancient Greece and Egypt. Badminton came from a child's game called battledore and shuttlecock, in which two players hit a feathered shuttlecock back and forth with tiny rackets. The game was called "POONA" in India during the 18th century, and British Army Officers stationed there took the Indian version back to England in the 1860's. The army men introduced the game to friends, but the new sport was definitely launched there at a party given in 1873 by the Duke of Beaufort at his country place, "Badminton" in Gloucestershire. During that time, the game had no name, but it was referred to as "The Game of Badminton," and, thereupon, Badminton became its official name.

Until 1887 the sport was played in England under the rules that prevailed in India. They were, from the English viewpoint, somewhat contradictory and confusing. Since a small army of badminton players had been recruited, a group formed itself into the Bath Badminton Club, standardized the rules, made the game applicable to English ideas and the basic regulations, drawn up in 1887, still guide the sport. In 1895, the Badminton Association (of England) was formed to take over the authority of the Bath Badminton Club, and the new group made rules, which now govern the game throughout the world.

— http://www.usm.edu/badminton/History.htm より。

生徒はこのインターネット情報から必要な情報を得てレポートを書く。そのさい、自分にとって難しい単語は、レポートを読む他の生徒にも難しいはずだから、やさしい単語に書き換えるように指導する。表 16.6 は、そ

〈表16.6〉　バドミントンの歴史のレポート例

Do you know when badminton was first played? Badminton started in ancient Greece and Egypt. Children hit a shuttlecock made with feathers back and forth with small rackets. The game was called "Poona" in India in the 18th century. British Army officers brought the sport back to England. It was first introduced to British people at a party by the Duke of Beaufort in his country place in Badminton in Gloucestershire in 1873. Badminton was named after the place. The rules used in India were difficult and so new rules were made. Now badminton is played under the new rules all over the world.

のようなレポートの例である。

3. 指導の留意点

　言語技能を統合する活動を行うさいの留意点が4つある。第1の留意点は、言語材料は新出事項がほとんどないものを利用することである。受容的技能と発表的技能とを統合する活動になるので、新出事項があると発表活動まで行うのは難しい。新出事項を含む題材を扱うならば、それらをあらかじめ指導したあとで、統合的活動を行うのがよい。

　第2の留意点は、4技能すべての統合にこだわる必要はないことである。実際の言語使用でも4技能をすべて駆使することはほとんどない。2つ、3つの技能を組み合わせて使うことが多い。教室における活動では2つの技能を現実の言語使用に近い形で統合する活動ができれば十分である。

　第3の留意点は、現実の言語使用を意識させて活動を行うことである。たとえば、人から聞いた話を別の人に伝えることはよくある。そのとき、聞いた話の要点をとらえることができなければ、その話を的確に別の人に伝えることはできない。聞いた内容を第三者に伝えるというリスニングとスピーキングを統合する活動を行うならば、まず要点を聞いて理解すること、次にその要点を英語で伝えることを意識させる必要がある。どのような活動を行う場合でも、現実の言語使用を意識させ、目的にあった行動をとらせることが重要である。

　第4の留意点は、発表的技能で生徒が自分の考えを形成できるように、受容的技能では比較的長めのインプットを与えることである。中・高ともに、教科書は1時間で扱えるように1つの課が複数のパートに分けられていることが多い。技能を統合する活動では、パートに縛られずに、1つの課をまとめて聞かせ、読ませるような扱いをするのが望ましい。

第 16 章　言語技能を統合した指導　**135**

┌─《**Discussion**》────────────────────────┐

1.　複数の技能を統合して指導する必要があるのはどうしてでしょう
　　か。
2.　同じ教材を使ってリスニングとリーディングを教える場合、どう
　　いう点に留意しなければならないでしょうか。
3.　スピーキングやライティングという発表的技能を使わせる活動か
　　ら始める場合、どのような利点があるでしょうか。

└────────────────────────────────────┘

─────────────**参 考 文 献**─────────────

Hinkel, E. (2006) Current perspectives on teaching the four skills. *TESOL Quarterly* 40, 109–131.

Selinker, L. and Tomlin, R. S. (1986) An empirical look at the integration and separation of skills in ELT. *ELT Journal* 40, 227–235.

《指導実践の諸問題》

第 17 章　教材研究と授業の準備

《**Warm-up**》
- 授業前の教材研究をどのようにしたらいいと思いますか。
- 指導事項には主にどんなものがあるでしょうか。
- 授業でどんな言語活動が行なわれていましたか。

1.　教材研究の方法

　授業を行うためには教材研究をすることが必要である。そのためになすべきことはいろいろとある。まず、何を、どこまで、どのように教えるかを決めなければならない。それらは、教材研究、到達目標の設定、言語活動の行わせ方にかかわる問題である。到達目標を設定する場合、最初から積みあげていく積立方式ではなく、到達目標をまず設定することから考えていくバックワードデザインという考えが大切である（中嶋 2017）。この単元が終わったら、この学期が終わったら生徒がどのようなことができるかを明確にしながら授業計画を決める方法である。その際には英検の HPや教科書の巻末などにある can-do statement（英語で何ができるかのリスト）などを参照すると具体的な到達目標のイメージがつかめる。

　教材研究はまず教科書を読むところから始まる。教科書は主教材ということになっているが、英語科の場合には常に主教材であるとはかぎらない。リーディングを目的とする授業の場合には、教科書のレッスンがそのままリーディングの教材になり得る。しかし教科書はしょせん印刷物にすぎないから、リスニングやスピーキングや口頭練習を主とする授業においては、それは決して主教材とはなり得ない。教師の話す英語はもちろん TV・CD

[138]

など英語が話されている音声が主教材となりうる。したがって、中学校の英語と高等学校の「英語コミュニケーション」、「論理・表現」の授業においては、多くの場合、教科書はむしろ「副教材」と考えるのが合理的である。そうすることによって、「教科書を教える」という弊害を免れることができる。それ以外にもたとえば英語で発信されている web 上のものも副教材として使用することは可能である。

　教科書を副教材とし、教師の使う英語を主教材とするためには、教師は教科書をよく読んで、その英語を完全に自分のものにしてしまうことが重要である。教科書の英語を自分のものにするとは、単に暗記をすればよいということではない。その英語が自由自在に運用できるということである。それは生徒にとっての究極的な到達目標であるが、まず教師がその目標を達成していなければならない。そうでなければ、生徒をそこまで引っ張り上げることはできないであろう。なぜなら、教師は生徒たちにとって英語学習の先輩であり、彼らの到達目標の具現者なのである。かくて次の言葉は、コミュニケーション能力の育成をめざす教師が記憶すべき格言である。

> 　教師は教科書の英語を完全に自分のものとし、それを自由自在に運用できるようにすること。

それと同時に、教師は次の順序で教科書資料の研究を行う。

(1) 音声について：単語の発音と強勢、および文の強勢、リズム、イントネーション、区切りなどについて研究する。自分で何度も音読などして生徒が苦手な部分などをつかんでおくこと。教科書を見ないで授業をできるくらい音読することが望ましい。

(2) 語彙について：単語やイディオムの意味と用法を研究する。また、単語によっては語形変化、同義語、反義語、語源などを確かめておく必要がある。

(3) 文法について：特に新出の文型や文法事項について、それが文法のシステム全体の中でどんな位置を占めているかを調べ、その重要度を確かめる。また、どんな場面で使用されることが多いのかも研究する必要がある。

（4） 背景的知識について：教科書で扱われているトピックは英米の文化とはかぎらない。日本を含め、世界のほとんどあらゆるトピックが題材として選ばれている。中学でも高校でもかまわないので、まずは教科書を1冊通して読んでみるとよい。すると、英語教師が世界のあらゆる問題について関心をもっていなくてはならないことがよくわかる。トピックに関してちょっとした豆知識的なものを用意しておくとよい。そんなことから英語に興味をもってくれる生徒は少なくない。トピックについてたくさんの雑学的な引き出しをもつとよい。

2. 指導事項の精選

　教師が教材研究したものをすべて生徒に教える必要はない。むしろ、そうしてはならない。なぜなら、教師が教科書について学んだ知識をすべて生徒にぶつけたら、生徒は消化不良を起こすであろう。教師はその中から、2〜3の重要事項を精選しなければならない。教師の教材研究の目的は、第1に教科書の英語について自分自身の知識を確実にすること、第2に何が重要で何が重要でないかを選び分けることにあるのである。第3に生徒が理解しにくいところや苦手であろう箇所を予測することである。

　精選された項目は、その授業の「目標」（objectives）または「ねらい」（aims）と呼ばれる。たとえば以下のテキストが次の授業で扱う教材（中学2年生用）だとする。ここからどのような項目を重点項目として選び出したらよいであろうか。

Yuki:　Guess what!
　　　　I'm going to visit Finland next month.
Mike:　That's great! How come?
Yuki:　Our city has a student exchange program with Helsinki.
Mike:　I see. How long are you going to stay there?
Yuki:　For a week. I'm going to stay with a Finnish host family in Helsinki.
Mike:　What language do they speak?
Yuki:　They speak Finnish, Swedish, and English. So I

can talk with them in English.

（*Sunshine English Course 2*, 開隆堂出版、平成 27 年度版、p. 19. イラスト、写真などは省略）

　まず、文法事項は "I'm going to 〜" と "Are you going to 〜?" で、「〜する予定である」とその疑問文である。この表現は、あらかじめ決まっている未来の計画について使うものであり、話者がその場で未来について言及する will との違いに十分注意して導入する必要がある。たとえば、週末や夏休みのあらかじめきまった予定、学校の行事計画など生徒にとって身近な話題であり実際に使用する場面を自然な形で導入・練習させたい。

　次にこの題材は Yuki が来月フィンランドを訪問する計画であることを Mike に伝える場面である。フィンランドという生徒にあまりなじみのない国について、背景的知識、地理、文化事情などを取り上げることになる。また、ミニ知識としてオーロラやムーミンの作者がこの国の生まれであることも触れておきたい。

　新出語句としては、guess, exchange, Finnish, host family, Helsinki, language, Swedish などがあるが、日本語の中でも使われることもある語が多いので、正しい発音に留意させたい。

　発音に関しては、host /hóust/ が日本語の「ホスト」になりがちである。また口語独特な表現である Guess what! や How come 〜?, また How long 〜? はチャンクとして指導したいが、文法項目、題材にすでに重要な指導事項があるので、新出語句の指導とまとめて行い、ここでは特に項目として取り上げなくてもよいであろう。このテキストについて取り上げるべき指導事項は次の 3 つとなる。

（1）　新出表現：I'm going to 〜 とその疑問文の使い方に慣れさせる。
（2）　題材についての背景的知識：フィンランドの歴史的・地理的事項について基礎的な知識を与える。
（3）　新出語句：Guess what!, How long 〜?, How come 〜? などの使い方に親しませる。

3. 言語活動の計画

　では選び出された指導事項のそれぞれについて、どのような言語活動を行わせたらよいであろうか。これが次に教師の取り組むべき課題である。
　この課題を先に挙げた 3 つの指導項目について考えてみよう。

(1)　新出表現について：この表現はすでに決まっている未来のことについて相手に伝えるときに使用するものなので、ここでは「もうすぐ始まるゴールデンウィークについて、うきうきしている教師が自分の計画について生徒に伝え、また生徒にゴールデンウィークについての計画などを問う場面」を想定する。スケジュール表を拡大したものを用意し、イラスト①を PC スクリーンに映し（または黒板に貼り）、どんな状況の会話かを提示する。そして生徒にこの日はこんなことをする計画になっているという場面で新出表現を使う（イラスト②[家族でディズニーランドへ行く予定]、イラスト③[友人とプロ野球観戦へ行く予定]、イラスト③[飛行機でおじいちゃんとおばあちゃんに会いに行く予定]）であることなどを伝える。意味のあるコンテクストの中で I am going to ～ を口頭導入し、次の練習のためのひな形を提示する。口頭導入の例を図 17.1 に、その後で行う確認のためのペアワークの展開例を図 17.2（144 頁）に示す。

(2)　題材について：フィンランドの地理的位置や使用される言語、二人の登場人物のやり取りについては日本語で説明することも可能であるが、それでは英語の授業とは言えない。英語の授業ではできるだけ英語を使いたいものである。やさしい英語を使ってテキストの内容や背景的知識を口頭で導入する方法を「オーラル・イントロダクション」（oral introduction）と呼んでいる。この言語活動はリスニングの活動であるが、生徒と問答しながら行えば「オーラル・インタラクション」（oral interaction）となり、スピーキングの活動も取り入れることができる。図 17.3（144-145 頁）はその一例である。

(3)　新出語句について：ただ単語を発音させ、その意味を日本語で与えるだけでは使えるようにはならない。テキストの内容に関連させたり、生徒自身の生活や経験に関係づけて実際に使わせてみることが大切である。

〈図 17.1〉 新出表現の口頭導入の例

T:（教師は嬉しそうに鼻歌などを歌いながら教室の前を歩いている）Guess what! Now Golden Week is around the corner. I have a lot of plans for the Golden Week.（ゴールデンウィーク期間のカレンダーを PC スクリーンに映す、または黒板に貼る）（イラスト①を見せながら貼る）

イラスト①

SUN	MON	TUE	WED	THU	FRI	SAT
4/21	22	23	24	25	26	27
28	29 昭和の日	30 休日	5/1 天皇の即位の日	2 休日	3 憲法記念日	4 みどりの日
5 こどもの日	6 振替休日	7	8	9	10	11

T: I am going to go to Disneyland with my family this Saturday.（イラスト②を見せながら貼る）Next Sunday, I'm going to watch professional baseball game at Tokyo Dome.（写真①を見せながら貼る）Then, I'm going to fly to my grandfather and grandmother in Miyazaki.（イラスト③を見せながら貼る）

イラスト② 　写真① 　イラスト③

　　Let me ask you about your plans. Do you have any plans, S1-san?
S1: No, I don't.
T: O.K. How about you, S2-san?
S2: Yes, I do. I … I am … going to practice badminton on 29 April.（生徒の発話を適宜補助する）
T: Oh, you are … Ganbatte ! How about you, S3-san? Do you have any plans during the Golden Week?
S3: Yes. I am going to go to Mt. Takao.
T: Great, S3-san. Sounds fun. S3-san, are you going to Mt. Takao with your friends or your family?
S3: With my friends.
T: Class, are you going to go to Disneyland? Please raise your hands. Are you going to visit your grandparents? Please raise your hands?（何人かの生徒が手を挙げるまでいろいろな質問をする）

〈図 17.2〉 新出表現のペアワーク "Are you going to 〜?" による information gap activity

> （二人に違う 1 週間のスケジュールを渡して空いている曜日は何曜日かを探り当てるゲーム感覚でできる言語活動）
> T: Now let's play **"Are you going to 〜? Yes, I am. No, I'm not" game**. I will give you two different schedules of this week, A and B. You ask each other using "Are you going to 〜" "Yes, I am (No, I'm not)", and find which day is free. O.K?（違うスケジュール表をそれぞれに渡す）I show you a demonstration. Any volunteer? How about you, A-san.
> （教師と A さんがデモをする）
> T: Are you going to play basketball on Monday evening, A-san?
> A: Yes, I am.
> T: OK. Are you going to go to Juku on Wednesday evening?
> A: No, I am not.
> T: You are going to be free on Wednesday. O.K. A-san, you ask me this time.
> A: Are you going to play baseball Saturday evening?
> T: No, I am not.
>   Class, do you understand this game? The students on the first, third and fifth lines, you have Schedule A and on the second, fourth and sixth lines, you have Schedule B.

〈図 17.3〉 題材（**A trip to Finland**）のオーラル・インタラクションの例

> T: Do you know this national flag?（イラスト④）
> Ss: Yes. U.S.A.?
> T: No, it isn't.
> S1: England?
> T: No, it isn't. It is an Australian flag.
> T: How about this national flag?（イラスト⑤）It is a little difficult.
> S1: I don't know.
> T: I give you a hint. This country is in northern Europe, so it is very cold. Anybody?
> Ss: I don't know.
> T: This country is very famous for aurora（オーロラ）（写真②）. Anybody?

イラスト④

イラスト⑤

How about Moomin?
　　This is a big hint. The name of this country starts with "F".
Ss: Finland?
T: Yes. Good. Finland.
T: Listen. Yuki is going to visit Finland. Helsinki is the capital city of Finland. As you know, Tokyo is the capital city of Japan. Finnish people speak three languages, Finnish, Swedish, and English. So Yuki can talk with people in English. Let's read the talk between Yuki and Mike.

写真②

《Discussion》
1. ここに書かれている以外に教科書をどのように教材研究したらいいでしょうか。
2. インターネット等でcan-do statementsを調べてみましょう。
3. 新出文法事項を1つ選んで生徒とのやり取りを意識したオーラル・イントロダクションを考えてみましょう。

―――― 参 考 文 献 ――――

中嶋洋一（2017）『「プロ教師」に学ぶ真のアクティブ・ラーニング――"脳働"的な英語学習のすすめ』開隆堂出版.

日本英語検定協会（2019）「英検Can-doリスト一覧」https://www.eiken.or.jp/eiken/exam/cando/list.html

本多敏幸（2011）『中学校新学習指導要領 英語の授業づくり』明治図書出版.

第18章　授業案の作成と授業の進め方

《**Warm-up**》
- これまで受けた英語の授業はどのような順序で進められていましたか。
- これまで受けてきた授業で先生がよく使っていた **Classroom English** を 5 つ以上挙げてみましょう。
- 実際に授業をするときにどんなことに気をつけたらいいのでしょうか。

1.　授業案の作成

　授業において達成するべき目標が決まり指導するべき事項が決定し、どのような言語活動を行わせるかを考えたならば、次に教師がなすべきことは「指導の手順」（teaching procedure）を決めることである。つまり何をどの順序で行えばその時間に達成するべき目標に到達するかを決めるのである。このことは山登りでいえば山頂までのルートを決めることと似ている。

　手順は、ベテラン教師の場合には頭の中で組み立てることもできるが、教育実習生や経験の浅い教師の場合には必ず「授業案」（lesson plan）の形にして書いてみることが大切である。書くことによって 1 時間の授業の手順を明確にイメージすることができるし、終わった後で改善すべき点を振り返ることが容易だからである。

　指導の手順は通常次の 4 つの部分に分けられる。

（1）　ウォームアップ（warm-up）・復習（review）：ウォームアップでは英語の授業の雰囲気を作ることが大切である。英語の歌・ゲーム、簡単なチャットなどが多い。なるべく全員が楽しくできる活動が望ましい。また、前の授業で学んだことを復習することもある。今日の授業

[146]

の指導事項と関連したものを取り上げて復習し、本時のレディネスを形成することもある。家庭学習の課題を出してある場合には、ここで処理することになる。

（2） 導入（introduction）：今日の授業で取り上げる予定の重要事項を導入する。したがって、通常は次の3つの項目にわたる。
- 新出の文法事項を導入する。
- 新出の重要語句を導入する。
- テキストの内容またはその題材の背景的知識を導入する。

導入の方法は授業の目的によって異なるが、できるだけ英語を使って導入するのがよいであろう。

（3） 展開（various language activities）：ここは導入に対して展開部である。さまざまな言語活動が考えられる。よく行われる活動として次のようなものがある。
- 英語による問答（question-answering）
- パターン・プラクティス（pattern practice）
- 口頭作文（oral composition）
- ペアワーク（pair work）、グループワーク（group work）
- ロール・プレイ（role-play）
- ゲーム（games）
- CD / テープ・リスニング（CD / tape-listening）
- 音読（oral reading; reading aloud）
- 黙読（silent reading）
- 速読（rapid reading）
- ディクテーション（dictation）
- パラグラフ・ライティング（paragraph writing）
- スピーチ（speech）
- ディスカッション / ディベート（discussion / debate）

（4） 整理（consolidation）：その授業のまとめをし、次の授業の予告をする。ここで行う主な仕事は次の通りである。
- 重要事項を確認する。
- テキストを表現音読する。
- 授業についての反省や感想を生徒に言わせる。
- 家庭学習の課題を与える。
- 次の授業の予告と復習・予習の指示をする。

表 18.1 は、140–141 頁に掲げたテキストに基づく簡略化された授業案の例である。ふだんの授業ではこの程度のものでよいであろう。ただし、教育実習中などまだ慣れないうちは、一言一句書き起こした台本を作ることを薦める。実際の発話は台本通りである必要はないが、一通り書き起こすと自信がつくものである。研究授業や公開授業などのための正式な授業案の例は付録 1（本書巻末）に掲載されている。必要に応じて参照されたい。

2. 授業の進め方

いよいよ授業の始まりである。始業のベルが鳴り、教室に入るときが教師の最も緊張する瞬間である。

教育実習生は前夜おそくまで作成に費やした授業案のことで頭がいっぱいかもしれない。しかしいったん教室に入ったら授業案のことは忘れたほうがよい。授業案通りにこなすことが仕事ではない。教室では全神経を生徒の反応に集中させなければならないからである。ときには生徒全体に対して、またときには一人ひとりの生徒に注意を向ける。40 人の生徒がいようとも、一人ひとりの生徒に、あの先生は自分に関心をもっていてくれると思わせることが大切である。

それを可能にするために、教師はできるだけ早く生徒の名前や特徴を覚える必要がある。教育実習生は、自分の担当するクラスの生徒に関しては、名前くらいは事前に覚えるべきである。担当でないクラスに臨時に行くときには、教科書の代わりに座席表（seat chart）を手にもって授業をするとよい。教科書の教材はすでに頭の中に入っているはずである。

授業中に教師がなすべき仕事はたくさんある。そしてそれらは、生徒ができるだけ多くの言語活動を経験するのに役立つものでなければならない。

通常の授業において、教師が英語そのものの提示以外に行う活動として、次のようなものがある。

(1)　あいさつ（greetings）：「起立！　礼！」の号令で授業を始めるところもあるが、英語の授業は "Good morning, class!" で始めたいものである。教師はにこやかに、生徒全員に向かってあいさつをする。生

第 18 章　授業案の作成と授業の進め方　**149**

〈**表 18.1**〉　**授業案の例**

時間	指 導 内 容	指導内容および指導上の留意点
復習（10分）	1.　ウォームアップ Let's sing a song, "This is me": 2.　3分間チャットを使って前の授業の復習（過去進行形）・昨夜何をしていたかをなるべく多くの人に尋ねる活動	●感情をこめて元気よく歌うことで、英語の授業へと誘う。 ●生徒どうしがやりとりをする。相手を変えて同じ話題で話させることにより、表現に慣れさせるとともに、話し相手から上手な表現を学ばせる。
文法導入（10分）	1.　I'm going to ～（Are you going to ～?）の口頭導入 2.　生徒どうしの計画を伝えることができるようにさせる。	●教師自身のゴールデンウィークの予定を生徒に伝えることにより本時の重要な表現を気づかせる。 ●その表現がどんな場面で使用されるかを理解させる。 ●黒板などを見ながらでも、be going to を使用して簡単なやり取りができるようにする。
本文導入（15分）	1.　新出単語(語句)の導入 2.　本文の導入	●単語カード・パワーポイントを使用しながら重要な単語・句を導入する。特に口語表現に使用される句に注意する。 ●フィンランドの歴史・文化について生徒のなじみがあるオーロラ・国旗・ムーミンなどを使い本文への興味を持たせる。
展開（10分）	1.　Silent reading 2.　TF questions 3.　音読 chorus reading, buzz reading / individual reading / read & look up	●黙読をさせて本文の内容を確認させる。 ●内容理解のための簡単な質問を用意する。 ●大きな声で正確に読めているか。 ●区切りやイントネーションのチェック
整理（5分）	1.　本日のターゲットセンテンスの確認 2.　授業の振り返り 3.　家庭学習の提示と次回の授業の予告	●生徒が自信をもって使えるようになることをめざす。 ●自己評価シートを用いてチェックする。 ●ワークシート等の宿題。

徒にも教師の心に届くあいさつをさせたい。

(2) 出欠調べ（roll call）：出席簿は学校の重要書類である。毎時間必ず記入する。"Who is absent today?" などとできるだけ英語を使う。

(3) 指示（giving directions）：教師は授業中にいろいろな指示をする。複雑な指示でなければ、原則英語でする。Classroom English はできるだけ多く身につけておくことが大切である。

(4) 指名（appointing）：機械的な練習の場合には座席順に指名してよいが、クラス全体に発問する場合には、ランダムに指名したほうがよい。手を上げさせて指名するのもよい。指名された生徒が答えられない場合には、問いをやさしくして答えさせるなど、その生徒に恥をかかせることのないように注意することが大切である。

(5) 机間指導（going around the class, checking learning & providing support as necessary）：大きなクラスでは、生徒個人やグループに何かの作業や活動をさせる場合に、教師が教室の中を回って歩き、生徒の学習具合を確認する。必要ならば適宜に指導をする。ただし無意味に教室の中を歩き回るのは慎まなければならない。

(6) 説明（explanation）：日本語による意味や文法の説明はわかりやすく簡潔でなければならない。教師は、説明をすれば生徒はわかるものだと思いがちであるが、必ずしもそうではない。教師の説明がわかるためには、生徒にそれを受け入れるレディネスが必要である。説明は（訳を含めて）英語指導の補助的な手段にすぎない。生徒に英語を使用させることが大切である。

(7) 板書（blackboard writing）：適当な大きさで見やすく書くことが大切である。これがなかなか難しい。教育実習生は授業で必要とする絵、チャート、単語リストなどをあらかじめ用意し、黒板に貼るようにするとよい。板書する時間の節約になる。特に口頭練習を主とする授業においては、板書によって授業の流れが中断しないように注意しなければならない。何をどこに貼り、いつはがすかといった板書計画も必要である。

(8) 評価（assessing）：生徒の言語活動の進み具合や生徒の授業への取り組みや態度などを評価する。この場合の評価は観察などを通して行う。この評価は診断（diagnosing）の目的もあり、必要であれば生徒のサポートをする。

第 18 章　授業案の作成と授業の進め方　**151**

┌─《**Discussion**》─────────────────────────
│ 1.　展開に書かれている活動はどんな場面で使われる活動かを確認し
│ 　てみましょう。
│ 2.　指導案(授業案)はどのように作成したらいいのでしょうか。
│ 3.　各都道府県の教育委員会などの HP で紹介されている英語の指導
│ 　案を調べて授業の進め方を比較してみましょう。
└──

──────────────**参 考 文 献**──────────────

長　勝彦（1997）『英語教師の知恵袋』（上・下）開隆堂出版.

北原延晃（2010）『英語授業の「幹」をつくる本』（上・下）ベネッセコー
　ポレーション.

本多敏幸（2011）『若手英語教師のためのよい授業をつくる 30 章』教育出
　版.

Spratt, M., Pulverness, A., and Williams, M.（2011）*The TKT course
　modules 1, 2 and 3*. Cambridge University Press.

第 19 章　ICT を活用した授業

《**Warm-up**》
- 教科書以外にはどんな教材があるか挙げてみましょう。
- **ICT** 機器にはどんな種類がありますか。
- 機器はどのように使えば英語の授業が効果的に行えますか。

1. 教科書以外の教材と利用法

　教材とはある教育目標を達成するために生徒の学習に供される素材である。教師が授業を行ううえで教材は必須のもので、授業準備とはすなわち教材の準備だということもできる。近年は ICT（Information and Communication Technology）を使った教材の活用が必須となっている。

● 視覚教材

　かつて「英語の授業には教科書と黒板とチョークがあれば十分だ」と言われた時代があった。教科書の文章を訳して説明するだけの「訳読法」では、ほかに何も必要としなかったからである。しかし教師が英語を使って授業を行い、生徒に英語を使わせることを通して英語習得をめざすようになると、実物、模型、写真、ピクチャーカード、フラッシュカードなどの視覚教材が必要となった。また、コンピュータとプロジェクタを組み合わせて映像を提示することも一般的になった。

　さまざまな視覚教材の利用法を次のようにまとめることができる。

（1）　実物：最もリアルで印象の強いものは実物である。特にそれ自体

が話題の中心になっている場合や、「百聞は一見にしかず」で実物に触れることにより理解が深まる場合にはぜひ実物を教室に持ち込みたい。しかし、大きすぎて持ち込めない、小さすぎて見えないなど、大きさが適切でない場合や、季節により手に入らない動植物も多い。そのような場合は、以下の模型や写真・絵を利用する。

(2)　模型: 中学・高校の多くの教科書で地雷撲滅が取り上げられている。ミリタリーファンの生徒から地雷の模型を借用するなどして授業で提示すると、今まで空想の産物でしかなかった地雷が重さと色と質感を伴った「悪魔の兵器」として感じられるようになる。模型については、他教科の教材が役立つことも多い。

(3)　画像: 撮影した写真やチラシや広告などから取り込んだ画像は必要な部分を拡大して見やすくするなど加工した後に印刷するとよい。後述する絵も同様であるが黒板に提示することを考えると A3 以上の大きさが必要となる。もし適切な画像がない場合は、インターネット上で画像検索して活用できる。このさいに注意すべきは著作権であるが、著作権法 35 条は学校その他の教育機関における複製等に関しては、授業内で使用する場合に限り教師も生徒も他人の著作物を複製することができるとしている。節度を持って活用したいものである。

(4)　絵: 主に自作の絵や、その絵をオーラル・プレゼンテーションで使うために切り抜いたカットアウトピクチャーを指すことが多い。前述の写真は実物の代わりとして多くの情報を持っているが、その多くの情報が時としてこちらが示したい情報を覆い隠してしまうことがある。そのようなときには、必要な情報を強調した単純な線画が功を奏することがある。特に抽象的なイメージを示したいとき、ぴったりとした写真が探せない場合には絵が必要になる。あらかじめ用意した絵やスクリーンに映し出す画像もよいが、チョーク一本から生み出される線画(イラスト)が驚くほど生徒の関心を集め効果を発揮するときがある。絵心のある生徒・教師に手伝ってもらうことも教材準備の一つの方法ではあるが、時間をかけて線画の練習をすることは教師として大きな財産となりうる。

(5)　ピクチャーカード: 中学校などでは教科書準拠ピクチャーカードを購入することがある。大判の紙芝居のようで、口頭導入にはたいへんに便利である。ただし、教科書の挿絵を拡大した絵しか入っていないこともあるので、そのような場合には口頭で説明を補いつつ、挿絵

と挿絵をつなぐ絵・写真を用意すると生徒の理解を促すことができる。

(6) フラッシュカード：ピクチャーカードを使った口頭導入のさいに、話の脈略を活かして流れの中でできるだけ多くの新出語を提示したい。また単語練習にフラッシュカードは必須である。本来フラッシュカードは、その単語の音声と意味を理解した段階で、綴りを一瞬提示（フラッシュ）して単語を読めるように訓練するさいに使う。1枚のボール紙だが、生徒が集中して練習すれば、一瞬の提示で単語を読み取る力が育成できる。それだけでなく綴りと発音の関係をフォニックスの面から確認するワードカードとしても活用できる。教科書会社が用意する単語カードは、英単語の裏面には訳語が書いてあり、本来のフラッシュカードとは別物である。英語と日本語の1対1対応を強調することにもなりかねず、その使用には十分な注意が必要である。

(7) 書画カメラ（OHC）：平面だけでなく立体的な教材もCCDカメラでスクリーンやTVに投影できる。いわゆる教材だけでなく、生徒のノートやプリントを提示したり、教科書の挿絵を拡大して投影するなど、工夫しだいでさまざまな活用が可能である。

(8) コンピュータとデジタルデータ：(3)や(4)のデジタルデータをコンピュータに取り込みプレゼンテーションソフトでプロジェクタを使いスクリーンに映し出すこともできる。また、教室の大型TVや電子黒板に接続することもできる。コンピュータの代わりにスマートフォンやタブレット端末にデータを移し替えると手軽に映像を活用できる。

〈視覚教材利用の留意点〉

　いずれの教材にも共通することであるが、教師は自分が準備をしている場合は目の前のコンピュータ画面で見ているためにその素材が十分に機能すると思い込みがちである。しかし、実際に教室の最後列から見た場合にその絵や写真がよく見えないということがしばしば起こる。視覚補助の教材も情報が確認できなければ学習者はフラストレーションを感じると同時に、最悪の場合その情報を処理することを止めてしまう危険があることに留意しなければならない。見にくい視覚教材は使わないほうがよいくらいなのである。

第 19 章　ICT を活用した授業　**155**

● 音声教材

　次に音声教材について述べる。音声教材はデジタル化が進み、CD で販売されていたものが現在ではインターネットのサイトからダウンロードできる音声教材が多くなっている。

　音声教材の利用法には次のようなものがある。

（1）　教科書準拠の音声教材：教科書本文や新出語を中心に生徒が家庭で自学するために CD が販売されている。ただ聞いていてもそれなりの価値はあるが、シャドウイングやオーバーラッピングなど音声教材を活用した練習を授業内で取り入れ、家庭でさらに習熟させるように指導すると確実に効果は高まる。中学校の教科書準拠 CD には文単位で練習できる教材も準備されている。

（2）　ラジオ講座・TV 講座の音声教材：忙しい現代人の語学学習を支えるために CD やダウンロードによる音声教材が利用できる。授業内で推薦したい番組の録音を聞かせて聴取を奨励したり、事前に予告して番組から定期考査の一部を出題するなどして生徒の学習を支えることもできる。

（3）　サイトからダウンロードする音声教材：授業で聞かせることのできる適切な内容で、スクリプトも配布できる教材が望ましい。CNN Student News は高校生から活用でき、アーカイブズが充実している。無料で利用できるオーセンティックな教材として打ってつけである。

● 映像教材

　次に、音声と映像が合体したものとして DVD（BD）による教材が挙げられる。市販の映画 DVD も価格が下がり、教室で使う教材として手が届くようになった。

（1）　洋画のディクテーションや吹き替え

　　生徒になじみのある映画のシーン（1〜3 分程度）を選びスクリプトを用意する。字幕なしで視聴させスクリプトの穴埋めやディクテーションを行うことでリスニング力を養い、その後はその台詞のリピーティングやシャドウイングなどアウトプット活動につなげることができる。音声を消して生徒どうしで映画の登場人物になりきり台詞の吹き

替えをするのも楽しい活動である。また、日本語字幕との比較により文化的背景の違いに気づかせたり、英語の表現の特徴を学ぶこともできる。宮崎駿監督の『となりのトトロ』などに代表される日本のアニメの名場面の英語字幕を利用するとよりその違いに気づかせやすい。

(2)　英語学習用映画ソフトウエア

　洋画を語学学習用に加工したソフトウエアも多数販売されている。これは日英の字幕を同時に表示したり、一方または両方を消したりできるだけでなく、台詞ごとにリピートさせたり（DVDではこれが難しい）、単語をマウスでポイントすればその意味が辞書で確認できたり、単語帳に登録できたりする非常に優れた教材である。生徒の好みに合う映画ソフトが入手できればかなりの効果が見込まれる。

(3)　動画投稿サイト

　YouTubeなどの動画投稿サイトには学習用の動画も数多くアップされている。たとえば、牛乳の低温殺菌の方法や活版印刷の歴史などが、欧米の小学生向けに画像やアニメーションとともにわかりやすい英語で説明されているのである。中学校や高等学校の教科書で扱われている題材についてそういった動画があれば活用したいものである。

(4)　先輩・同級生のベストパフォーマンス：授業において最も効果を上げる視聴覚教材は、顔を知っている先輩や同級生のベストパフォーマンス集である。発表活動を行うときには必ずビデオカメラで録画し、良い発表を選び、学年単位で編集してDVDを作成し、英語科の財産として残すことで、翌年以降の良い手本となる。また、各自の発表を自分でモニターできるように、生徒個人のスマートフォンで同時に録画することで、振り返りと改善を行うことができる。

2.　機器の種類と特徴

機器は授業活動のどこで用いるのが最も効果的であろうか。

　この問いに答えるには、まず機器のもつ機能を考えなければならない。というのは、将来は人間教師の仕事をほぼ全面的に受けもつことのできるAIを搭載した機器が現れるかもしれないが、現時点ではどのような機器も人間教師の仕事の一部を分担する能力しかもたないからである。

第 19 章　ICT を活用した授業　**157**

〈表 19.1〉　**主要教育機器の特性**

	教材提示機能	練 習 機 能	個別化機能
CD プレーヤー、携帯音楽プレーヤー(スマートフォン)	● 音声教材を提示できる。 ● 何回でも反復できる。 ● 途中で自由にストップできる。	● モデルについて反復練習したり、指示に従って文型練習したりできる。 ● 対話練習ができる。	● いつでも自分で聴くことができる。 ● 自分の声を録音してモデルと比べることができる。
書画カメラ	● 視覚教材を提示できる。 ● 手持ちの資料を簡単に提示できる。 ● 立体的教材も提示できる。	● 教材の一部をマスクするなどして練習できる。 ● 教科書の挿絵などを提示し、練習できる。	
DVD(BD)	● 視聴覚教材を提示できる。 ● 何回でも反復できる。 ● 過年度の作品など、生徒のモデルを提示できる。 ● 途中で自由にストップできる。	● モデルに従って模倣練習したり、対話練習したりできる。	● CALL 教室では自分のペースで練習できる。
ビデオカメラ / スマートフォン	● 生徒の発表を録画しモデルを提示することができる。	● 自分の発表やモデルを見ながら練習することができる。	● 個人の映像を見ながら練習ができる。
コンピュータ、CALL システム、LL システム	● 視聴覚教材をよりよい教材に加工して提示できる。 ● 何回でも反復できる。 ● 途中で自由にストップできる。	● 4 技能全域にわたって練習が可能である。	● 各個人に適した進度や内容量の学習が展開できる。

| 電子黒板 | ● 教科書をそのまま提示できる。
● 任意の語句や文章の音声を瞬時に聞かせることができる。
● フラッシュカードを様々な方法で提示できる。 | ● マスクした本文や日本語訳を見ながらさまざまな音読練習ができる。
● テキストの音声と会話のロール・プレイができる | |

〈注〉 空欄はその部分の機能を欠いていることを示す。

　機器はその機能によって、教材提示、練習、個別化の 3 種類に分けることができる。（表 19.1）

(1)　教材提示: すべての機器は教材提示の機能をもつ。聴覚系機器（CD プレーヤー、携帯音楽など）は教師に代わって音声教材を提示することができる。視覚系機器（PC のプレゼンテーションソフトやプロジェクタなど）は板書や絵・図などに代わって視覚教材を提示することができる。さらに DVD などの両感覚系機器は、聴覚教材と視覚教材を同時に提示することができるので、音声と意味との結びつきを意図するような教材の提示に威力を発揮する。

(2)　練習: どの機器も、それぞれの特性に応じて、生徒の練習用機器として利用することができる。英語の学習には口頭練習が不可欠であるから、スマートフォンは非常に有能な機器である。CD の音源をスマートフォンに取り込むことで、どこでも英語を聴くことができるし、動画を取り込めば視聴しながら会話の練習をすることも可能である。

(3)　個別化: 機器の重要な機能の一つは個別化学習を可能にすることである。しかし、大きな教室に CD プレーヤーや DVD が 1 台というのでは個別化はできない。個別化には、少なくとも生徒 1 人ずつに機器を与える必要がある。コンピュータを利用しての CALL（computer assisted language learning）システムの活用は、学習の個別化を支援するものである。近年はブース型の LL 教室は姿を消し、その機能はコンピュータ教室に組み込まれて活用されるようになっている。この点で CALL / LL システム は個別化学習に最も適した条件を備えている。

3. コンピュータの利用

　近年のコンピュータ普及、利用には目を見張るものがある。学校教育においても、小学校・中学校・高等学校のそれぞれの段階で、授業の中でコンピュータの使い方を学習している。インターネットやプレゼンテーションソフトは教師だけでなく生徒にも浸透している。

　英語教育においても、コンピュータを利用することによって、従来の教室や学校の中での教育からその枠を越えて、時間的・空間的に広がった活動が可能となった。たとえば、インターネットの活用により、これまではいろいろな制約があって不可能であった世界各地の自然や社会現象へのリアルタイムでのアクセスといった能動的な学習が実現するとともに、情報発信による高度の思考活動や豊かな表現活動が実現した。すでにインターネットを使って海外の学校とのコミュニケーションを深めている実践校からは、異文化理解、環境問題などをテーマにして共同作業を行っている実例なども報告されている。インターネットでの使用言語は、各国の母国語のほか、共通語としての英語が一般的なので、地球的規模でインターネットを活用するには英語の運用力が必要である。逆に、多くの情報が英語で提供されるインターネットを英語教育に効果的に導入し活用すれば、学習者の英語力を高められることになる。

　また、インターネットは膨大な英語データベースとみることもできる。今までは辞書を引くか外国人講師に質問するしか方法がなかったが、インターネットを活用してある特定の表現がどのように使われているかを「検索」すれば、たちどころに数え切れないほどの使用例が示される。妥当性、信頼性ともにすぐれた従来の辞典と比較することにより、実際の英語使用や共通語としての英語のあり方も見えてくる。

　156頁の(3)でも触れたが、最近ではインターネット上の動画投稿サイトや画像検索機能が教科書の題材を生徒に説明するさいのきわめて有効な手段として活用されている。たとえば次に示すものは、ある中学校教科書に掲載されている話題の一例であるが、生徒はこのうちいくつを具体的に

イメージできるであろうか。

- 奇跡の一本松　　●ロンドン・オリンピック　　　　●アマゾン川
- ガーナのカカオ農場

これらのキーワードは、教師用指導書や教科書準拠のピクチャーカードでは十分に説明することが難しい。しかしインターネット上の動画や画像を使えば生き生きと説明ができ、オーラル・イントロダクションの切れ味が鋭くなる。

　動画や画像は一度 PC に記録したものをスマートフォンやタブレット端末、画像対応の携帯音楽プレーヤーなどに取り込んで教室で活用すれば、授業準備や授業中の操作もより簡単に行うことができ、小回りのきいた授業が展開できる。

4.　デジタル教科書と電子黒板

　近年デジタル教科書が広まりつつある。これは、教科書の内容がそのままデジタル化されているもので、デジタルの利点を最大限に活かし音声の再生や本文のマスク機能など、授業内で活用できるコンテンツにあふれている。デジタル教科書は電子黒板と併用することで最大限の効果が発揮されるため、電子黒板の普及も進んでいる。2009 年時点での全国の普通教室での電子黒板普及率はわずか 2.7% であったが、2019 年には 26.8% となり加速度的に増加している。今後さらに普及のペースが早まると考えられ、教師はその活用を求められている。

　デジタル教科書は基本的に教科書の全てのページが提示されるようになっており、それぞれの語句や文章は電子黒板上でペンタッチするかマウスクリックによって音声が再生されるしくみとなっている。これは、CD を頭出しして必要な部分を聴かせる手間から比べれば格段に早く提示できることが大きなメリットである（図 19.1）。また、さまざまなツールが備えられており、ピクチャーカードやフラッシュカードの機能も充実している。フラッシュカードはランダムな提示や英語のみ、日本語のみ、英日など選

択可能であり、これまで板目紙で手作りしていたものと比べれば、その教育効果は格段に高い。デジタル教科書が配備されていない場合は、プレゼンテーションソフトを使うことでほぼ同様のフラッシュカード提示ができる。

〈図 19.1〉 デジタル教科書の例（平成 28–31 年用デジタル教科書　*New Horizon English Course 1*, 東京書籍）

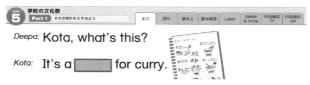

5. 機器利用の留意点

このようにマルチメディアが普及してくると、教師の役割も変わっていくことが予想される。従来の授業では教師が知識を教え込む情報源であったが、マルチメディアを活用した授業では、必要な知識をいかにして獲得するか、その方法を提示しアドバイスすることが中心となる。主役は学習者、すなわち生徒自身であり、教師は援助する側になる。したがって、授業形態は、教師中心の知識伝授型から生徒中心の問題解決・情報発信型へ変化していく。

いろいろな教育機器が授業に利用されるようになってきたが、その利用度は教師によって異なる。ある教師は新しい機器を次々に利用しようとするが、他の教師は従来の方法を踏襲しようとする。それ自体教師の個性とみれば個人差は大きな問題にはならない。しかし、上記のように授業が教師による伝達から生徒中心の問題解決・情報発信型に変化している点からすると、アクティブラーニングの視点に立った効果的な ICT の活用が望まれる。

このような状況を考慮して、以下に機器利用の留意点をまとめる。

(1) 基礎基本は伝統的板書計画：マルチメディアを活用する場合にも、何を、いつ、どのように提示して、いつまで提示するか、最終的に黒

板やスクリーンには何が残るのかといった伝統的な板書計画のような計画が必要である。提示の順序とタイミングを間違えると、時として映像や画像があまりに魅力的なので、生徒が目を奪われてしまい、言語活動の妨げになることさえある。

(2) 機器や教材に踊らされない：授業活動における教材・機器使用の目的を明確にすることが大切である。「新しい機器が出たから」「研修で紹介されたから」ではなく、自分の授業でその機器を使用する必然性を認め、他の方法と比較してもこちらに利があると判断した結果、その機器を使うようにしたい。プレゼンテーションソフトで鮮やかに提示した新出語より、手書きの見栄えの悪いフラッシュカードのほうがはるかに効果的なこともある。

(3) 気軽に試す：新しい教材や情報機器は慣れるまでに時間がかかる。コンピュータや電子機器の操作が苦手な教員もいるが、怖がって避けていてはその恩恵を受けることなく、ひいては生徒の不利益にさえつながってしまう。機器の扱いは使いながら学ぶものなので、多少のつまずきはおそれずに、気軽に使ってICT活用のスキルを少しずつ高めていくことが大切である。

(4) 問題解決の「師匠」を持つ：ICTの進歩は日進月歩である。新しいPCソフトに熟達するには、一人孤独に試行錯誤を重ねるより疑問点を解決してくれる「師匠」に尋ねることが上達の近道である。気軽に授業のこと、マルチメディアのこと、生徒指導の悩みを相談できる仲間や師匠を持つこと、すなわち教師としての人間関係を創り上げることが重要である。

《**Discussion**》

1. 単語の提示に伝統的なフラッシュカードを使った場合とデジタル教科書(あるいは、プレゼンテーションソフト)を使った場合を比較し、それぞれのメリット、デメリットを挙げてみましょう。

2. デジタル機器を活用する授業においてどのようなデメリットがあるか考えてみましょう。

3. 2018年の統計(総務省)で中学生のスマートフォン所有率は70.6%となっています。今後授業の中でスマートフォンはどのような学習における個別化の役割を果たすか考えてみましょう。

参 考 文 献

唐澤　博・米田謙三(2014)『英語デジタル教材作成・活用ガイド』大修館
　　書店.
竹蓋幸生・水光雅則編（2005）『これからの大学英語教育——CALL を活
　　かした指導システムの構築』岩波書店.
デジタル教科書　*New Horizon English Course 1*, 東京書籍.
蒔田　守（2010）「自宅で音声を振り返らせる課題——生徒に自分を客観
　　的に見つめる機会を与える」『英語教育』10 月号、大修館書店.
柳　善和ほか（2009）「特集: 英語教育マルチメディア・カタログ——電
　　子黒板からおすすめサイトまで」『英語教育』10 月号別冊、大修館書店.

第20章　教授・学習形態の多様性

《Warm-up》

- 教えたり、学習したりする形態にはどのようなものがあるでしょうか。
- 指導や学習の形態はどのように決めたらよいのでしょうか。
- それぞれの教授・学習形態の長所や弱点はどのようなものでしょうか。

1. 目的に応じた教授・学習形態

　授業は、1人の教師が行う授業だけでなく、ALTとのティーム・ティーチング（TT）、担任＋専科教員のTT、担任＋専科教員＋ALTのTTというように多様な形態で行われている。さらに、1単位時間をいくつかのモジュールに分割して行う授業もある。いずれの場合も、授業は、その目標を達成するために、いくつかの活動から構成される。1つひとつの活動の達成を累積して、授業の目標を達成する。活動には、前時に学習した内容を思い出させ、定着させることを目的にする音読もあるだろう。これまで学習した言語材料を元に自分の考えを表現させるスピーチもあるだろう。復習の音読であれば生徒1人ひとりに音読させる個別の形態が望ましいかもしれない。スピーチならば、自分の考えを互いに言い合わせるペアワークがよいだろう。このように授業は、さまざまな活動から構成されていて、それぞれの活動にはそれにふさわしい教授・学習形態がある。

　学習指導要領では「生きる力」を育むことを目標に、生徒が思考力・判断力・表現力をつけ、主体的対話的に深く学ぶことを求めている。このような学びを実現するために、授業ではそれが可能になる教授・学習形態を選択し、採用する必要がある。「留学生に自分の町を紹介する」というコ

ミュニケーションの場面を設定し、「自分の町について3分間英語で話す」ことを目標にする授業で、どのような教授・学習形態を採用すべきかを考えてみよう。

2. 一 斉 授 業

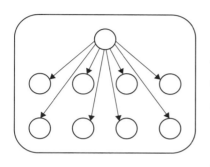

　一斉授業は、教師が生徒全員に説明したり、問いかけたり、作業させたりする授業形態である。教師は1人の場合もあるし、TTのように複数の教師による場合もある。

　「町紹介のスピーチ」では、まずコミュニケーション場面の設定、3分間のスピーチをするという目標の提示、個々の活動の説明などは一斉授業で行うのがよい。町の何について話すかをまず自分で考えることから始めるだろう。それには、一斉授業内の個別学習が適している。したがって、教師は授業の目標の提示をしたあと、自分の町の何を紹介したいかを個別に考えるように一斉授業形態で指示を出す。また個別学習を数分間行ったあと、生徒をペアにしてアイディア交換をする指示を出す。ペアワークのあと、どのようなアイディアが出されたか数組のペアを指名して、発表させる。これも一斉授業形態で行う。

　一斉授業は、教師から生徒へ知識や技能を伝授するという点で効率がよい。その意味で、新教材の導入・説明、練習後の問題点の指摘、テキストの内容理解の確認・説明などに適していると言える。語彙・文法・テキストなどについて、同じことを生徒1人ひとりに言って教えるのではなく、一度に全員に教えることができるので、同じことをくり返して言う必要がない。

　それに対して、指導した知識や技能を使わせる点では、一斉授業は教師対生徒1人となり、他の生徒たちはそのやり取りを聞いているだけになり、効果的とは言えない。また、一斉授業は、教師の説明を聞くことが中心に

なるので受け身的であり、生徒1人ひとりの主体的・対話的な深い学びを引き起こしているとは考えにくい。

3. 個別学習

　個別学習には、1）一斉授業内での個別学習、2）授業内のまとまった一定の時間、生徒が1人で行う個別学習、3）授業外での個別学習という大きく3つの形態が考えられる。

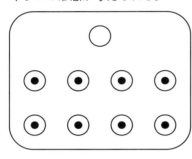

　1）の一斉授業内での個別学習とは、教師の指示で単語を覚える、基本文を書き写し言う、教科書を音読する、練習問題を解くなど、授業で学習した内容を定着させるために生徒が個別に取り組む学習である。

　「町紹介スピーチ」では、町の何を紹介するかについて個別に考えるには、個別学習が適している。何を紹介するかの候補を一覧にする。その中から紹介するものを選択し、それをどう表現するかを考えることになる。ペアワークでアイディアを交換し、考えを深めたあとにスピーチの原稿を作成するが、これも個別学習がふさわしい。

　2）授業内のまとまった一定の時間、生徒が1人で行う個別学習とは、生徒全員が同じことを学習するのではなく、生徒が自分のペースで学習する形態である。

- SSRによる多読活動
- タブレット学習
- スカイプによる英会話など

たとえば、授業内の20分間を生徒が好きな英語の本を静かに読むという多読活動はこの学習形態の1つである。多読の原則の1つは、持続した黙読（Sustained Silent Reading, SSR）であるので、個別学習が最適な学

第 20 章　教授・学習形態の多様性　**167**

習形態になる。また、AI 機器の発達によりタブレットの学習プログラムで個別に学習させる授業も増えている。生徒は、それぞれの能力に合った教材を選び、自分のペースで学習を進めていくのもこの学習形態に入る。英会話ロボットとの会話練習も個人で行うことが可能である。さらに、いくつかの学校では海外の語学学校と提携し、スカイプによる英会話の授業を取り入れている。これもこの学習形態に入るだろう。このような個別学習においては、教師の役割は知識・技能の伝授者ではなく、生徒がそれぞれの能力に合った学習教材を選択し、それを効果的に学習しているかを観察し、必要があれば助言するような学習の支援者という役割になる。

　3）　授業外での個別学習は、宿題のように教師の指示により生徒が 1 人で行う学習である。授業で学習した内容を定着させるために、教科書を音読する、新出単語を覚える、学習した文構造を使って自分に関係する文を書く、宿題プリントに解答するなどの課題が出されることが多い。このような個別学習では、教師は学習課題を与える、生徒が課題を達成したかを確認するという役割をもつ。また、授業に先立ち新出単語を調べたり、和訳させたりする予習も授業外の個別学習になる。予習に基づく授業も広く行われている。

　これまでの英語指導では、上に挙げた例のように授業の予習や復習という授業外での個別学習が広く行われてきた。最近は、アクティブラーニング（Active Learning）の一例として反転学習（flip teaching）が行われることがある。反転学習とは、ビデオ教材やインターネット上の動画を使って新学習項目を生徒が予習して授業に臨み、授業では新学習項目の確認や応用を行うものである。教師は課題を与える点は同じであるが、一斉授業で新学習項目を導入する必要がなくなり、予習してきた生徒の理解を確認し、よくわかっていない生徒を指導することになる。理解できた生徒には応用の課題を与え、取り組ませる。一斉授業で受け身的に学習するのではなく、生徒は自ら理解しているかを認識し、疑問点は教師に質問するという点で主体的な学びが生じやすい。

　一方、個別学習の注意点として次の 2 点が挙げられる。

- 生徒が個別に学習したことは正しい理解に至っているとはかぎらない。正しく理解しているかの確認が必要である。
- 主体的に学ぼうとする意欲が弱い生徒には、教室内であれば頻繁な机間指導が必要である。教室外の個別学習がなされない場合には、個別の指導が必要になる。

4. ペアワーク

ペアワークは、2人の生徒による学習形態であるが、2つのタイプがある。

- 帯活動としてのペアワーク
- 一斉授業の流れの中の1つの活動として行われるペアワーク

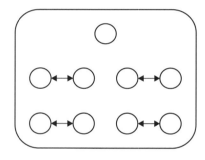

帯活動の例としては、ウォームアップで、黒板に貼られた写真を1人が英語で説明し、もう1人がその写真が何を撮影したものであるかを当てるというペアワークがある。この活動は、英語でやり取りすることで、英語の授業を受ける準備をさせることができる。

一斉授業でのペアワークとしては、教師が問う質問の答えをペアで考えさせたり、個別学習で練習問題に解答させたあとにペアで答え合わせさせたりすることも含まれる。この方法では、いきなり個人の生徒を指名して答えさせるのではなく、まずペアで答え合わせをしてから、個人を当てることもある。隣の生徒と答え合わせをすることで、心理的抵抗が弱まり、生徒がより自信をもって回答することができるようになる。

「町紹介のスピーチ」授業では、個別学習でひとりで考えたあとに、ペアワークで意見交換すると、互いに考えを深めることができる。また、個々にスピーチの原稿を書いたあとに、ペアワークで読み合い、フィードバックをしあえば、それぞれの原稿の質を高めることができる。このようにペ

アワークは、対話的で深い学びを導くことができる学習形態と言える。

　このようにペアワークは、授業のさまざまな場面で多岐にわたる目的のために活用されるが、この形態の最大の特徴は、生徒間での英語のやり取り量を増大させることである。機械的なQ&Aであれ、情報差があるコミュニケーション活動であれ、一斉授業で教師が質問し、1人の生徒が回答するという形式では、1回のやり取りで発言するのは生徒1人である。しかし、生徒全員をペアにすれば、1回のやり取りで全員が発言することになる。新学習指導要領では、話すことは「やり取り」と「発表」の2つに分けられ、それぞれの領域の能力を伸ばすことが求められる。ペアワークは、「やり取り」の能力育成に不可欠な学習形態である。

　また意見を述べ合うペアワークであれば、生徒1人ひとりが自分の意見を言うことが求められるわけで、自ら考え、判断し、表現しなければならない活動になる。自ら考え意見を言うという課題を与えたとしても、生徒全員に意見を言う機会を与えなければ、表現力の育成は期待できない。ペアワークは表現力の育成に欠かせない学習形態である。

　ペアワークの問題点としては、次の3点が挙げられる。

・課題に取り組まず、おしゃべりに終始するペアがいる。
・他人と一緒に学習するのが苦手な生徒がいる。
・特定の生徒とペアを組みたがったり、ペアを組むのを嫌がったりする生徒がいる。

このような問題を回避するためには、仲の良い人だけでなく、さまざまな人と話をすることは社会で求められているコミュニケーション能力の基本であり、だれとでも気持ちよく対話することを心がける重要性を日ごろから教える必要がある。またおしゃべりするペアについては、課題に取り組むよう頻繁に指導しなければならない。

5.　グループワーク

　グループワークは、3人以上の生徒による学習形態であるが、2つのタ

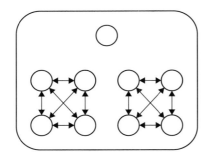

イプがある。1つは、英語によるディスカッションや問題解決課題を行うグループワークである。あるテーマについて、生徒が自分の意見を英語で言い、他の生徒の意見を聞くことによって、さまざまな視点からテーマについて考えることができ、より深い学びにつながる。自分では思いつかない考えに触れることにより、新しい考えが浮かび、よりよい提案ができることになる。このタイプのグループワークは、ペアワークと同様に、生徒1人ひとりが自ら考え、判断し、英語で意見を言うことが求められるので、思考力・判断力・表現力の育成に有効である。

「町紹介スピーチ」の授業では、スピーチ作成前の段階でグループワークでブレインストーム的にアイディアを出し合うことができる。これは対話的で協働的な学びということができる。また、一人ひとりのスピーチが完成したあとに、グループ内で発表し、一番良いスピーチを決定するグループワークを行うこともできる。

もう1つのタイプは、プロジェクトや協働学習のように、生徒どうしが互いに教え合い学び合う学習形態である。プロジェクトは、あるテーマについて調べ、内容を議論し、グループとしての見解や主張を発表する活動である。協働学習とは、グループで話し合いながら疑問点をなくして、問題を解決する学習形態である。これも英語で行えれば望ましいが、それよりも課題を達成することを優先し日本語の使用を認める。

グループワークの問題点としては、次の3点がある。

・課題を他の生徒にまかせて積極的に活動しない生徒がでることがある。
・課題とは別の方向にグループの話が進むことがある。
・誤った英語が多く使われ定着することが危惧される。

第 20 章　教授・学習形態の多様性　**171**

このような問題を避けるためには、教師は各グループの活動をよく観察し、必要に応じて指導することが求められる。誤った英語使用については、机間指導時に気がついたことをメモしておき、グループワーク終了時に全体にフィードバックすることである。

6.　適切な教授・学習形態の採用

　以上、「自分の町についてのスピーチ」の教授・学習形態について見てきたが、さまざまな教授・活動形態を組み合わせる必要があることがおわかりいただけるだろう。

　最後にもう一つ、「思考力・判断力・表現力」を育成するのに有効と考えられるミニ・ディベートの実践を紹介する。市川（2018）は、段階的にミニ・ディベートを実践する方法を提案している。ミニ・ディベートをパフォーマンス評価することまでの7つのステップから成る指導案である。いきなり生徒にミニ・ディベートをさせようとしてもできないので、1つひとつ実施可能なステップを踏むようにしている。7つのステップとは、1）消しゴムバトル、2）黒板バトル、3）リピート練習、4）I think so, 5）I DON'T think so, 6）グルグル、7）パフォーマンステストである。これを実施するのに適切な教授・学習形態を考えてみよう。

　生徒はまず個別にアジェンダについて肯定的な意見、否定的な意見を考える。次にステップ1から7の段階を経てミニ・ディベートを実践する。

　ステップ1「消しゴムバトル」：ペアワークで制限時間内にペアで意見を出し合う。意見を言ったら相手に消しゴムを渡す。終了時に消しゴムを持っていたほうが負けというゲームである。
　ステップ2「黒板バトル」：グループワークで1人ずつ順番に意見を黒板に書いていく。一番多く意見を出したグループが勝ちになる。「消しゴムバトル」のペアを2つ組み合わせて、4人のグループを作る。グループで意見を共有し、1人ずつ黒板に意見を書いていく。制限時間が過ぎるとクラスのほぼ全員の意見が黒板に書かれることになる。
　この段階で、教師は黒板に書かれた意見で重複するものは消し、残った意見を文法的に正確な文に訂正する。次に教師は一斉授業でそれぞれ

の文を正しく発音できるように練習する。

　ステップ3「リピート練習」: ペアワークで、1人が黒板から意見を選んで言い、もう1人は黒板を見ずにリピートする。

　ステップ4「I think so」: ペアワークで、1人が黒板から意見を選んで言い、もう1人がそれに賛成し、賛成する別の意見を付け足す。

　ステップ5「I DON'T think so」: ペアワークで、1人が黒板から意見を選んで言い、もう1人がそれに反対し、反対意見を言う。

　ステップ6「グルグル」: ペアワークで、ミニ・ディベートを行う。終わったら、1列のみ席を移動させ、ペアを替えて行う。

　ステップ7「パフォーマンステスト」: ミニ・ディベートのテストを実施する。

　ステップ1・2は、自ら考えた意見を相手に伝え、相手の意見を聞くことで、アジェンダについての理解を深めることができる。さらに、グループで意見を共有することにより、より深い理解につながる。黒板バトルのあとはクラス全体で出された意見を読むことで、自分の意見を構成するのに役立つ。

　ステップ3〜5は「ディベートスキル」を身につけさせることを目的とする。ディベートでは相手が言ったことを繰り返し、それに部分的にあるいは全面的に反対して、自分の意見を述べる。それができるためには、まず相手が言ったことを繰り返して言えなければならない。それをできるようにするのが、ステップ3の「リピート練習」である。ステップ5の「I DON'T think so」はまさにディベートの反論に必要な技能を練習することになる。

　ステップ6・7は仕上げの段階である。ペアを替えて何度も活動させることで、ミニ・ディベートに慣れ、他人の意見に学び、楽しいと感じることができるようになる。

　市川（2018）が提案するミニ・ディベートでは、生徒一人ひとりが自分の意見を主張し、相手の意見に反論するという目標を達成するために、一斉授業、ペアワーク、グループワークという異なる教授・学習形態を効果的に使っている。授業の学習到達目標がどのようなものであっても、一人でも

多くの生徒がそれを達成するのにふさわしい教授・学習形態を考える必要
がある。

《**Discussion**》

1. 新文法事項を導入し、その形式と意味を理解し、コミュニケーション活動で使えるようにするには、どのような教授・学習形態が望ましいのでしょうか。
2. 海洋プラスティックゴミの問題の現状について調べ、英語で発表するという授業では、どのような教授・学習形態が考えられるでしょうか。
3. 主体的対話的深い学びを実現するには、どのような教授・学習形態がふさわしいのでしょうか。

参 考 文 献

市川裕理 (2018)「"即興で話す" 力につなげるディベート実践」『中部地区英語教育学会紀要』47, 149–156.

第21章 テストと評価

《**Warm-up**》

- あなたが受けたことがある英語のテストはどのようなものでしたか。
- 学校で行われるテストの目的は何でしょうか。
- 今まで学校で受けてきた英語の問題にはどのようなものがありましたか。

1. テストや評価に必要なこと

テストを受けずに一生を終える人はまずいないであろう。学校で行われるものだけでも、小テスト・クラス分けテスト・実力テスト・学力テスト・定期テストなど数多くある。学校以外では、運転免許取得などの各種の資格試験や就職試験、教員採用試験など、私たちはテストから逃れることはできないと言える。

すべてのテストに共通する大切なことは何であろうか。第1は「妥当性」（validity）という概念である。妥当性とは測りたいことを測っているか、つまりテストの目的がどれくらい達成されたか、ということである。たとえば運転免許取得試験の場合には、その人が交通ルールの知識を身につけ安全運転できるかどうかを、知識と技能の両面から測ろうとする。この場合には、妥当性についてさほど問題は起こらない。なぜならば測ろうとする対象（知識や技能）が比較的にわかりやすいからである。しかし言語能力となると、そんなに簡単ではない。なぜならば、測ろうとする知識や技能が複雑でかつ目に見えないからである。したがって、測ろうとする能力とどんな目的でテストを使用するかを明確にすることが大切である。

第2に大切なことは「信頼性」（reliability）という概念である。これは

[**174**]

テストの点数がどれだけ一貫しているかということである。たとえば、ある生徒が同じようなテストを 2 回受けて、1 回目が 80 点で、1 週間後の 2 回目が 50 点の場合、そのテストは信頼性が低いと言えよう。また、フィギュアスケートの演技の採点など、評定者によって点数が大きく違う場合には、評定者間の信頼性が低いと言える。

次に、テストが及ぼす影響も重要である。あるテストが受験者やその教師に及ぼす影響を「波及効果」（washback effect）と言う。テストは私たちの生活に密接に関係しているので、テストを作成し実施する場合には、常にどのような波及効果が起こり得るかに注意する必要がある。テスト問題がふだんの授業内容と離反している場合には、マイナスの波及効果をもたらす可能性があるばかりでなく、妥当性をも欠くことになる。この意味で、波及効果を妥当性の一部ととらえる学者もある（McNamara 2000）。受験者数の多い大学入試センター試験や英検や TOEFL, TOEIC などは、大きな波及効果をもたらす可能性があることは容易に想像できるであろう。

もう一つ「実行性」（practicality）ということも重要である。問題作成や実施に時間がかかったり、採点に手間がかかる場合には、そのテストは実行可能でないかもしれない。たとえば、あるトピックについて何百人もの受験者にエッセイを書かせるようなテストは、1 人の採点者では時間がかかりすぎて実行性の低いテストである。

2.　学校で使われるテストの種類

ここでは教育現場で主に使われるテストについて述べ、どのような目的で実施されるのかを見ていく。以下に述べる例は、ある中学校の新任教師で、中学校 2 年生を担当することになった T 先生の 1 学期間である。

T 先生は、初めに、担当する生徒がどの文法単元を理解しており、どこが弱いのかを測るための診断テスト（diagnostic test）を実施した。それから、前回の授業の理解度を知るために、毎授業で小テスト（quiz, small test）を実施することにした。5 月の中旬に中間テストの時期が来た。中間テストは、今までの授業で生徒がどれくらい理解したかを評価する達成度

テスト（achievement test）である。それは筆記試験（paper-pencil test）だけだったので、ALT の協力を得て、スピーキングの実技テスト（performance test）を放課後に実施した。6 月に英検がある。英検は熟達度テスト（proficiency test）である。それは、試験範囲を定めずに行う、一般的な英語能力を測定するテストである。7 月上旬の期末テストも無事に終わった。最後に T 先生は終業式に配る通知表（成績表）を作成した。

表 20.1 には学校などで行われる主なテストの種類と簡単な説明が書かれている。達成度テストは主として過去に学んだことをテスト対象とし、熟達度テストは実力テストなどのように特定の範囲はなくこれから学ぶ内容(未来)を測定の対象とする。ただしこれらの両面をもつような場合もある。たとえば、大学の入学試験は高校で学んだことをテストする意味もあるが、大学の授業を理解できるかどうかをテストする意味も含まれる。

テストを大きく分けると、ペーパーテストと実技テストに分類できる。ここで重要なことは、スピーキングやライティングは発表技能（productive skills）であり、実際に話したり書かせたりする必要があることである。ス

〈表 20.1〉 学校などで行われるテストの種類

種　　類	説　　明
達成度テスト (achievement test)	授業でどの程度の理解があるかを測るテスト: 小テスト、診断テスト、中間・期末テスト、など。
熟達度テスト (proficiency test)	テスト範囲を限定しない広い能力を測るテスト: 校内実力テスト、英検、TOEIC[1], TOEFL[2], IELTS[3].
ペーパーテスト (paper-pencil test)	紙と鉛筆でだけで測るテストで、最近ではコンピュータ上で行うテストもある(computer-based test)。
実技テスト (performance test)	スピーキングテストおよびライティングテスト: 面接、スピーチ、ロール・プレイ、自由英作文、など。聞いたことを相手に話す(書く)など複数の技能を統合させるテストも増えつつある。

〈注〉　1)　Test of English for International Communication の略。
　　　2)　Test of English as a Foreign Language の略。
　　　3)　International English Language Testing System の略。

ピーキング能力をペーパーテストで測るようなテスト（たとえば、単語に下線を引いて同じ発音の語を選択させるような問題）は妥当性を欠くばかりではなく、マイナスの波及効果をもたらすことになる。最近では、指導と評価を一体化する流れにより、大学入試の一部に4技能を測るような外部のテスト（たとえば、上記の3テスト以外にも、GTEC, TEAP など）を導入する大学が増えてきた。コミュニカティブな英語力を評価するためには、実際に話したり、書いたりしたことをテストすることが大切である。

3. テストの作成方法

ここではテストを作成するさいに注意すべき点を挙げる。教師は自分が中学生や高校生のときに受けたようなテストや、前年度に実施されたテストを参考にしてテストを作ることが多いが、常により良いテストを作るための研究が必要である。

定期試験で注意を要するのは、授業で学習した内容を反映したもので、プラスの波及効果が期待できるような試験問題を作成することである。また、成績表を作成することも考え、学習指導要領をよく読んで作成することも必要である。たとえば、観点別評価項目（1. 知識・技能、2. 思考・判断・表現、3. 主体的に学習に取り組む態度）を考慮しなくてはならない。また、文法問題だけを扱うのではなく、英文を読んで書くといった複数の技能を組み合わせる統合問題も入れ、バランスをとるようにしたい。定期試験によく見られるが、英文に下線が引いてあり、日本語に訳しなさいとか括弧内に適語を入れなさいといった「ごった煮」問題（根岸 2017）を統合問題だと誤解しないように注意したい。

テストを作成するさいには、まずテストの青写真を作ることが大切である。これは「テスト細目」（test specifications, 図 20.1 はその一例）と呼ばれている。それは、建物の設計図や料理のレシピのようなものである。テストの設計に必要な具体的な項目を以下に挙げる。

（1） テストの目的：テストを実施する目的は何か。採点後の使用目的

〈図 20.1〉 テスト細目の例

20XX年度 第[ ]学年 [ ]学期 [中間・期末]考査	Test Specifications	○○○○中学校 英語科 作成者：○○○○	実施日： 2019. ○. ○ (○)

定期考査の目的	- -	試験範囲	- - - - - - - - - - - - - -
観点評価	I. 知識・技能　　II.　思考・判断・表現　　III.　主体的に学習に取り組む態度		

※**評価技能**：Listening/Speaking/Reading/Writing/Grammar/Vocabulary

	到達目標			
1	評価技能	L・R・W・G・V	問題数	問
	問題内容			
	- -			
	問題に関する観点評価（I～IV）			配点
	(1)	(2)	(3)	
	(4)	(5)	(6)	

	到達目標			
2	評価技能	L・R・W・G・V	問題数	問
	問題内容			
	- -			
	問題に関する観点評価（I～IV）			配点
	(1)	(2)	(3)	
	(4)	(5)	(6)	

	到達目標			
3	評価技能	L・S・R・W・G・V	問題数	問
	問題内容			
	- -			
	問題に関する観点評価（I～IV）			配点
	(1)	(2)	(3)	
	(4)	(5)	(6)	

	到達目標			
4	評価技能	L・S・R・W・G・V	問題数	問
	問題内容			
	- -			
	問題に関する観点評価（I～IV）			配点
	(1)	(2)	(3)	
	(4)	(5)	(6)	

は何か。
（2）　テストの時間配分：各大問に費やされる予想時間はどれだけか。
（3）　テスト項目の配分：授業の内容が反映されているか。4技能が含まれているか。
（4）　大問ごとの狙い：各大問はどんな能力を評価しようとしているか。
（5）　テストの問題形式：適切な問題形式を選択しているか（表 20.2 を参照）。

次に、今後ますます重視されると思われるパフォーマンステスト（speaking & writing）について見ていく。実技テストを実施するさいには次のことを決めておく必要がある。

（1）　どのような能力（どんなことができるか）を測るテストなのか（妥当性）。
（2）　テストの目的は何か。

〈表 20.2〉　テスト形式の種類とその特徴

問 題 形 式	主 な 特 徴	問 題 形 式	主 な 特 徴
真 偽 法 （true-false）	偶然に当たる確率が50% なので、信頼性に欠けるきらいがある。問いの作成が容易なので小テストなどに利用できる。	完 成 法 （completion）	空所に語句や文を補って文やディスコースを完成させるもので、多肢選択法を併用することもできる。
多肢選択法 （multiple-choice）	採点が客観的にでき、機械による処理も可能である。しかし錯乱肢（誤答選択肢）の作り方が難しい。	整 序 法 （rearrangement）	語や文を正しい順序に並べかえさせるもので、コロケーションや文の構成能力を見るのに適している。
組み合わせ法 （matching）	A群とB群の中から互いに関係のあるものを見つけ出して組み合わせる形式で、入試によく使われる。	訂 正 法 （correction）	文の誤りを認知させたり、その箇所を訂正させたりする。設問の仕方によっては難度が非常に高くなる。

(3)　どんな波及効果を狙うのか。
(4)　誰が採点するのか。
(5)　評価項目は何か。評価の観点は何か。
(6)　採点方法（分析的 vs. 全体的評価）はどのようなものにするか。何点法にするのか（5点法、4点法、3点法など）。
(7)　どれくらいの時間がかかるか。

　ここでスピーキングテストの例をとって具体的に述べてみる。まず測ろうとするものは、そのレッスンの目的と合致していなくてはならない。スピーキング評価者は担当教員、ALT などが考えられるが、慣れてきたら仲間どうしの評価や、生徒自身の自己評価も加えるのもよい。スピーキングテストの評価項目は、正確さ・流暢さ、積極的に話そうとする態度など一般的である。「発表」や「やり取り」など、どんな能力を評価したいのかによっても変わってくる。さらにどんな波及効果を期待するのかによって変わってくるのでその都度決めるのが望ましい。
　次に評価方法であるが、分析的採点法と全体的採点法がある。前者は、上記のように評価項目をいくつか決めて、それぞれの項目について採点する方法である。この場合、どの部分が弱いかなどを知り、採点後の指導に役立てることができる。ただし採点に時間がかかるかもしれない。一方、全体的評価の場合には、比較的に短時間で採点できるメリットはあるものの、学習者についての全体的な印象になってしまい、部分的なことはわからなくなってしまう恐れがある。どちらの採点法を用いるかはテストの目的による。
　テストにかかる時間をあらかじめ想定することは、実行性に関する問題として重要である。1人5分で35人実施すると、約3時間かかることになる。教室の出入りを考える必要もある。その場合、1対1の面接法（face-to-face interview）ではなく、グループやペアで実施すれば時間が短縮できる。しかし複数で実施する場合には、個人の能力を引き出すことができるかどうかについてよく検討しなくてはならない。

4. 成績表の評価

　人はみな多様な能力を持っているので、個人の能力を正しく評価するためにはできるだけ多くの情報を得ることが必要である。学期末や学年末の評価のために行うテストを「総括テスト」（summative test）、小テストやふだんの授業で主に生徒の指導に役立てるようなテストを「形成テスト」（formative test）と呼ぶことがある。総括テストを適切に実施するためには、ふだんの形成テストの積み重ねが重要である。形成テストは授業中の観察なども含む。生徒の学習成果をあらゆる面から評価し、同時に指導の効果を確認しようとするものである。

　また、クラスメートが相互に行う評価（peer evaluation）や、自分で自分を評価する自己評価（self evaluation）もある。そしてそのような評価は、教師が成績をつけるための参考資料としてだけでなく、生徒の学習への動機づけとしても利用される。それぞれの生徒の学習成果に関するそれらの情報をファイル化して、「ポートフォリオ」（portfolio）という形で記録することも有効とされている。しかし、多数の生徒を担当する場合には、教師にかなりの負担がかかることが問題点として指摘されている。

　次に、成績表（通知表）を通して、生徒それぞれの学習成果を通知することになる。その場合、中学校・高等学校ともに、評価は原則として「目標基準準拠評価」（criterion-referenced evaluation）であることに注意したい。以前、中学校では「集団基準準拠評価」（norm-referenced evaluation）が用いられていたが、1998 年の学習指導要領の告示に伴って改訂された指導要録において、評価法が集団基準から目標基準へと転換することになったからである。

　「目標基準準拠評価」とは、学習者の知識や技能の達成度を、あらかじめ定めた達成目標に基づいて行う評価で、「絶対評価」（absolute evaluation）とも呼ばれる。これに対して「集団基準準拠評価」は、順位や偏差値などの集団の基準と個人の成績を照らし合わせて評価する方法である。これによって学習者は、自分の所属する集団内の相対的位置を知ることができる

ので、「相対評価」（relative evaluation）と呼ばれる。以前の学校では5段階評価法が用いられていた。その方法では、1, 2, 3, 4, 5の比率がおよそ7%, 24%, 38%, 24%, 7%になるように成績がつけられた。どちらの評価法もそれぞれに長所と欠点があるが、生徒の学習意欲を高めるためには、一般に、目標基準による評価法のほうがすぐれていると考えられている。説明責任を果たす意味でもcan-do statementのリストや観点別評価などを使用し、ルーブリック（評価の規準と基準）を作成することが大切である。

　最後に、指導と評価は表裏一体であることに注意したい。テストには成績をつけるための機能が備わっているが、評価本来の目的は、学習した内容を生徒がどれだけ理解しているか、どれだけ身につけているかの情報を得ることである。そしてテストの結果を分析し、生徒の理解が不足しているところを補い、授業を再構築していくというサイクルができていなければならない。そのためには、1年後（または2年、3年後）に、自分の担当している生徒たちにどのような能力を育てたいかという目標を具体的に設定することが必要になる。大きな目標を立てたならば、次に当該学期の目標を立て、さらに各レッスンの具体的な到達目標を立てることになる。そして教師だけが目標に関する情報を独占するのではなく、生徒全員にそれらの目標を伝えて議論し、納得させ、クラスのゴールと生徒各自のゴールを彼らのものとすることが重要である。

《**Discussion**》

1. テストや評価に必要なことは何でしょうか。
2. パフォーマンステストを実際に作成してみましょう。
3. 学期末や学年末の評価はどのようにつけるのがよいでしょうか。

———————— 参 考 文 献 ————————

小泉利恵・印南洋・深澤真編（2017）『実例でわかる英語テスト作成ガイド』大修館書店.

靜　哲人（2002）『英語テスト作成の達人マニュアル』大修館書店.

根岸雅史（2017）『テストが導く英語教育改革――「無責任なテスト」への処方箋』三省堂.

Hughes, A.（2003）*Testing for language teachers*（2nd edition）. Cambridge University Press.

McNamara, T.（2000）*Language testing*. Oxford University Press.

第 22 章　小学校の英語教育

《**Warm-up**》
- 小学校外国語はどのような背景で導入されたのでしょうか。
- 小学校外国語活動 / 外国語のポイントはなんでしょうか。
- 教員養成や研修はどのように行われるのでしょうか。

1.　小学校への英語教育導入の経緯

　2017 年 3 月に新しい学習指導要領が公示され、小学校中学年に「外国語活動（領域）」、高学年に「外国語（教科）」が導入されることとなった。学習指導要領は、時代の変化に対応するようにほぼ 10 年毎に改訂を繰り返してきた。しかし、これまでは中・高校の枠組みは変わらず、時間数や内容等が変更される程度であった。2017 年 3 月の改訂では、小学校高学年に外国語が教科として導入されることにより英語教育の枠組みが変更された。近年の英語教育の歴史を振り返ってみてもこれほど大きな変化はなかった。これにより、中学校以降の英語教育も大きく変わることになる。中・高校の英語教員をめざす学生、さらに現職の中・高校の英語教員も小学校外国語活動・外国語の中身を十分に知っておく必要がある。

　『小学校外国語活動・外国語研修ガイドブック』（以下『研修ガイドブック』と記す）では、教科化に至るまでの経緯を表 22.1 の通り、4 段階のステージに分けて説明している。筆者なりにステージの特徴を解説する。

　第 1 ステージは「研究開発学校の時代」である。1992 年に大阪市の真田山小学校及び味原小学校が文部省（当時）の指定を受け、公立学校では初めて「国際理解教育の一環としての英語教育の研究」をスタートさせた。

第 22 章　小学校の英語教育　**185**

〈表 22.1〉　小学校外国語教育導入の経緯

4つのステージ		期間	審議会の答申等
1	研究開発学校での英語教育〈英語活動〉	1992～2001 年	・外国語教育の改善に関する調査研究協力者会議（1993 年） ・「英語が使える日本人」の育成のための戦略構想（2002 年） ・教育再生実行会議（第 3 次提言）（2013 年） ・グローバル化に対応した英語教育改革実施計画（2013 年） ・英語教育の在り方に関する有識者会議提言（2014 年） ・中教審次期学習指導要領答申（2016 年） ・次期学習指導要領告示（2017 年）
2	「総合的な学習の時間」の中での英語教育〈英語活動〉	2002～2010 年	
3	英語教育必修化〈外国語活動〉	2011～2019 年	
4	英語教育教科化〈外国語活動・外国語〉	2020 年～	

　その後、国による研究開発学校の指定が増え、1996 年には、各都道府県に 1 校が指定された。小学校英語教育のあり方について研究開発学校が中心になって研究開発がなされた。

　第 2 ステージは「総合的な学習の時間」における英語教育の時代である。1998 年告示の学習指導要領により「総合的な学習の時間」が新設され、その中で、「国際理解教育に関する学習の一環として外国語会話等」を実施できることとなった。「総合的な学習の時間」の内容は各学校に任されていたが、多くの学校が何らかの形で英語教育に取り組んだ。この時代には、「英会話」に軸足を置いた実践から、「国際理解教育」に軸足を置いた実践まで幅広い内容の実践がなされた。「公立学校による模索の時代」と呼べるものである。しかしながら、学校によって指導内容が異なっていたために、当然、中学校との連携という点からは課題が指摘された。また、積極的に英語教育に取り組む学校と、そうでない学校があり、教育の機会均等という点からも課題が指摘されるようになった。

　第 3 ステージは「必修化の時代」である。2008 年告示の学習指導要領により、5, 6 年生で週 1 時間の外国語活動が新設され必修化された。目標

や内容が示され、どの学校においても指導要領を踏まえた実践がめざされるようになった。文部科学省からは『英語ノート』や *Hi, friends!* などの教材が配布され、ほぼ全ての学校がこの教材を使って授業を行った。しかし、3, 4年でも実施していた外国語活動は、多くの学校において5, 6年だけで実施するようになった。

第4ステージは「拡充と教科化」の時代である。外国語活動が2011年に全面実施になってわずか2年後の2013年には教育再生実行会議の第3次提言が出され、「小学校の英語学習の抜本的拡充、実施学年の早期化、教科化、指導時間増」などが盛り込まれた。その後、文部科学省は2014年に「英語教育の在り方に関する有識者会議」を設置し、次期学習指導要領の改訂に向けた検討を行った。その議論を踏まえ2016年12月には中教審答申が取りまとめられ、2017年3月公示の学習指導要領の改訂に至った。前述したように、2017年の学習指導要領では外国語活動が中学年に前倒しされ、高学年では教科としての外国語が導入された。

第1ステージから第4ステージに至るまでに30年近くの歳月が経過した。各県1校程度が指定された「研究開発学校時代（第1ステージ）」から、ほぼ全ての学校が取り組んだ「総合学習の時代（第2ステージ）」、そして、目標や内容、教材、時間数までが明確に示された「必修化の時代（第3ステージ）」、そして、「拡充と教科化の時代（第4ステージ）」に移ってきたのである。

ステージが変わるたびに授業時数や指導学年が増えたり減ったり変わったりしてきた。この30年間は小学校英語の議論も広くなされ、激動の時代だったと言える。次の第5ステージがどのようなものになるかは定かではないが、今回の学習指導要領の改訂により、「落ち着くところに落ち着いた」というのが大方の見方ではないだろうか。小学校の外国語が教科化されたことで、日本の英語教育の枠組みが大きく変わったことだけは確かである。小・中・高校の連携がますます求められることは言を俟たない。

2. 小学校学習指導要領（外国語活動・外国語）

　2017年の新しい学習指導要領は2008年の学習指導要領下で行われた外国語活動（5, 6年で必修、年間35時間）の成果と課題を踏まえたものである。成果としては、児童の高い学習意欲と中学校入学後の外国語学習に対する積極性の向上などが挙げられた。しかし、課題としては「① 音声中心で学んだことが、中学校の段階で音声から文字への学習に円滑に接続されていない、② 日本語と英語の音声の違いや英語の発音と綴りの関係、文構造の学習において課題がある、③ 高学年は、児童の抽象的な思考力が高まる段階であり、より体系的な学習が課題」（中教審答申）として指摘された。そこで2017年の学習指導要領では、成果をさらに活かすために外国語活動を中学年に導入し、課題を解決するために高学年に教科としての外国語を導入することとなった（『研修ガイドブック』）。

　2008年の学習指導要領と2017年の学習指導要領では、その構成が大きく異なっている。2008年の学習指導要領では、外国語活動の目標と内容だけが示されていたが、2017年には、まず外国語活動の目標が示され、次に各言語（英語）の目標及び内容が示されている。これは小・中・高等学校と目標・内容に一貫性を持たせるためである。2008年の中学校及び高等学校学習指導要領においても、まずは外国語の目標を示し、そして、外国語の中から英語を選択する場合は「英語」という特質を踏まえて英語の目標や内容が示される構成となっている。中学年の外国語活動は教科としての位置づけではないが、構成において同じにすることにより、小学校高学年、中学校、高等学校へと続く外国語学習との結びつきが強いことを示している。本節では、中・高等学校の教員をめざす学生及び現職の教員も知っておいたほうがよいと思われる事項に絞って小学校学習指導要領のポイントを述べる。

（1）　外国語活動・外国語の目標

　外国語活動・外国語の目標は表22.2のようになっている（下線筆者）。

〈表 22.2〉 外国語活動・外国語の目標

外国語活動	外国語
外国語によるコミュニケーションにおける見方・考え方を働かせ、外国語による聞くこと、話すことの言語活動を通して、コミュニケーションを図る素地となる資質・能力を次のとおり育成することを目指す。	外国語によるコミュニケーションにおける見方・考え方を働かせ、外国語による聞くこと、読むこと、話すこと、書くことの言語活動を通して、コミュニケーションを図る基礎となる資質・能力を次のとおり育成することを目指す。

　2017 年の学習指導要領においては、各教科・領域等において、その教科・領域等の特質に応じた「見方・考え方」が示されることになった。各教科等を学ぶ本質的な意義の中核をなすものであり、社会に出た後も、「見方・考え方」を働かせることにより、よりよい人生を切り拓くことに資するものであるとされている。従来は指導者にも学習者にも外国語を学ぶ本質的な意義を意識することはそれほどなかったと思われる。小学校の外国語活動から高等学校の外国語まで、指導者も学習者も外国語を学習する本質的な意義を理解し指導や学習に取り組むことは大切なことである。

　中学年の外国語活動においては「聞くこと」、「話すこと」を中心に行い、高学年の教科・外国語においては「聞くこと」、「話すこと」に加え「読むこと」、「書くこと」が行われることになる。「読むこと」「書くこと」については小・中の連携という点からも極めて重要と思われるので後述する。また、上述した 4 技能（5 領域）は中・高校と同様に、言語活動を通して指導することになっている。「言語活動」は「お互いの考えや気持ちを伝え合う活動」とされているが（『研修ガイドブック』）、これまでの外国語活動においても、「お互いの考えや気持ちを伝え合う活動」が大切にされてきた。教科・外国語においても、また、中学校以降の外国語においても一貫してそのことが大切であることを「言語活動を通して」という文言が明確に示している。

　外国語活動は「コミュニケーションを図る素地となる資質・能力」と示しており、外国語は「コミュニケーションを図る基礎となる資質・能力」

と示している。「素地」というのは『広辞苑』(第6版)によれば「さらに手を加えて仕上げるもととなるもの」とある。したがって文法的には不完全であっても、のちの学習によって完成するような体験活動をめざすことが大切となる。一方「基礎」は「それを前提として物事全体が成り立つような、もとい」(『広辞苑』第6版)である。したがって、定着させるべきものは、しっかりと定着させることをめざさなければならない。そうでないと中学校以降の英語教育全体が成り立たない。

(2) 「読むこと」「書くこと」の領域目標

　従来の英語教育の枠組みでは「読むこと」「書くこと」は中学校で導入されていた。しかも「聞くこと」「話すこと」とほぼ同時に指導されていたために、学習者の負担は大きかった。2017年の学習指導要領においては、小学校の4年間でじっくりと音声や文字に慣れ親しませることになっている。本格的な「読む」「書く」の指導は中学校に委ねられている。

　小学校段階の「読むこと」の目標は「活字体で書かれた文字を識別し、その読み方を発音できるようにする」ことや「音声で十分に慣れ親しんだ簡単な語句や基本的な表現の意味が分かるようにする」である。慣れ親しんでいない単語や文を自力で読めるようになることまでは求めていない。また、「発音と綴り」の関係を指導することは中学校以降に委ねられている。

　また、「書くこと」については「大文字、小文字を活字体で書くことができるようにする。また、語順を意識しながら音声で十分に慣れ親しんだ簡単な語句や基本的な表現を書き写すことができるようにする」と「自分のことや身近で簡単な事柄について、例文を参考に、音声で十分に慣れ親しんだ簡単な語句や基本的な表現を用いて書くことができるようにする」(「書くこと」の領域目標)となっている。「書く」と言っても大文字、小文字を活字体で書くことができる程度であり、文に至っては「書き写したり」「語順を意識しながら例文を参考にして書く」というレベルである。単語の綴りを覚えて書くことや、例文などが示されないままに書くことではないことに十分に留意することが大切である。

小学校に「読むこと」「書くこと」が導入されたからといって、中学校の先生が「読めるだろう」「書けるだろう」と勘違いをしてしまうと中学校入学早々に「英語がわからない、英語が嫌い」という中学生を生み出しかねない。「読むこと」「書くこと」については「慣れ親しみ」の段階であり、「聞くこと」「話すこと」に求める技能とは同等ではないことに留意する必要がある（『研修ガイドブック』）。

（3）　語彙

2017年の小学校学習指導要領(外国語)においては「第3学年及び第4学年で取り扱った語を含む600〜700語程度の語」を指導することになっている。しかし、600から700語の語彙がどのような語彙であるかをリストにして示しているわけではない。これは、従来の中学校及び高等学校学習指導要領に倣っている。語彙はあくまでも領域ごとの目標を達成するために必要となるものであり、特定の語彙を覚えることは目標ではない。

2017年の学習指導要領で明確に示された点は語彙を受容語彙と発信語彙とに分けて考えるという点である。したがって小学校における600〜700語というのは受容語彙と発信語彙の両方を含めた語彙サイズであり、これらの全てを覚えて使いこなさなければならない、ということではない（『学習指導要領解説』）ことに注意しなければならない。ただし、どの語が受容語彙でどの語が発信語彙かは示していない。これは語彙リストを作成していない理由と同じである。何より領域ごとの目標を達成することが重要で、活動によっては、指導者が発信までは求めないという判断をすることが肝要である。また、図22.1に示す通り、ある学習段階では受容語彙であったものが、学習が進むにつれて発信語彙に変わっていくこともある。したがって小学校では受容語彙にとどめていたものでも中学校では発信語彙にまで高める必要がある。同様に中学校では受容語彙であったものが高等学校では発信語彙にまで高める必要がある。小・中・高等学校の指導者がこのことを十分に理解し言語活動の連携を図りながら「受容から発信へ」という意識を持つことが大切である。

〈図 22.1〉　学習指導要領が示す語彙サイズ

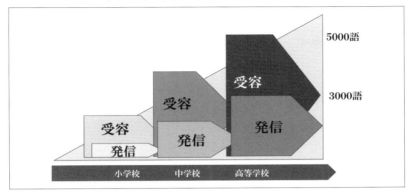

(4) Small Talk

　英語教育で使われる用語に Teacher Talk や Classroom English, Oral Introduction などがある。小学校外国語の教科化にともない、『研修ガイドブック』には Small Talk という用語が登場した。この Small Talk は、Teacher Talk や Classroom English, Oral Introduction と違うのだろうか。

　Teacher Talk というのは、外国語の教師が、相手に合わせて、わかりやすいように外国語を調整しながら話すことである。Classroom English は一般に授業中に使う簡単な英語のことを指す。"Open your book." "Let's play a game." "Good job!" など定型化している表現が多い。Oral Introduction は本時の文型や内容などを英語で導入するものである。それでは Small Talk とは何だろうか。

　『研修ガイドブック』では「Small Talk とは、高学年新教材で設定されている活動である。2 時間に 1 回程度、帯活動で、あるテーマのもと、指導者のまとまった話を聞いたり、ペアで自分の考えや気持ちを伝え合ったりすることである。また、5 年生は指導者の話を聞くことを中心に、6 年生はペアで伝え合うことを中心に行う」と説明している。また、Small Talk を行う主な目的は、(1) 既習表現を繰り返し使用できるようにしてそ

の定着を図ること、(2) 対話の続け方を指導すること、の2点となっている。この定義やねらいを踏まえると、「相手に合わせて、外国語を調整しながら話す」という点では Small Talk は Teacher Talk と重なるところがある。しかし、Teacher Talk は英語の質について述べたものであり、「あるテーマのもとで、まとまった話をする」という点では Teacher Talk とは異なるものである。また、Classroom English が「授業を進めるための定型的な英語表現」であるのに対して Small Talk は「自分の考えや気持ちを伝え合う」ことであるので、Classroom English の定義とも異なっている。Oral Introduction は既習事項を踏まえることがあっても導入にポイントを置くものである。逆に Small Talk は導入につなげることはあっても、既習表現の定着などを主なねらいとするため、Oral Introduction とも異なっている。さらに Small Talk が Teacher Talk, Classroom English, Oral Introduction と決定的に異なるのは児童どうしの対話も Small Talk としている点である。

　わざわざ新しい用語として Small Talk を導入した理由は何であろうか。筆者は 2017 年の学習指導要領の目標を実現するために必要だったためではないかと考えている。2017 年の学習指導要領では、前述したように「言語活動」が再定義され「言語活動は、『実際に英語を用いて互いの考えや気持ちを伝え合う活動』」としている。また、領域別の目標として「やり取り」が新たに加わっている。この Small Talk は指導者と学習者、あるいは学習者どうしが「お互いの考えや気持ち」を伝え合う絶好の機会となる。また、Small Talk によって、指導者は既習表現を自分の Small Talk の中で繰り返し使うこともできる。児童は学習した表現を何度も聞くことになるので定着にもつながっていく。何と言っても、身近な人の本当の話であるから、興味・関心も高まることであろう。もちろん、児童どうしも既習事項などを使ってお互いの考えや気持ちを「やり取り」する機会となる。この、Small Talk を正しく理解して授業に取り入れていくことが 2017 年の学習指導要領の目標を実現するためには大切である。中学校や高等学校でも全く同じことが言えるものと思う。

3. 教員研修と教員養成

　2017年の3月には小学校から高等学校まで、指導者の英語力・指導力の指針となる「教員養成・研修外国語（英語）コア・カリキュラム」（以下「コア・カリ」と表記）が公表された。これは(1)小学校教員養成課程外国語（英語）、(2)中・高等学校教員養成課程外国語（英語）、(3)小学校教員研修外国語（英語）、(4)中・高等学校教員研修外国語（英語）の4つから構成されている。

　名称を見ればわかるように、これは「教員養成」と「教員研修」の両方の指針を示している。当然、求められるものは共通しているものが多い。教員養成と教員研修の一貫した指針が示されたのは初めてのことである。教員養成や教員研修がつながりを持って行われ、さらに教員養成や教員研修の中身の充実が期待されるところである。

　新たな教育課題に対応するため教育職員免許法の改正（2016年11月）及び教育職員免許法施行規則の改正（2017年11月）も行われた。教職課程には「小学校外国語（英語）教育」、「ICTを用いた指導法」、「特別支援教育の充実」などが新たな内容として加えられた。全国の教員養成大学及び教員養成課程を置く大学では、改正された教員免許法を踏まえてカリキュラムを編成する必要があり、かつ、小・中・高校ともに、「コア・カリ」に対応した内容にすることになる。各大学は、免許法上、小学校教諭をめざす学生には「外国語の指導法」及び「外国語に関する専門的事項」を、それぞれ1単位以上を設置する必要がある。しかし「コア・カリ」に対応するためには、おそらく、どの大学でも免許法上の単位数を越えて、「外国語指導法」（2単位程度）と「外国語に関する専門的事項」（1単位程度）の履修を学生に求めることになるのではなかろうか。これによって、新免許法の下で学んだ学生はある一定程度の外国語の指導法と教科に関する専門的事項を学んで小学校の教員になることになる。

　「コア・カリ」には教員に求められる英語力も示されている。中・高校の教員には実用英語検定試験で準1級レベル、小学校教員には2級レベルが

設定されている。筆者らの調査では、実用英語検定試験で2級以上（上位級を含む）と自己評価している小学校教員は15％で、3級以下と自己評価した教員は85％にのぼっている（大城ほか 2018）。小学校教員をめざす学生の英語力を調査した資料は今のところ見当たらないが、大学卒業後においても大学時代の英語力が維持されていると仮定すれば、おそらく小学校教員をめざす学生の英語力レベルも現職教員と同じ程度と思われる。小学校の先生になるためには当然高等学校を卒業している必要があり、本来ならば高校卒業段階で英検2級や準2級レベルになっているはずである。しかし、実際にはそうなっていないところに、日本の英語教育の問題点が図らずも明らかになった。2017年の学習指導要領が全面実施になり、その効果が表れる頃になれば、小学校教員をめざす学生の英語レベルも全員英検2級レベルになっていることを期待したい。

《**Discussion**》

1. 小学校の中学年に外国語活動が、高学年に教科・外国語が導入された理由は何でしょうか。
2. 小学校のある単元を取り上げて Small Talk の具体例を示してください。
3. 小学校の外国語は誰が担当すべきでしょうか。担任ですか、それとも専科ですか。

参 考 文 献

大城　賢編著（2017）『小学校学習指導要領ポイント総整理（外国語）』東洋館出版社.

大城　賢・深澤　真（2018）「小学校外国語活動及び外国語導入に対する小学校教員の意識～小学校教員に対するアンケート調査の分析～」琉球大学教育学部紀要第93集.

文部科学省（2017）『外国語活動・外国語研修ガイドブック』.

文部科学省（2017）『小学校学習指導要領解説（外国語活動・外国語編）』.

《付　　　録》

1.　Lesson Plan の見本
2.　英語教育要語解説

　　旧版まで付録に収録していた学習指導要領については、本新版で
は、別冊付録（本書を採用してくださった指導者の方に無料進呈）に
収録いたしました。また、小社ホームページ（http://www.kenkyu-
sha.co.jp/）には、その PDF 版を掲載しておりますので、適宜、ご
利用ください。

1. Lesson Plan の見本

LESSON PLAN

Instructor:

I. **Date:** April 26, 2019

II. **Class:** 2–4 (18 boys & 18 girls)

III. **Textbook:** *Sunshine 2*, Program 2: A Trip to Finland

IV. **Aims of This Lesson:**

1. To help the students learn the usage of the following grammar points:

   (1) I**'m going to** play soccer with my friends. **Are** you **going to** play at the park?

   (2) I **will** answer it.

   (3) **Will** it be sunny? It**'ll** be fun.

2. To give the students chances to use the basic expressions they have already learned.

3. To help the students understand the content of the textbook.

4. To help the students write about their future plans and talk about them with the students.

V. **Allotment:**

1st period (**this period**) Two target sentences (1) above and understanding of Part 1 (pp. 18–19)

2nd period........ Reviewing Part 1, **I will answer it** and understanding of Part 2 (pp. 20–21)

3rd period........ Reviewing Part 2 and understanding of Part 3 (pp. 22–23)

4th period........ Listening and speaking (pp. 24–25)

5th period........ Preparing for speech and practicing speech (My ideal summer plan)

[196]

付録 1. Lesson Plan の見本　**197**

6th period .... Presenting one-minute speech, "My ideal summer plan" in a group and Q&A interactions in the group

Ⅵ. **Aims of This Period:**

1. To help the students learn the usage of the following target points:

    "I**'m going to** play soccer with my friends. **Are** you **going to** play at the park?"

2. To give the students chances to use the target sentences they have already learned.

3. To help the students learn to understand and use the following the new words and phrases:

    plan, think, bought, weekend, grandparents, go shopping, Finland, guess, exchange, host, language, Guess what!, How come?, How long～?, Helsinki, Finnish, host family, Swedish

4. To help the students understand the basic knowledge about Finland.

Ⅶ. **Teaching Aids:**

CD player, textbook CD, iPod, word cards, picture cards, white board, TV monitor, etc.

Ⅷ. **Teaching Procedure:**

1. Greetings and roll call
2. Warm-up activity (1) Let's sing a song, "This is me":
3. Warm-up activity (2) Three-minute chat, "What were you doing last night?"
4. Presentation of the new materials
    1) Oral introduction of the target sentences below.

    > I**'m going to** play soccer with my friends.
    > **Are** you **going to** play at the park?

    2) Checking of the target sentence structure and practicing of the target sentences
    3) Oral introduction of the new words and phrases: a)

with the word cards, or, b) on the screen
4) Oral introduction of the content of the textbook
5. Reading activity
   1) Silent reading
   2) Chorus reading (listening to the CD)
   3) Buzz reading
   4) Individual reading
   5) Read and look-up
6. Consolidation
   · Confirmation of the today's key sentence and phrases
   · Reflections of today's lesson on students' worksheet
   · Assignment of homework

2. 英語教育要語解説

Achievement Test（到達度テスト / 達成度テスト）

生徒が1学期、1学年のような特定の期間内において、定められた教育目標に対してどの程度まで到達したかを評定・評価するために用いられるテスト。したがって、テストの出題範囲はあらかじめ定められている。学校で用いられる多くのテストはこのタイプのもので、学力診断テスト、形成テスト、総括テストなどもこの範疇に入る。テスト範囲を定めない、いわゆる「実力テスト」と呼ばれるものは、proficiency test の範疇に入る。

⇨ Diagnostic Test; Formative Test; Proficiency Test; Summative Test; Testing

Autonomous Learner（自律的学習者）

1990年代から、外国語教育における学習者の自律（learner autonomy）に関する研究が盛んになった。これは、それ以前からの、学習者の要因が重要だという認識から必然的に起こったものであった。結局のところ、学習の成否を決定するのは学習者自身であり、学習者が自分の学習に責任を持つことが必須であるという結論に至ったのである。ここで自律とは、一般に、「学習者が自分自身の学習を制御する能力」と定義される。自律的学習者は一般に次の4つの特質を持っている。（1）自らの明確な学習目標を持ち、その目標を達成するために必要なステップを組み立てることができる。（2）それぞれの学習場面で適切なストラテジーを選択し、それらを有機的に組み合わせて使用することができる。（3）学習の過程で、自分が何を理解し何を理解していないか、また何ができて何ができないかを、正しくモニターすることができる。（4）自分の学習結果を正しく評価し、それをフィードバックして次の学習に活かすことができる。

Backwash Effect（波及効果）

テストが教師の指導や学習者の学習に与える影響をいう。リーディングのテストに英文和訳が多く出題されると、学習者は英文を読むことよりも和訳をすることのほうに注意を向けるようになる。また、多くの大学の入学試験でリスニングが出題されるようになると、高校の授業の中でリスニングの指導や学習に割く時間が多くなり、学習者全体のリスニング力の底上げにつながる。事実、大学入試センター試験にリスニング・テストが導入されてから、高校におけるリスニング指導の時間が増えたことが報告されている。

Bilingualism（2言語併用）

2つの言語を同じ程度に使用できる状態をいう。しかし実際には、2つの言語を全く同じように使用できる人の数は非常に限られており、bilingual（2言語併用

者）であっても、厳密に調査するとどちらかの言語が優位であることが多い。したがって、現在では、2つの言語の運用能力に多少の差があっても、2つの言語体系を獲得している人を bilingual と呼んでいる。カナダのように、immersion program によって bilingualism を推進している国もある。

⇨ IMMERSION PROGRAM

Bottom-up Processing（ボトムアップ処理）

人が情報を処理するときのモデルの1つ。これは、目前にある情報自体の分析から始め、最終的に全体を理解するという道筋をたどる。読解を例に挙げると、学習者はテキストに書かれている文字や語句や文を分析し、そこから得られた情報をもとにして、いわば下方向からテキスト全体の理解をめざす。

⇨ SCHEMA; TOP-DOWN PROCESSING

Can-do statement（能力記述文）

言語を用いて何ができるか（can-do）を記述した文章のこと。最も知られているのは、2001年に欧州評議会（Council of Europe）が、複数の言語話者の言語力を評価するうえでの共通の枠組みとして提案した CEFR（＝Common European Framework of Reference for Languages, ヨーロッパ言語共通参照枠）におけるもので、たとえば、話すこと（発表）のA1レベル（いちばんやさしいレベル）では「自分の住んでいる場所や知っている人のことについて、簡単な句や文を使って説明できる」と定義している。CEFR の can-do lists は、日本の学校英語教育にも影響を与え、文科省は中学、高校においても、シラバス作成をするさいに can-do リストを参考にするよう求めたほか、共通大学テストにおける民間試験の導入にさいしては、各民間試験の点数を CEFR のレベル表に紐づけている。CEFR は2018年に増補改訂され、従来のA1からC2までの6段階の下に Pre-A1 レベルが設定された。また、日本の英語教育環境に合うように改変された CEFR-J も開発されている。

Choral Reading / Chorus Reading（一斉読み）

英文をクラス全体、またはグループで声をそろえて読むことをいう。多人数クラスでの外国語教育においてはそれなりの効果があり、特に初期の段階で音声的訓練を与える場合に必要である。しかしあまりにも日常的な作業なので、その目的や効果的な活用法に注意が払われなくなる傾向がある。声がそろうことや、声を大きく出させることが直接の目的ではない。正しい発音・ストレス・イントネーションで読むこと、そして英文の意味を確認しながら読むことが大切である。機械的な eye-mouth reading（空読み）にならないように注意すべきである。

⇨ ORAL READING; SILENT READING

Communication Strategy（コミュニケーション・ストラテジー）

ある意味内容を伝えたいが、言語知識が不足しているためにその内容をうまく伝えられないときに使われるストラテジー。身振りを用いたり、他の表現に言い換えたり、対話者に正しい語が何かを質問したり、といった方法が挙げられる。

教室では、これらのストラテジーを知識として教えるよりも、具体的な言語活動の中で教えるほうが有効である。

⇨ Communicative Competence; Learner Strategy; Learning Strategy

Communicative Competence（コミュニケーション能力）

社会におけるコミュニケーション場面での言語の使用は、正しい文を作り出すことのできる grammatical competence に加えて、言語が使われる社会的コンテクストにおいて、その場にふさわしい一貫した言語の使用をする必要がある。その能力を communicative competence という。Canale and Swain（1980）によると、その能力は次の 4 つの下位能力からなる（第 7 章参照）。(1) grammatical competence：語彙・統語・音韻などの言語形式を操作する能力。(2) sociolinguistic competence：言葉が使われる社会的コンテクストを理解し、その場にふさわしい言葉で表現することができる能力。(3) discourse competence：一連の発話や文章をまとまりのあるものとして理解し、与えられたコンテクストにおいて、一貫した発話や文章を構成することのできる能力。(4) strategic competence：自分の言語技能の不完全さを補うために、種々のストラテジーを用いて途切れなくコミュニケーションを続行することのできる能力。

Comprehensible Input（理解可能なインプット）

Krashen が Input Hypothesis の説明で用いた用語。彼によれば、言語学習者は現在のレベルを少し超えたレベルのインプットをふんだんに受けることによって、最も効果的に言語習得を進めると主張する。ある学習者の現在のレベルを i とすれば、それより一段上のレベルの語彙や構造を含んだインプット（i＋1）を理解することによって、言語習得は自然に行われるという。しかしこの考えには反論も多い。たしかに、学習者が豊富なインプットを与えられることは重要である。しかし外国語学習環境では、どんなに努力しても受け取るインプット量には限りがあり、学校の授業だけで十分なインプットを得ることはほとんど不可能である。

⇨ Input Hypothesis

Computer Assisted Language Learning / CALL（コンピュータ利用の外国語学習）

コンピュータを利用した外国語学習のこと。指導者の立場からは CAI（Computer Assisted Instruction）と呼ばれる。コンピュータを用いることによって、視聴覚教材をより良い教材に加工して提示でき、何回でも反復できる。途中で自由にストップすることもできる。生徒それぞれの学習能力や学習速度に応じて、進度や内容量を調整することも可能である。したがって、適切な教材を用いれば、個別学習を効率よく行うことができる。また、これまではいろいろな制約があって不可能であった世界各地の自然や社会現象へのリアルタイムでのアクセスができるようになり、情報発信による高度の思考活動や豊かな表現活動も実現しつつある。インターネットを使って海外の学校とのコミュニケーションを深めている事例もある。

Context（コンテクスト / 文脈）

ある語や句や文、または、より大きな発話やテキストの前後関係のことをいう。いろいろな意味をもつ多義語は特定のコンテクストの中で特定の意味をもつ。単独では曖昧な文も、特定のコンテクストが与えられると明確な意味をもつ。このように、コンテクストは語や文を一定の流れの中で理解する助けとなる。たとえば 'The saw that he saw was an enormous one.'（彼が見たのこぎりは巨大なものだった）では、2つの 'saw' が同綴異語であることが文というコンテクストから理解できるのである。また、コンテクストがより大きな社会的な場面や状況を意味することもある。言語を適切に用いるためには、言語を用いる社会的なコンテクストを正しく理解することが不可欠である。

⇨ COMMUNICATIVE COMPETENCE

Critical Period Hypothesis（臨界期仮説）

言語を自然に習得する能力は、人生初期の一定の期間にだけ機能し、その期間を過ぎるとその能力は急速に衰えるという主張である。実際、10歳くらいまでの子どもは、適当な言語環境に入れられると、その言語を自然に習得する。しかし10歳を過ぎると、新しい言語の習得能力は急速に低下する。Lenneberg (1967) は3歳ころから10代初期までを言語習得の臨界期とし、その時期を過ぎると言語習得はきわめて困難になると主張した。しかし、このような強い臨界期仮説は現在支持されていない。臨界期を過ぎても新しい言語の習得に成功した人は珍しくないからである。ただし、それには非常に意識的な努力が要求されることは経験的にも明らかである。

Diagnostic Test（診断テスト）

指導を能率的に進めるためには、これまでに指導した教科内容について、どこが習得できてどこが習得できていないか、どこに躓いているかなどを、できるだけ正確に把握する必要がある。その実態を知るために、到達度テスト・形成テスト・実技テストなど、いろいろなタイプのテストが実施されるが、これらのテストをそれぞれの生徒の実態の分析、すなわち diagnosis（診断）のために利用しようという意図が働くならば、それらはすべて診断テストとなる。生徒個人の実態を的確に把握し、その実態に応じて補充を行い、事後の指導を生徒の実態に合わせて組み立てていくこと、これは常に教科指導の中心的課題である。

⇨ ACHIEVEMENT TEST; FORMATIVE TEST; SUMMATIVE TEST; TESTING

Dictation（ディクテーション / 書き取り）

聞き取った言葉をそのまま文字に書き表すこと。これは聞くことと書くことだけではなく、語彙力・文法力を含める広い領域にわたる言語活動とみなされる。また実用価値も高い。方法としては、語句（単独または文中）の書き取り、文または長めの文章の書き取りの2通りあるが、前者は語彙や慣用句の知識をみるもので、通常のディクテーションは後者、すなわちまとまりのある文や文章の書き取りをいう。普通の方法では、まず教師が書き取らせるテキストを普通の速さで1回読み、2回目に意味のまとまり（チャンク）ごとに区切って書き取らせる。そし

付録 2. 英語教育要語解説　**203**

て最後にもう 1 度普通の速さで読んで聞かせる。生徒が慣れるにしたがって、一時に書き取るチャンクの長さを次第に拡張することができる。生徒をその長さに挑戦させることで記憶のスパンを広げ、リスニング能力を発達させる効果のあることが知られている。

English as a Foreign Language / EFL（外国語としての英語）

　日本に住む日本人にとって英語は外国語である。英語は日本では日常的に使用される言語ではないからである。したがって、日本人が英語を学ぶのは、日常的に使用されている環境での英語の学習、すなわち第 2 言語としての英語の学習とは異なる面があると考えられる。インプット量に圧倒的な差があるからである。第 2 言語習得研究での成果をそのまま日本人の英語学習に応用しようとしても、当てはまらないことがある。
　⇨ ENGLISH AS A SECOND LANGUAGE

English as a Second Language / ESL（第 2 言語としての英語）

　第 2 言語として学習される英語のこと、つまり、英語が日常的に使用されている環境で学ぶ英語のことである。これまでの第 2 言語習得研究の多くは、英語使用国における移民、外国人居住者、留学生などを対象としていた。そしてそこで発見された英語技能の習得に関する諸事実は、さまざまな言語の学習者に多くの知見と示唆を与えた。しかしそれらのあるものは、外国語として英語を学習している者には必ずしも当てはまらないことがわかってきた。ESL と EFL が異なる面を持っていることに注目されるようになったのは比較的に最近になってからである。
　⇨ ENGLISH AS A FOREIGN LANGUAGE

Evaluation（評価）

　教育を効果的に進めていくためには、教育課程の効果に関する資料や情報が必要である。そのような資料・情報を集めるための作業や努力を総称して、教育評価あるいは評価と呼ぶ。評価は、学力や技能などの数量的側面だけでなく、児童・生徒の全人的発展をとらえようという点で、測定や検査と異なる。評価は大きく分けて、criterion-referenced evaluation（目標基準準拠評価）と norm-referenced evaluation（集団基準準拠評価）とがある。前者は必然的に絶対評価であり、後者は相対評価である。文部科学省は 1998 年に改訂した学習指導要録において、小学校・中学校・高等学校における評価の仕方を大きく変更し、従来の集団基準準拠から目標基準準拠へと転換した（第 21 章参照）。そのことは日常的に行われるテストの仕方にも影響を与えることになった。
　⇨ ACHIEVEMENT TEST; DIAGNOSTIC TEST; FORMATIVE TEST; SUMMATIVE TEST; TESTING

Explicit Knowledge（明示的知識）

　言語についての知識のうち、言葉を用いて説明できる知識のこと。たとえば英語の文法規則にはいろいろなものがあるが、きちんと定式化されている規則は明

示的知識として伝達が可能である。学校の授業で教えられる言葉の規則や、文法書に書かれている規則はすべて明示的知識として意識的に学習し、記憶することができる。しかしそれだけで英語を理解したり産出したりすることができるわけではない。言語の使用は、意識的に学習した明示的知識よりも、無意識的に学習した、言葉では説明できない implicit knowledge（暗黙の知識）のほうが重要な役割を担っていることがわかっている。

⇨ IMPLICIT KNOWLEDGE

Extensive Reading（多読）

多くの文章を読むことが多読である。その必要性は多くの教師に認識されているが、教室での指導法についてはあまり考えられていない。ただ夏休みなどの課題に加えるだけというケースが多い。多読の目的は、既存の知識をすばやく運用できるようにすること、語彙力を増やすこと、細かいところを気にせずに文章の流れを追う力をつけること、文章の要点をすばやくつかむ力をつけること、などである。まずは多読を授業中の活動としてとり入れ、多読の目的に合った exercise を加えていって、基本的な方法を身につけさせたい。当然 rapid reading とも関係があるので、あわせて指導するようにしたい。それが済んでから家庭での多読になるわけだが、副読本の選択には、英文の難易だけでなく、生徒の興味・関心も考慮してゆく必要がある。

⇨ INTENSIVE READING; RAPID READING

Focus on Form（フォーカス・オン・フォーム）

意味の伝達を中心とした言語活動の中で、語彙や文法などの特定の言語形式に学習者の注意を向けさせる指導のこと。コミュニケーションを重視する英語指導では、ともすると言語形式の不正確さが見逃され、理解可能であればよしとする傾向がある。そこで、必要に応じて意図的に生徒の注意を言語形式に向けさせる指導を行うことが求められる。しかし、これは文法中心の指導を行うということではない。最もよく用いられるのは、コミュニケーション活動を行っているときに、生徒の発言の中から特定の文法的な誤りを取り上げ、それを意識的に修正させる指導である。

Formative Test（形成テスト）

著名な教育学者 B. S. Bloom によると、教育評価の分野は大別して formative test と summative test に分けられる。前者は学習課程における評価であり、その結果をそのつど教師の指導法と生徒の学習活動の調整に役立たせることが主なねらいである。評価を有効に行うためには、行動目標の分析と到達目標の設定が具体的に行われ、その評価の基準が明確である必要がある。なお、形成テストは小テスト（small tests）などの形で、英語の授業ではできるだけ頻繁に行うことが望ましい。

⇨ ACHIEVEMENT TEST; DIAGNOSTIC TEST; SUMMATIVE TEST; TESTING

General American / GA (一般アメリカ英語)

アメリカ合衆国北部の中西部から西海岸までの人々が用いる英語。North American English とも呼ばれる。アメリカ合衆国でこの種の英語を話す人は全人口の約3分の2で、北東部(ボストンを中心とした地域)では「ニュー・イングランド方言」が、南部(オハイオ川の南、ミシシッピ川の東部諸州)では「南部方言」が広く使われている。しかし方言の差はさほど大きくないので、GA はアメリカ合衆国およびカナダ英語圏のどの地域でもほぼ通用する。
⇨ RECEIVED PRONUNCIATION

Group Work (グループ学習 / グループワーク)

授業の形態は、一斉学習、グループ学習、個別学習の3つに大別できる。英語の授業は従来一斉学習の形態を取ることが多かったが、40人ものクラスでは、生徒全員を同時に同じ学習活動に参加させることはどんなに有能な教師でも困難である。そこでグループ学習やペア学習の形態を取る必要が生じてくる。実際の授業では、一斉授業の一部分にグループ学習を取り入れる形のものもあり、グループ学習を主体とした授業形態もある。いずれの場合にも、グループ学習が成功するためには、個々の生徒がグループの一員であることを自覚し、互いに協力し合うことが大切である。
⇨ INDIVIDUAL WORK; PAIR WORK

Immersion Program / Immersion Programme (イマージョン・プログラム)

バイリンガルの養成をめざす教育プログラムの一種で、学校カリキュラムの50%以上を第2言語(または外国語)によって行うもの。カナダにおける英語を母語とする児童・生徒たちを対象にしたフランス語のイマージョン・プログラムがよく知られている。1日の授業のすべてがフランス語でなされる場合には、それをtotal immersion programme と呼んでいる。日本では、静岡県沼津市の加藤学園暁秀や群馬県太田市のぐんま国際アカデミーなど、10校余でイマージョン教育が行われている。しかし、そのような教育を実施するにはいくつかの厳しい設立条件をクリアしなくてはならないので、さらに拡大するかどうかは未知数である。
⇨ BILIMGUALISM

Implicit Knowledge (暗黙の知識)

言語を使用するときに無意識に用いる知識のこと。母語話者は自分の言語を理解したり産出したりするときに、さまざまな語彙や文法規則をほとんど無意識的に使用している。また、与えられた文が正しいかどうかを直感的に判断することができる。しかしほとんどの場合、自分の使用している規則を言葉で説明することはできない。それらの知識は非明示的である。外国語学習の最大の課題は、学校などで学習する明示的知識を、いかにして練習によって無意識的に使用できる暗黙の知識に変換するか(これを 'automatization' と呼ぶ)である。
⇨ EXPLICIT KNOWLEDGE

Individual Work（個別学習）

一斉学習、グループ学習と対立する授業形態の1つ。指導者の立場からすると individual guidance である。しかし普通の一斉学習を主体とした授業であっても、その中で個別学習は必ず行われている。特に、読んだり書いたりする活動の大部分は、本来、個別に行われるべきものである。さらに、本質的には、学習は個々の学習者の内部において成立するものであるから、一斉学習、グループ学習の形態を問わず、すべての学習は個別的であると言える。しかもそれぞれの生徒は個性をもった人間であり、学習の成立の仕方は一人ひとり違うはずである。
⇨ GROUP WORK; PAIR WORK

Input Hypothesis（インプット仮説）

1980年代はじめに Krashen によって提唱された第2言語習得のモデル。これは5つの仮説からなる。ただし、現在これらがすべて受け入れられているわけではない。(1) 習得・学習仮説: 子どもが母語を獲得するような自然な習得過程と、成人が外国語を学ぶような意図的な学習過程をはっきり区別し、学習は習得に移行しないとする。(2) 自然順序仮説: 成人の第2言語習得の際に、言語規則はある特定の順序で獲得される。(3) モニター仮説: 学習によって獲得された知識は、発話がなされる直前または直後に、発話の形式を修正するモニターの役割をする。(4) インプット仮説: 人は comprehensible input を受けることによってのみ言語を獲得する。(5) 情意フィルター仮説: 学習に高い動機づけがあり、自信があり、不安がない学習者は言語インプットを受け入れやすく、そうでない学習者は受け入れるのが難しい。
⇨ COMPREHENSIBLE INPUT; OUTPUT HYPOTHESIS

Intelligibility（理解可能度）

英語が国際語となって広がるにつれ、さまざまな種類の英語（Englishes）が世界に飛び交うようになった。英語はもはやそれを母語としている人びとだけのものではなく、フィリピン人やインド人のようにそれを第2言語として使う人びとのものでもあり、中国人や日本人のようにそれを外国語として使う人びとのものでもある。そこで起こった問題が発音や語彙や文法の違いであり、互いにコミュニケーションに齟齬をきたす事態が生じるようになった。そのうち特に発音の理解度を問題にするときに intelligibility という用語が用いられる（内容の理解度は comprehensibility と呼ばれる）。英語のネイティブ・スピーカーの標準的な発音からどれくらい離れると通じにくくなるかという研究がこれまでなされているが、そもそも国際英語の標準的発音が何かという根本的な問題が現在議論されているところである。

Intensive Reading（精読）

Extensive reading とは違って、テキストの内容を深く理解するために、語彙・文法・慣用法など細部に注意して、一つひとつ分析しながら注意深く読み進める読み方をいう。ときに社会的・文化的背景に触れることもある。難しいテキストを読むときには必然的にこの読み方になる。精読の授業には、伝統的な訳読によ

る方法だけでなく、オーラル・イントロダクションや英問英答などによって英語を使って読み進む方法との2通りある。前者も必要な場合もあるが、できるだけ後者を用いる授業を行うことが望ましい。その理由は、訳読は内容把握の活動にとどまるのに対して、英語を使って英語を読み進むほうは、与えられたテキストを材料としていろいろな言語活動に発展することが可能だからである。

⇨ Extensive Reading; Rapid Reading

Interaction (インタラクション / 相互交渉)

学習者と教師、または学習者同士によるメッセージのやりとりをいう。コミュニケーション活動をしているときに、相手の伝達内容が理解できない場合にはその旨を伝え（What do you mean? など）、また相手からの助けによって伝達内容の調整を行う（理解が容易な表現に言いかえてもらう、相手が理解しているかどうかを質問してチェックする、など）。この会話の調整は対話者が理解できない部分がなくなるまで続けられる。このような negotiation of meaning（意味の交渉）を繰り返す結果、インプットが理解可能なものとなり、言語習得への道が拓ける。

⇨ Input Hypothesis; Oral Introduction

Language Aptitude (言語適性)

外国語学習には個人差が大きい。同じ条件で学習を進めても、他の人より進歩の速い人と遅い人がある。また達成度の高い人と低い人とがある。これは一般に言語適性の違いによると考えられている。しかし、言語適性が生得的なものかどうかについては、さまざまな議論がある。J. B. Carroll（1972）は、外国語学習の適性として（1）音の符号化、（2）文法感覚、（3）機械的記憶、（4）帰納的推論の4つの要素を認め、その構成要素の分析に基づく「言語適性テスト」を作成している（第3章参照）。

Learner Strategy (学習者ストラテジー)

学習者が目標言語を学習し、またそれを用いようとするとき、さまざまな方略を用いることが知られている。その場合の学習者の意識的・無意識的過程を strategy（ストラテジー：原義は「戦略」）と呼んでいる。大きく learning strategy と communication strategy に分けられる。前者は、学習者が目標言語の知識をどのように蓄積し、それらを自動化していくかに関係する。後者は、実際のコミュニケーション場面において、学習者が目標言語の知識をどう用いるかに関するものである。

⇨ Communication Strategy; Learning Strategy

Learning Strategy (学習ストラテジー)

学習者がどのようにして第2言語や外国語の知識（例：単語の意味・用法・文構造など）を蓄積し、それらをどのようにして使えるようにしていくかという、その手順や方法をいう。たとえば、単語を覚えるときに声に出したり、その単語を使って例文を作成したり、反義語と関連づけたりすることがある。このような方略を用いて、学習者はその単語を自分の知識として定着させていくのである。

R. L. Oxford（1990）は次の6種類の学習ストラテジーを認めている（第3章参照）：（1）記憶ストラテジー、（2）認知ストラテジー、（3）補償ストラテジー、（4）メタ認知ストラテジー、（5）情意ストラテジー、（6）社会的ストラテジー。
　⇨ Communication Strategy; Learner Strategy

Lesson Plan（授業案）

　Teaching Plan（指導案）とも呼ばれる。指導計画には年間計画、週案、日案などと呼ばれるものがあるが、授業案は一般に1単位時間の授業にあたって、指導事項や指導手順を示したものである。授業案は自分の授業を円滑に運営するため、また研究授業や公開授業の参観者に授業内容を事前に知らせるために書かれるが、何を（what to teach）、どのように（how to teach）教えるかについてのイメージを豊かにもつ必要がある。授業案は目的によって細案と略案に分かれるが、少なくとも略案は毎時間作って反省を書き込むようにしたい。なお、授業案を英語で書くか日本語で書くかの問題であるが、公開授業などで参観者に外国人が含まれる場合には英語のほうがよい。そうでなければ日本語でよい。

Memory（記憶）

　情報を保持する心的能力のこと。記憶は short-term memory（短期記憶）と long-term memory（長期記憶）の2つに分けられる。前者は、受け取った情報が分析され、解釈される間（約20秒）だけ保持される記憶である。後者は、情報がより長期間保持される記憶である。しかしそれを受け取ったときと同じ形で保持されるわけではない。短期記憶で保持されていたものが、長期記憶ではその詳細が省略され、内容だけが異なる形で保持されるのである。なお近年になって short-term memory は working memory（作動記憶）とも呼ばれ、単に情報を短期間だけ保持するための受動的な記憶システムではなく、そこで情報を処理する能動的な記憶システムであることがわかってきた。言語活動においては、入ってくる言語情報をここに短期間保持し、その短い間に理解または産出に必要なさまざまな認知的操作を行うのである。

Motivation（動機づけ）

　生徒に学習意欲を起こさせること。どのように動機づけをし、どのようにそれを維持させるかは、英語教師にとって最大の指導課題である。動機づけには integrative motivation（統合的動機づけ）と instrumental motivation（道具的動機づけ）とがある。前者はその言語を使用する集団に溶け込み、交流したいという動機づけであり、後者は試験や仕事でその言語を学ぶ必要があるという動機づけである。どちらが動機づけとして有効かは一概には言えない。また、intrinsic motivation（内発的動機づけ）と extrinsic motivation（外発的動機づけ）の分類も広く用いられている。一般に、言語学習そのものを楽しもうという内発的動機づけのほうが、高い学習成果をもたらすと考えられている。しかしきっかけは外発的でも、それが次第に内発的なものに移行することも報告されている。

Oral Introduction（オーラル・イントロダクション / 口頭導入）

　授業の指導過程の中で、新教材は何らかの形で生徒に提示・導入される。オーラル・イントロダクションとは、教師自身が英語を使って導入することをいう。その方法は、学習者がよくわかる場面や文脈を設定し、既習の語彙と構文を使って、その中に新しい学習事項を順次提示する。オーラル・イントロダクションには、（1）英語の音に慣れさせる、（2）学習の雰囲気づくりに役立つ、（3）直聞直解の訓練をする、（4）直読直解への橋渡しをする、などのねらいがある。しかしともすると教師の一方的な語りになりがちなので、教師と生徒との間で問答をしながらテキストの内容をとらえさせる oral interaction（オーラル・インタラクション）という導入方法も行われている。
　　⇨ Interaction

Oral Reading; Reading Aloud（音読）

　書かれたテキストを、発音、強勢、イントネーション、区切りなどに注意しながら聞き手にわかるように読むことをいう。普通は、音読する前にテキストの内容が理解され、十分な口頭練習が行われることが前提となっている。音読は、文字と音声と意味の三者を結びつける働きがあるので、特に入門期や初期の学習者には重要である。それだけではなく、音読によって内容理解を深めることもでき、直読直解の能力を身につけることもできる。また、近年になって音読のさまざまな効果が認められてきた。音読の効用は次の 4 項目にまとめることができる（第 14 章参照）：（1）音韻システムの獲得、（2）語彙チャンクの蓄積、（3）文法規則の自動化、（4）音読からスピーキングへの発展。
　　⇨ Choral Reading; Silent Reading

Output Hypothesis（アウトプット仮説）

　Input Hypothesis に対する反論として提出された仮説。Krashen は、理解可能なインプットを十分に与えれば、アウトプットの能力は自然に発達すると主張した。しかし Swain（2005）はカナダのイマージョン・プログラムを検証し、たとえ早い段階から理解可能なインプットを十分に受けたとしても、アウトプットの機会が不足していれば、第 2 言語のレベルは母語話者のそれには達しないと主張した。アウトプットをすることによって学習者は自分の誤りに気づくのであり、その誤りを修正することによってより適切な言語使用能力を獲得するというのである。この仮説は、日本のような外国語環境での英語学習では、むしろ当然のこととして受け入れられている。
　　⇨ Immersion Program; Input Hypothesis

Pair Work（ペア学習 / ペアワーク）

　グループ学習の 1 つの形態で、2 人の生徒が組になって行う学習活動や言語活動をいう。教科書の対話文を役割別に音読したり、身振り手振りを交えてスキット（寸劇）を行ったり、相手から情報を聞き出す活動をするなど、さまざまな活動が考えられる。ペア学習は、目標文の定着を容易にするばかりでなく、現実の言語運用に近づけることが可能であり、また相手と協力して学べるなど、多くの利

点があることが認められている。
⇨ Group Work; Individual Work

Pattern Practice（パターン・プラクティス / 文型練習）

オーディオ・リンガル法の考え方に基づく、主に口頭練習のための技術である。教師が基本文型について、「理解」「模倣」「反復」の活動を十分行ったあと、実物・絵・動作または簡単な語句をキューとして、その場面や状況にあった文を生徒から自由に引き出すようにすることがこの練習の特徴である。教師は最小限に発言し、生徒は最大限に発表できるという面をもつ。指導手順としては、普通は導入の段階に位置するが、復習や整理の段階で行うのもよい。ただパターン・プラクティスは機械的で単調な作業となりやすいので、できるだけ有意味な練習にすることが大切である。

Phonics（フォニックス）

英語の綴り字と発音の規則性に注目させ、組織的に綴り字の読み方を指導しようとする教育技術。英語の綴り字は非常に不規則で、綴り字通りに発音しても英語にはならないし、発音通りに綴っても正しい綴り字にはならないことが多い。このことは英語を母語とする子どもたちにとっても大きな学習上の障害となり、アメリカの初等教育は古くから子どもたちの難読症（dyslexia）と呼ばれる症状に悩まされていた。そのような事態に対処すべく、小学生に読み書きを教えるために開発されたのがフォニックスである。近年は日本の入門期の英語指導にもこの技術が利用されるようになってきた。しかしそれは、アメリカでのフォニックスとは、目的と指導法が異なったものになっている。

Portfolio（ポートフォリオ）

この語の本来の意味は「書類を入れた折かばん」であるが、英語教育では学習者個人の学習記録をファイルしたものである。それは本来、個々の学習者の利益のために作成されるものである。今日の授業で学んだ事柄の記録、自分のなした学習活動の反省、学習成果・達成度の評価などを記録する。返却された答案もファイルしておく。教師が個々の生徒のポートフォリオを学習指導や学習評価のために利用することもできるが、担当する生徒数が多い場合には負担が重くなる。

Productive Skills（発表技能 / 産出技能）

コミュニケーション活動には伝達内容を受け取って理解する面と、それを相手に伝える面とがある。前者に関係する技能を receptive skills, 後者に関係する技能を productive skills という。4技能ではスピーキングとライティングが productive skills の技能である。外国語学習のねらいは、その外国語が自由に使えることである。聞いてわかり、自分も相手にわかるように話すことができ、またその言語を文字を通して理解でき、書けるようにしなくてはならない。そのためには、あらかじめ、理解のための教材と発表のための教材を分けて指導することが重要である。
⇨ Receptive Skills

Productive Vocabulary（発表語彙 / 産出語彙）

人が話したり書いたりするのに使用することのできる語の総数。Active vocabulary とも呼ばれる。読んだり聞いたりして理解できる語彙は receptive vocabulary（または passive vocabulary）と呼ばれる。実際に使用できる語彙は、理解できる語彙よりもかなり小さいと考えられる。教育ある英語の母語話者は 2 万語以上の receptive vocabulary をもっていると言われるが、そのうち、個人が日常的に使用する語彙は 2,000 語から 3,000 語くらいと推定されている。しかし receptive vocabulary の大部分は、潜在的に使用可能な語と考えることもできる。
⇨ Receptive Vocabulary

Proficiency Test（熟達度テスト）

一定期間の学習成果を測定する到達度テストと異なり、このテストは、学習の期間や場所を問わず、生徒がある時点でもっている総合的な語学能力を測定しようとするものである。したがって、既習・未習を問わずに出題される。TOEFL や TOEIC などがこの種類のテストである。またわが国の大学入試問題は、到達度テストと熟達度テストの両方の性格をもっている場合が多い。
⇨ Achievement Test; Testing

Rapid Reading / Speed Reading（速読）

外国語として英語を読む場合の速読は、一般に、1 分間に 200 語以上の速度で読むことをいう。内容の要点をつかみながら速読することはリーディング指導の目標の一つであるが、この速読の技能の獲得を個人で達成することは困難なので、授業の中で組織的に指導する必要がある。まず生徒の能力や興味に合った教材を与え、文を頭から読み下げる直読直解の方法に慣れさせ、必要な情報を探しながら読む情報検索読みの手法を教えるなどする工夫が教師に求められる。
⇨ Extensive Reading; Intensive Reading

Read and Look-up（リード・アンド・ルックアップ）

一度黙読か音読した文（またはその一部）を、次にはそれを見ないで繰り返して言う練習のこと。普通は内容把握のすでに済んだテキストについてこの活動を行う。これは理解したテキストを発表用に転換するのに最も簡便で効果的な方法である。すなわち、音読からスピーキングへの橋渡し的練習として有効である。スピーキングの練習ということであれば、顔を上げて英文を繰り返すさいに、教師や他の生徒の顔を見て語りかけるように言うことや、ジェスチャーを加味して言うとよい。
⇨ Choral Reading; Oral Reading

Received Pronunciation / RP（イギリス容認発音）

イングランド英語の一種で、イングランドのパブリック・スクールで教育を受けた人びとの発音。BBC 放送もこの発音を用いている。実際には、この発音はイングランド人口の 3% に満たない人びとにしか用いられない。しかしラジオやテレビの普及によって、これがイギリス型の標準的発音として、アメリカ型発音

（GA）と並んで、世界各地で最も広く理解される英語である。
　　⇨ GENERAL AMERICAN

Receptive Skills（受容技能）

　言語活動において音声または文字による伝達内容を把握する技能。4技能のうち、リスニングとリーディングがこれに当たる。言語信号としての音をキャッチして、その表す意味内容を理解するのが聞くことであり、言語記号としての文字を見て、その表す意味内容を理解するのが読むことである。外国語学習のもう1つの目標である productive skills の獲得は、この receptive skills の習得が前提条件となる。
　　⇨ PRODUCTIVE SKILLS

Receptive Vocabulary（受容語彙）

　聞いて理解できる語、または読んで理解できる語の総数。Passive vocabulary とも呼ばれる。日本の小・中・高校で指導される語の総数は、学習指導要領で4,000–5,000語（小学校600〜700語、中学校1,600〜1,800語、高校1,800〜2,500語）となっているので、中学生・高校生には、それが受容語彙の一応の目安になるであろう。教育のある英語母語話者の理解できる語彙サイズを調査したものがいくつかあるが、調査によって2万語から5万語という幅がある。それは調査の方法や語のカウントの仕方によるので、正確なものではない。日本では大学英語教育学会が「新 JACET 8000」の語彙リストを作成しており、この8000語を日本人の語彙到達目標としている。
　　⇨ PRODUCTIVE VOCABULARY

Role-play（ロール・プレイ）

　もとは心理学の用語で、学校・職場での集団活動や人間関係を改善したり、訓練したりするための技術。その方法は、数人の演技者に役割を分担させて、現実の問題場面を、模擬的また即興的に、簡単な劇の形に再現させる。そしてある場面の終了後に、演技者たちと観衆とで劇中のいろいろな問題点について討議し、そこで提出されたアイディアは直ちにまた次のロール・プレイに導入される。その技法を英語指導に応用するものであるが、一般に次のような方法が用いられる。(1) 暗記した対話をそのまま役を割り当てて演じさせる、(2) 暗記した対話を利用し、その一部を現在の状況に変えて演じさせる、(3) 状況だけを設定しておいて、対話者が自分で台詞をあらかじめ考えて（または考えながら即興的に）演じる。

Schema（スキーマ）

　構造化・体系化された知識の集合体をいう。スキーマは多くの下部組織からなり、それらが構造化されて、知識の集合体としてわれわれの長期記憶の中に蓄えられている。スキーマの概念は、リーディングやリスニングのプロセスに応用されるが、次の2つに大別される。(1) content schema（内容スキーマ）と呼ばれるもので、テキストの内容に関する背景知識、(2) formal schema（形式スキーマ）といい、テキスト・談話・パラグラフ・センテンス・文法・単語・音声・文

字など、言語形式全般に関する背景知識。まとまった文章を読んだり聞き取ったりするときには、言語使用者はこれらのスキーマを活用して意味を理解する。

⇨ BOTTOM-UP PROCESSING; TOP-DOWN PROCESSING

Shadowing (シャドウイング)

聞こえてくる英語を、テキストを見ずに、すぐあとについて言っていく練習をいう。モデルの音声に影のようについていくので shadowing と呼ばれる。これを repeating と呼ぶこともあるが、少し間をおいて反復するので、shadowing と区別することもある。また、英文を見ながら、聞こえる英語にかぶせるように同時に音読する練習法を overlapping (オーバーラッピング) という。いずれも英語らしい音声を身につけるために有効な練習法とされている。中でも shadowing は、言語知識の自動化(知識を無意識的に使用する技能)に効果があると考えられている。

Silent Reading (黙読)

音読に対するもの。リーディングの目的は内容把握にあるので、この黙読が本来の読み方とされている。しかし外国語学習においては、音読と黙読はそれぞれの機能をもっていて、優劣はない。黙読は多読・速読と同様に、英語の音声や文構造に慣れてから、つまり中学 2 年後半ぐらいから取り入れるのがよい。それも授業の中で組織的に指導することが望ましい。特に、唇を動かしながら読む lip reading や返り読みにならないように注意することが必要である。

⇨ CHORAL READING; ORAL READING

Summative Test (総括テスト)

総括的評価の主要な機能は、学期や学年末に単位を認定したり、また成績をつけたりすることにある。したがって、総括テストは単元総括テスト、中間・期末テスト、学年末テストなどの形態をとる。生徒の学習成果をあらゆる方面から測定できるような内容のテストが望ましい。また指導成果を把握し、教育効果や教育水準を知り、次に行うカリキュラム作成や指導方法の改善に必要な資料を得られるようにしたい。

⇨ ACHIEVEMENT TEST; EVALUATION; FORMATIVE TEST; PROFICIENCY TEST; TESTING

Syllabus (シラバス)

ある一定の期間に、何をどのような順序で教えるかの授業計画を記したものをいう。「何を教えるのか」に関しては、言語の文法構造を中心にして作成する structural syllabus (構造シラバス)、言語の具体的使用場面を中心に作成する situational syllabus (場面シラバス)、伝えようとする意味・概念、または依頼・謝罪・同意などの言語機能を中心に据えて作成する notional-functional syllabus (概念・機能シラバス) などがある。「どのような順序で教えるのか」に関しては、頻度や難易度や自然の習得順序に基づいて決められる。

Task（タスク）

ある目標を遂行するために、学習者が自らの知識や技能を総動員して取り組む言語活動をいう。たとえば、「英語で学級新聞を作る」というタスクでは、学習者はそれまでに学んだ個々の文法項目・語彙・パラグラフの構成法などを駆使して新聞の作成に取り組む活動を行う。学習者が今まで意識的にしか使えなかった言語構造や技能が、タスクを遂行するために夢中で言語を使用するうちに、自動的に使えるようになることが期待される。また、適度な難度のタスクを与えることで学習者の学習意欲が増し、さらに高度なタスクに取り組もうとする動機づけにもなる。そのようなタスク活動を中心においた授業が近年盛んに実践されるようになっている。

Teaching Procedure（指導手順）

1単位時間の中で行われる学習指導の配列順序のことをいう。典型的な指導手順は1）復習、2）新教材の導入、3）新教材の展開、4）整理という順序である。多くの教師の長年の経験から生まれた形ではあるが、あまり固定的に考える必要はない。その日の授業のねらいや、1課全体の指導の流れに応じて、そのつど考えられてゆくべきものである。そのほか、指導手順を考えるさいに考慮すべきこととして、音声の活動を読み書きの活動に先行させるべきかどうか、4技能をバランスよく1時間の中で取り入れるのかどうか、といったことがある。これらについても、授業の目標、生徒の実態、年間計画、などの点を考慮して柔軟に判断してゆくべきである。

Team Teaching / TT（ティーム・ティーチング / 協同授業）

複数の教師の協同授業をいう。英語の授業では、日本人教師とネイティブ・スピーカーとの協同授業を特にこのように呼ぶことが多いが、2人の日本人教師によるティーム・ティーチングというのもあり得る。ネイティブ・スピーカーが得られない場合には、それに代わることのできる英語に堪能な教師と協同して2人で授業を担当するわけである。また、小学校段階では、担任の教師、ネイティブ・スピーカー、英語専科の教員という3者のティーム・ティーチングも見受けられるようになった。ティーム・ティーチングが成功するかどうかは、複数の教師が協同して、それぞれの特徴を生かすような授業を進められるかどうかにかかっている。互いに足を引っ張り合うようなことになれば失敗するであろう。

Testing（テスティング）

テストを作成するさいには次の3つの条件を考慮すべきであると言われている。すなわち、(1) 妥当性（validity）：テストが測定しようとしているものをきちんと測定しているかどうかを示す度合い。(2) 信頼性（reliability）：テストの安定度を示す度合い。同じ種類のテストを何回受けても、また採点者が変わっても、同じ結果が得られるか。(3) 実用性（practicality）：テストの実施や採点の容易さの度合い。（第21章参照）

⇨ ACHIEVEMENT TEST; DIAGNOSTIC TEST; FORMATIVE TEST; PROFICIENCY

付録 2. 英語教育要語解説　**215**

TEST; SUMMATIVE TEST

Top-down Processing（トップダウン処理）

　　ボトムアップ処理と同様、人間の情報処理のモデルである。すぐれた言語使用者は、すでにもっている背景知識やコンテクストについての知識を利用して、目前の情報に関する予想や推測を行い、それによって情報を処理している。聞いたり読んだりして得られる文章（ボトム）の情報よりも頭の中にある知識を利用するので「トップダウン処理」と呼ばれる。テキストの読解では、学習者自身がもっている背景知識などによって予測を立て、テキストの内容を理解しようとする。ボトムアップ処理とトップダウン処理には優劣はなく、われわれは実際には両方の処理を同時的に行っている。両者は互いに補い合って情報を処理しているのである。

　　⇨ SCHEMA; BOTTOM-UP PROCESSING

Total Physical Response / TPR（トータル・フィジカル・リスポンス）

　　アメリカの心理学音 J. Asher の開発した外国語指導法で、聞いて理解した言葉に身体全体で反応させる方法なのでこの名がついた。この方法は幼児の言語習得の観察から考案されたものである。幼児は話すことができるようになる前に聞くことに専念し、その聞く行為をいろいろな行動に結びつけている。この事実から、Asher は理解した言葉を動作に結びつけることの重要性を主張したのである。具体的には、TPR は命令文を聞かせ、直ちに身体で反応させる。したがって、方法論的には、オーラル・メソッドを考案した H. E. Palmer の 'Imperative Drill' や 'Action Chains' に類似している。

Transfer（転移）

　　学習理論で、ある場面で学習された知識や行動が他の場面に転用されることをいう。その知識や行動が他の場面でプラスの効果をもつ場合を positive transfer といい、マイナスの効果をもつ場合を negative transfer という。後者は interference（干渉）とも呼ばれる。第 2 言語や外国語の学習においては、第 1 言語の目標言語への転移が問題となる。一般的には、第 1 言語と目標言語とが同一パタンをもつときには positive な転移が起こるが、両者のパタンが異なるときには negative な転移（＝干渉）が起こるとされている。しかしこれについては異論もある。

索　　引

第1章から第22章までの本文を収録対象とした（参考文献を除く）。目次でたどれるものは原則として省略した。人名および重要語句等には原綴を添えた。《付録》の「2.英語教育要語解説」も参考にされたい。

〔あ 行〕

あいさつ　greetings　148
アイディアマップ　124, 125
アウトプット　39, 40, 41, 54, 56
　〜仮説　output hypothesis　40
　理解可能な〜　40
アクション・チェイン　Action Chain
　48, 49
アクティブラーニング　32, 161, 167
誤り　23, 55, 103, 125, 179
　〜の化石化（fossilization）　55
暗黙の知識　implicit knowledge　38,
　87

意見共有活動　54
意識下の過程　subconscious process
　38
イタリック体　76
1次伝達　primary speech　47
一貫性　coherence　53, 121, 122
一斉授業　165–166, 168, 171, 172
5つの領域　8, 14, 16, 128, 188
イディオム　121, 139
意図的学習　intentional learning　45,
　46, 78, 79
イマージョン・プログラム　immersion
　program　40, 128
意味推測　78
意味の交渉　negotiation of meaning
　54, 55, 56
印刷教材　95
インターネット　4, 132, 133, 153, 155,

158, 160, 167
インタビュー　107
インテイク　59
イントネーション　intonation　67,
　70, 97, 98, 103, 115, 121, 139,
　149
インフォメーション・ギャップ　→　情
　報差
インプット　39, 54, 58, 59, 78, 88,
　124, 134
　〜仮説　input hypothesis　39, 54
　理解可能な〜　comprehensible in-
　put　39, 40, 41, 56
引用符　75

ウィルキンズ、ディビッド　David
　Wilkins　52
ウォームアップ　146, 149, 168
歌　146

絵　39, 47, 48, 57, 81, 100, 107,
　117, 120, 150, 153, 154, 158
英英辞典　84　→　cf. 辞書
映画　155, 156
英検（実用英語技能検定）　138, 175,
　176, 193, 194
英語教育の在り方に関する有識者会議
　185, 186
英語コミュニケーションI　8, 17, 18,
　19, 98, 99, 104, 105, 113, 114,
　122, 139
英語指導助手　→　ALT
英語で考えること　thinking in English

[216]

索　引　**217**

37, 103, 115
英語の運用力　29, 30
『英語ノート』　186
英語の変種　62, 96
英語力(教員に求められる)　193
英語力調査　102, 119, 194
英語を第 2 言語(外国語)とする人口　5
英語を母語とする人口(英語母語話者)　4–5, 62, 63, 68
映像教材　155–156
英問英答　48, 49, 130, 147
エッセイ　59, 175
演繹法　45

大文字　70, 75, 120, 189
お国なまり　22
オーセンティックな教材　155
オックスフォード　Oxford, R. L.　25, 26
オーディオ・リンガル法　The Audiolingual Method　45, 49–51
オーバーラッピング　97, 107, 116, 155
帯活動　168, 191
オーラル・インタラクション　oral interaction　142, 144–145
オーラル・イントロダクション(口頭導入)　oral introduction　40, 48, 49, 50, 90, 142, 143, 149, 153, 154, 160
オーラル・プレゼンテーション　153
オーラル・メソッド　The Oral Method　40, 45, 47–49, 50
音声　15, 22
　～教材　95, 155, 157
　～テープ　100
音節構造　66
音読　oral reading; reading aloud　46, 107, 113, 115–116, 130, 139, 147, 149, 158, 164, 165, 167
　～の効用　115–116
　表現～　147

音の符号化　phonetic coding　24, 25

〔か　行〕

外国語活動　7, 184, 186, 187
　～の必修化　185
　～の目標　187–192
外国なまり　foreign accents　36
介護体験　34
書き言葉　written language　12, 44, 70, 79, 80, 120, 121
書き取り　→　ディクテーション
書くこと(領域)　14, 15, 16, 17, 128, 188, 189, 190
「書くこと」のプロセス　123–124
学習意欲　182
学習指導要領　7–10, 76, 95, 107, 115, 120, 169, 177, 181, 186
　～と統合的な技能の指導　128
　～に示されている語数　16, 19, 79, 190, 191
　～に示されている文法事項　16, 19, 88–89
　～の「書くこと」の指導内容　122–123
　～の「聞くこと」の言語活動　98–99
　～の「話すこと」の指導内容　104–106
　～の「読むこと」の言語活動　113–115
　～の歴史　9
　高等学校～　7–8, 9, 16, 187, 190
　小学校～　7, 71, 75, 184, 185, 186, 187, 188, 189, 190, 192, 194
　中学校～　7–8, 9, 13–16, 62, 89, 187, 190
学習者としての英語教師　31
学習スキル　58
学習不安　41, 42
学習方略　→　cf. ストラテジー
画像検索　153, 159
カタカナ語　81

学校教育法施行規則　9
活字体　75, 189
カットアウトピクチャー　153　→　cf.
　　絵
家庭学習　115, 147, 149
仮定法　16, 88
カテゴリー化　26
カナーレとスウェイン　Canale and
　　Swain　53
空読み　117
関係副詞　88, 89
韓国語　8
観察　181
完成法（テストの方法）　179
感嘆符　75
観点別評価項目　177, 182

機械的記憶　rote memory　24
机間指導　150, 168, 171
聞くこと（領域）　14, 16, 17, 128, 188,
　　189
北アメリカ英語　North American
　　English　62
機能語　92
帰納的推論　inductive reasoning　24
技能統合　106, 123, 127–134, 177
　　リーディングとライティングの〜
　　132
　　リスニングとスピーキングの〜　129–
　　132, 134
　　リスニングとライティングの〜　131–
　　132
帰納法　45
基本的言語技能　→　言語技能
疑問符（クエスチョン・マーク）　70
キャロル　Carroll, J. B.　24
キャロル、ルイス　Carroll, Lewis　44
　　『不思議の国のアリス』Alice's Ad-
　　ventures in Wonderland　44
教育機器の特性　157
教育再生実行会議　185, 186
教育実習　34, 148
教育実践に関する科目　34

教育職員免許法　32, 193
教育の機会均等　185
教育の基礎的理解に関する科目　33,
　　34
教員研修　193
教員採用試験　30, 174
教員養成　32, 193
「教員養成・研修外国語（英語）コア・
　　カリキュラム」　→　「コア・カリ」
教科　58, 129
教科及び教職に関する科目　32
協学　58
教科書検定　9
「教科書を教える」　138
教科としての外国語　7–8, 88, 184,
　　186, 191
強勢　stress　66, 67, 70, 103, 115,
　　139
協働学習　170
協同授業　→　ティーム・ティーチン
　　グ
キーワード　92, 100, 112

偶発的学習　incidental learning　45–
　　46, 78
クエスチョン・マーク　→　疑問符
組み合わせ法（テストの方法）　179
クラッシェン　Krashen, S. D.　38,
　　39
グループワーク（活動・学習）　group
　　work　147, 169–171, 172

形式的操作の段階　23
携帯音楽プレーヤー　157, 160
結束性　cohesion　53, 121, 122
ゲーム　146, 147
研究開発学校　184, 185
言語活動　16, 17, 19, 138, 188　→
　　cf. コミュニケーション活動
言語技能　12, 16, 127
　　〜の統合　127–134
　　基本的〜　basic language skills　11
言語習得（子ども）　22, 38, 40　→　cf.

母語習得

言語知識　52, 103, 127

言語適性　language aptitude　24

言語に対する意識　46

言語脳　23

言語の機能　6–7

言語の冗長性　→　冗長性

言語の使用場面　16, 19, 108

現在完了進行形　16

研修　35

『研修ガイドブック』(『小学校外国語活動・外国語研修ガイドブック』)　184, 187, 188, 190, 191

現代体　76

検定教科書　16, 20

「コア・カリ」(「教員養成・研修外国語(英語)コア・カリキュラム」)　193

語彙　53, 91, 108, 111

　〜(の)指導　80–85, 99, 100

　〜のネットワーク　78, 81

　〜の広さ　77

　〜の深さ　77, 78

　〜の流暢さ　77, 78

　英語の授業に必要な〜　79, 80

　高頻度の〜　79, 80

　生徒の生活に関連した〜　79, 80

語彙サイズ　77, 190, 191

語彙知識　77–78

語彙リスト　79, 190

口形図　67

校正　124

構造主義言語学　45, 49

高等学校「外国語」の科目と標準単位数　8

高等学校各科目の目標　17

口頭作文　oral composition　147

行動主義心理学　45, 49

口頭導入　→　オーラル・イントロダクション

国際語　international language　4, 8, 62

国際理解教育　185

「国際理解教育に関する学習の一環としての外国語会話等」　185

「国際理解教育の一環としての英語教育の研究」　184

語形成　77

語源　139

語順　111, 189

個人差　23

古代ギリシア語　44, 45

「ごった煮」問題　177

コーパス　79, 80

個別(化)学習　158, 165,166–168

コミュニカティブ・アプローチ(コミュニカティブ言語教授法)　Communicative Approach (Communicative Language Teaching, CLT)　52, 53–55, 56, 57

コミュニケーション英語　8

コミュニケーション英語基礎　8

コミュニケーション活動　55, 106, 169　→　cf. 言語活動

コミュニケーション能力　communicative competence　6, 38, 47, 53, 95, 120, 123, 169

コミュニケーションを図る資質・能力　13, 128

小文字　70, 75, 120, 189

コーラス読み　116

語、連語及び慣用表現　15

コロケーション(連語)　77, 78, 81, 84, 179

コンピュータ　152, 154, 157, 159, 162, 176

コンマ　70

〔さ行〕

採点　175, 179

採点法　180

　全体的〜　180

　分析的〜　180

錯乱肢　179

座席表　148

サマリー　116

子音　64–66, 115
子音字　73
ジェスチャー　47, 53, 100, 108, 120
視覚教材　152–54, 157, 158
ジグソー活動　54
思考力，判断力，表現力　15, 16, 17, 19, 170, 171
自己評価　180
　〜シート　149
指示　giving directions　148
辞書　83, 124, 156, 159
実行性　practicality　175, 180
実物　39, 47, 48, 81, 152, 153
実用英語検定試験　→　英検
自動化　38, 39, 115
指導の手順　teaching procedure　146
指導法　teaching methods　31, 32, 44–60
指導目標　13–19
　高等学校における〜　16–19
　中学校における〜　13–16
指導要録　181
字幕　156
指名　appointing　150, 168
社会言語的能力　sociolinguistic competence　53
社会的な話題　13, 14, 15, 17, 18, 99, 105, 106, 114, 122, 123
写真　121, 152, 153, 154
シャドウイング　97, 116, 155
自由英作文　176
習慣形成　49, 52
終止符（ピリオド）　70
授業案　lesson plan　146, 148, 149
主教材　95, 138, 139
授業時間数　8, 38
授業のねらい（aims）と目標（objectives）　140
主体的・対話的で深い学び　89, 166
主体的な学び　167
主体的に外国語を用いてコミュニケーションを図ろうとする態度　14
出欠調べ　roll call　148

受容（的）技能　receptive skills　12, 129, 132, 134
受容語彙　190
受容的知識　78
ショウ・アンド・テル　107
『小学校外国語活動・外国語研修ガイドブック』　→　『研修ガイドブック』
小・中の連携　188
冗長性　redundancy　101
情報差（インフォメーション・ギャップ）　information gap　93, 169
情報収集活動　54
情報転移活動　54
書画カメラ（OHC）　154, 157
書体　75
処理水準仮説　79
自律した学習者　26
人格　29, 31
真偽法（テストの方法）　179
新 JACET8000　79, 80
診断　150
信頼性　reliability　174–175, 179
心理的配慮　108

推論差活動　54
スウェイン　Swain, M.　40
スカイプ　166, 167
スキーマ　schema　97, 101
スキミング　skimming　114
スキャニング　114
スティヴィック　Stevick, E. W.　28, 30, 31
ストラテジー　strategy　25–26, 31, 121
　間接的〜　25–26
　記憶〜　25
　社会的〜　25
　情意〜　25
　直接的〜　25, 26
　認知〜　25
　補償〜　25
　メタ認知〜　25

リスニング・〜 101
リーディング・〜 114
スピーキング speaking 11, 39, 40, 47, 49, 95, 110, 115, 116, 117, 120, 176
　〜テスト 180
　〜の困難点 103
　〜の枠組み 103–104
スピーチ speech 18, 80, 107, 147, 164, 165, 166, 168, 176
スピード 96, 98, 111, 112, 115, 117
スペイン語 4
スマートフォン 154, 156, 157, 158, 160

正確さ accuracy 55, 108, 180
　文法的な〜 47, 49, 51, 54
整序法(テストの方法) 179
精読 intensive reading 112, 114, 115
生徒指導 34
整理 consolidation 147, 149
世界英語 World Englishes 4, 62
世界語 world language 5, 62
接続詞 121
説明 explanation 150
線画 153 → cf. 絵
専科教員 164
選択科目 8
専門教育科目 33, 34

総合的な学習の時間 33, 34, 185
相互作用 interaction 40
速読 rapid reading 114, 147
素地 188, 189
ソシュール Saussure, Ferdinand de 47
即興性 106

〔た 行〕
ダイアログ 107
第1言語 22, 24, 36, 37, 38

大学英語教育学会(JACET) 79, 92
大学入試センター(試験) 8, 175
第2外国語 8
第2言語 5, 37, 39, 62, 63, 87, 88
　〜習得 21, 37, 54, 56, 87
代名詞 121
ダイレクト・メソッド(直接法) The Direct Method 36, 37, 45, 47
　グレイディッド・〜 The Graded Direct Method (GDM) 47
多肢選択法(テストの方法) 179
タスク task 56, 58, 59, 94, 106
　〜完成活動 54
　意見交換〜 57
　教育用〜 56
　決定〜 57
　現実的〜 56–57
　ジグソー〜 57
　情報差〜 57
　問題解決〜 57
タスクベースの言語指導 Task-Based Language Teaching (TBLT) 56–57
妥当性 validity 174, 177, 179
多読 extensive reading 39, 112, 113, 114, 115, 166
タブレット学習 166, 167
タブレット端末 154, 160
短音(音読み) 74
短期記憶 short-term memory 97, 98
単語カード 149, 154
単語リスト 150
担任教員 164
談話能力 discourse competence 53, 123

知識及び技能 15, 17
知識伝授型(の授業形態) 161
知的能力 23
チャット 149
チャンク → フレーズ
中央教育審議会 → 中教審

中間言語　40, 54
中教審（中央教育審議会）　185, 186,
　187
中国語　4, 8
抽象語　82
長音（アルファベット読み）　74
聴覚教材　158
長期記憶　long-term memory　98
直接法　→　ダイレクト・メソッド
著作権　153
チョムスキー、ノーム　Noam Chomsky
　52

綴り字　spelling　71–76
　～と発音のずれ　71
　子音と～　72
　母音と～　71–72
つなぎ言葉　10
積立方式　138

定期試験　177
ディクテーション（書き取り）　dictation
　92, 99, 147, 155
ディクトグロス　dictgloss　92
定型会話　Conventional Conversation
　48, 49
ディスカッション　17, 59, 107, 147,
　170
訂正　108
　暗示的な～　55
訂正法（テストの方法）　179
ディベート　debate　17, 107, 147,
　171, 172
ティーム・ティーチング　team teach-
　ing（TT）　164, 165
デジタル教科書　160–161
テスト
　～形式の種類とその特徴　179
　～の設計　177
　期末～　176
　形成～　formative test　181
　実技～　performance test　176,
　　179　→　cf. パフォーマンステス

　ト
　実力～　176
　熟達度～　proficiency test　175–
　　176
　小～　quiz, small test　175, 176,
　　179, 181
　診断～　diagnostic test　176
　総括～　summative test　181
　達成度～　achievement test　176
　中間～　175, 176
　定期～　174
　ペーパー～（筆記試験）　pencil-pa-
　　per test　176, 177
テスト細目　test specifications　177,
　178
展開　147, 149
添削　120
電子黒板　154, 158, 160
電子メール　→　メール

ドイツ語　8
動画投稿サイト　156, 159
動機　22
同義語　78, 81, 139
動機づけ　41, 42, 56, 181
　外発的～　extrinsic motivation　42
　道具的～　instrumental motivation
　　41, 42
　統合的～　integrative motivation
　　41, 42
　内発的～　intrinsic motivation　42
統合的な言語活動　8, 128
動作　48, 81
到達目標　138, 182
　～の設定　138
　中学校の～　14–15
道徳　33, 34
導入　introduction　48, 147
　口頭～　→　オーラル・イントロダ
　　クション
　新語の～　81
　新出文法事項の～　90–91
　文型・文法事項の～　147, 149

特別活動　33
トップダウン過程　top-down process
　113
『となりのトトロ』　156
トピック・センテンス　112

〔な　行〕

内容言語統合型学習　Content and
　Language Integrated Learning
　（CLIL）　57–59
内容語　92
内容重視指導　Content-Based In-
　struction（CBI）　58, 129
ナチュラル・アプローチ　45

2言語併用者　bilingual　21
2次伝達　secondary speech　47
日常的な話題　13, 14, 15, 17, 18,
　99, 105, 106, 114, 122
日本語　37, 63, 64, 65, 91
日本語訳　82, 111, 117, 158
日本人英語　62
日本人学習者の困難点　65–66
入試（入学試験）　42, 176
認知ストラテジー　→　ストラテジー

ネイティブ・スピーカー　30

ノーショナル・シラバス　52

〔は　行〕

背景的知識　96, 97, 100, 111, 113,
　140, 141, 142, 149
波及効果　backwash effect　175, 176,
　177, 180
バズ読み　116
派生語　84
パターン・プラクティス　pattern prac-
　tice　50, 147
発音　22, 36, 47, 49, 51, 53, 103
　〜のバリエーション　68
　アメリカ型の〜　62, 63, 64
　イギリス型の〜　62, 63, 64

　現代の標準的な〜　62
発音記号　68
発音指導　67–68
バックワードデザイン　138
発信語彙　190
発展学習　132
発表（プレゼンテーション）　180
発表（的）技能　productive skills　12,
　129, 132, 134, 176
発表的知識　78
話し言葉　spoken language　11, 22,
　44, 70, 79, 80, 120, 121
話すこと　188, 189
　［発表］　14, 15, 16, 17, 104–105,
　128, 169
　［やり取り］　14, 16, 17, 95, 104–
　105, 128, 169
パフォーマンステスト　172, 179　→
　cf. 実技テスト
パフォーマンス評価　171
パーマー、ハロルド　Palmer, Harold
　E.　45, 47, 48
パラグラフ　112, 120, 121, 122, 124
パラグラフ・ライティング　paragraph
　writing　147
パラグラフ・リーディング　paragraph
　reading　112
パラフレーズ　116, 117
パワーポイント　149
反意語　78, 81, 82, 139
板書　blackboard writing　131, 150,
　158, 161, 162
反転学習　flip teaching　167

ピアジェ　Piaget, J.　23
ピクチャーカード　152, 153, 154,
　160
筆記試験　paper-pencil test　176
筆記体　cursive　75, 76
必修科目　8
ピッチ・アクセント　67
ビデオカメラ　157
評価　150

自己〜　self evaluation　181
集団基準準拠〜　norm-referenced evaluation　181, 182
絶対〜　absolute evaluation　181
相互〜　peer evaluation　181
相対〜　relative evaluation　182
目標基準準拠〜　criterion-referenced evaluation　181, 182
標準単位数(高校の外国語)　8
ピリオド　→　終止符

フィードバック　54
フォーカス・オン・フォーム　Focus on Form　55
フォニックス　phonics　72–75, 154
　〜の基本的子音字規則　73
　〜の基本的母音字規則　74
吹き替え　155, 156
副教材　139
復習　review　146, 147, 149, 167
符号　15, 75
普通免許状　32
　〜の種類、基礎資格　33–34
プラスワン・ダイアログ　107
フラッシュカード　152, 154, 158, 160, 161, 162
フランス語　8
振り返り　149, 156
フリーズ、チャールズ　Fries, Charles C.　45, 49
プリント　131, 154, 167
フレーズ(チャンク)　98, 115
プレゼンテーション　18, 59
プレゼンテーションソフト　154, 158, 159, 161, 162
プロジェクタ　152, 158
プロジェクト　170
ブロック体　75
雰囲気づくり(クラスの)　29
文型練習　pattern practice　147, 157
　→　cf. パターン・プラクティス
文、文構造及び文法事項　15
文法　53, 86–87

〜感覚　grammatical sensitivity　24
〜知識　38, 39, 93
〜の習得　87–88
文法シラバス　46, 52
文法能力　grammatical competence　53, 87
文法訳読法　The Grammar Translation Method　36, 37, 44, 46–47

ペアワーク(ペア活動・ペア学習)　pair work　57, 124, 142, 144, 147, 164, 165, 166, 168–169, 170, 171, 172
米国教育使節団　9
ベストパフォーマンス　156
変種　→　英語の変種

母音　63–64, 71
　三重〜　64
　二重〜　64
母音字　74
方略的能力　strategic competence　53
母語　4, 7, 36, 46, 47, 50, 87, 112, 115
母語習得　21, 53　→　cf. 言語習得
ポーズ　120
ポートフォリオ　portfolio　181
ボトムアップ過程　bottom-up process　113
翻訳　translation　12, 46, 121
　〜のプロセス　13

〔ま　行〕

マイム　47
マスク機能　160
間違い探し　57
マルチログ　107

見方・考え方(外国語によるコミュニケーションにおける)　13, 89, 188
未知語　112

〜の推測　82–83
ミニマル・ペア　minimal pair　50
ミムメム練習　mimicry-memoriza-
　tion practice　50

明示的(な)知識　explicit knowledge
　38, 88, 90
メタ認知ストラテジー　→　ストラテ
　ジー
メモ　130
面接(法)　face-to-face interview　176,
　180

黙読　silent reading　113, 116, 147,
　149
　持続した〜　Sustained Silent Read-
　　ing(SSR)　166
目標言語　47, 49, 50, 57, 58, 129
目標の設定　29
模型　152, 153
文字　187, 188
文字化　120
文字指導　75
モジュール(授業)　164
モノローグ　107
問題解決課題　170
問題解決・情報発信型(の授業形態)
　161
文部科学省(文部省)　32, 45, 102, 186

〔や〜わ行〕

訳読法　152　→　cf. 文法・訳読法
訳の奴隷　117
やり取り　interaction　104, 106, 180,
　192

良い英語教師の条件　32
予習　147, 167
読むこと(領域)　14, 16, 17, 128,
　188, 189, 190
4技能　11–12, 119, 134, 177, 179,
　188

ライティング　writing　11, 47, 176
　〜の困難点　121–122
ラジオ　123, 155
ラテン語　44, 45
ラテン文字(ローマ字)　70, 71

理解　comprehension　111
理解可能度　intelligibility　63
リカスト　recast　55
リスニング　listening　11, 12, 47,
　49, 92, 110, 111, 113
　〜とスピーキングの統合　129–132
　〜の困難点　96
リズム　96, 98, 103, 139
リーディング　reading　11, 12, 47,
　〜の困難点　111
リピーティング　154
リプロダクション　107
流暢さ　fluency　54, 55, 108, 180
臨界期(言語習得)　critical period
　22

ルーブリック　182

レシテーション　107, 116
レディネス　147, 150
レポート　128, 132, 133

ローマ字　→　ラテン文字
ローマン体　75
ロール・プレイ　role-play　107, 147,
　158, 176
論理・表現(科目名)　8, 17, 18, 139

ワークシート　149

〔A 〜 Z〕

ALT(Assistant Language Teacher,
　英語指導助手)　106, 164, 176, 180
BD　155, 157
British National Corpus(BNC)　79
CALL(computer assisted language
　learning)　157, 158

can-do statement　138, 182
CBI　→　内容重視指導
CCD カメラ　154
CD　138, 147, 155, 158, 160
　～プレーヤー　157, 158
clarification request　55
Classroom English　150, 191, 192
CLIL　→　内容言語統合型学習
CLT　→　コミュニカティブ・アプ
　ローチ
CNN Student News　155
communicative competence　→　コ
　ミュニケーション能力
confirmation request　55
DVD　123, 155, 156, 157, 158
GA（General American）　62
GDM（The Graded Direct Method）
　→　ダイレクト・メソッド
GTEC　177
Hi, friends!　186
ICT　32, 152, 193
IELTS　176
JACET8000　→　新 JACET8000
LL（language laboratory）　157, 158
Longman Dictionary of Contempo-

rary English, The　79
magic e（silent e）　73
OHC　→　書画カメラ
Oral Introduction　191, 192　→　cf.
　オーラル・イントロダクション
PPP（Presentation—Practice—Pro-
　duction）　59
Read and Look-up　107, 116, 149
RP（Received Pronunciation）　62
Small Talk　191–192
SNS　120
SSR（Sustained Silent Reading）　→
　黙読
TBLT　→　タスクベースの言語指導
Teacher Talk　191, 192
TEAP　177
T/F questions　149
TOEFL　175, 176
TOEFL iBT®　102, 110
TOEIC　30, 175, 176
TT　→　ティーム・ティーチング
TV　123, 138, 154, 155
UD 書体（ユニバーサルデザイン）　75
YouTube　156

著者紹介

土屋澄男(つちや・すみお)——第 6–7, 20, 22 章を除く旧版の基本部分、付録 2 担当

　東京高等師範学校英語科卒業、東京教育大学教育学部心理学科卒業。東京都公立中学校(3 校)教諭、東京教育大学附属中学校教諭、茨城キリスト教大学教授、東京電機大学教授、文教大学・大学院教授を歴任。2000 年 3 月定年退職、2017 年 11 月逝去。主な著書:『中学校英語科教育法』(共著・図書文化　1981)、『英語指導の基礎技術』(大修館書店　1983)、『あなたも英語をマスターできる』(茅ヶ崎出版 1998)、『英語コミュニケーションの基礎を作る音読指導』(研究社　2004)など。主な訳書: カレブ・ガテーニョ著『赤ん坊の宇宙』(リーベル出版　1988)、J. B. ヒートン著『コミュニカティブ・テスティング』(共訳・研究社出版　1992)、カレブ・ガテーニョ著『子どもの「学びパワー」を掘り起こせ』(茅ヶ崎出版　2003)など。

秋山朝康(あきやま・ともやす)——第 12–15, 17–18, 21 章と付録 1 担当

　文教大学教育学部卒業後、東京都の中学・高校の英語教員を経て、現在は文教大学文学部教授。オハイオ州立大学(MA TESOL)およびメルボルン大学(応用言語学)にて MA と Ph.D を取得。受賞歴に英検研究・研究部門入賞や ELEC 賞受賞。最近の論文は *Studies in Language Testing*, Vol. 44(Cambridge University Press 2016)や *Social Perspectives on Language Testing*(Peter Lang　2019)に掲載。研究対象は言語テスト(主にスピーキングテストなどのパフォーマンステスト)や模擬授業の評価・動機づけ・学習者の自律性など。

大城　賢(おおしろ・けん)——第 22 章担当

　琉球大学教育学部卒業。琉球大学大学院教育学研究科(教育学修士)修了。教育学部附属中学校・公立中学校・高等学校教諭として 15 年間勤務した後、沖縄国際大学総合文化学部教授を経て 2004 年から琉球大学教育学部教授。教育学部附属中学校校長(2009〜2011 年度)、同附属教育実践総合センター長(2012 年度〜2015 年度)、教育学部副学部長(2018 年度〜2019 年度)。2020 年 3 月定年退職。琉球大学名誉教授。主な共著に『小学校学習指導要領の解説と展開　外国語活動編』(教育出版 2008)、『小学校外国語活動実践マニュアル』(旺文社　2008)、『小学校英語教育の展開』(研究社　2010)、『小学校英語早わかり　実践ガイドブック』(開隆堂出版 2017)、『小学校新学習指導要領ポイント総整理　外国語』(東洋館出版社　2017)がある。

千葉克裕(ちば・かつひろ)——第 1–5, 8–9, 19 章担当

　文教大学卒業。米国 Saint Michael's College 大学院終了(MA TESL)。東北大学国際文化研究科博士課程(単位取得満期退学)。1992 年度より福島県公立高校教諭として 10 年間勤務。桜の聖母短期大学を経て、現在、文教大学国際学部教授。専門は英語教育学、神経言語学。主な論文として「短期留学がリスニング力と学習意識へ与える影響」(東北英語教育学会研究紀要第 28 号　2008)、「第 2 言語の習熟度と語彙処理速度の検証——語彙判断課題および意味判断課題の反応時間から」(東北大学高等教育開発推進センター第 7 号　2013)、「多読学習が英文読解速度に与える効果」(文教大学国際学部紀要第 28 巻 1 号　2017)などがある。トニー・ブザン公認マインドマップインストラクター。

望月正道(もちづき・まさみち)——第 6–7, 10–11, 16, 20 章担当

　東京外国語大学卒業。エセックス大学大学院応用言語学修士課程修了(MA)。スウォンジー大学大学院応用言語学博士課程修了(Ph.D)。大妻女子大学嵐山女子高校教諭を経て、現在、麗澤大学外国語学部教授。主な共著に、『英語語彙の指導マニュアル』(大修館書店　2003)、『英語語彙指導の実践アイディア集——活動例からテスト作成まで』(大修館書店　2010)、『大学英語教育学会基本語リスト　新 JACET8000』(桐原書店　2016)、『英語で教える英語の授業——その進め方・考え方』(大修館書店　2016)がある。

KENKYUSHA
〈検印省略〉

最新英語科教育法入門

| 2019年11月29日 初版発行 | 2024年10月31日 4刷発行 |

著　者　土屋澄男・秋山朝康・大城　賢・千葉克裕・望月正道
発行者　吉田　尚　志
発行所　株式会社　研究社
　　　　〒102-8152　東京都千代田区富士見 2-11-3
　　　　電話　03(3288)7711(編集)
　　　　　　　03(3288)7777(営業)
　　　　振替　00150-9-26710
　　　　https://www.kenkyusha.co.jp/
印刷所　TOPPANクロレ株式会社

装幀　井村治樹／イラスト　タカハシヒトシ (92頁)
ISBN 978-4-327-37513-3　C1398　　Printed in Japan